入秋讀剩半冊書

李長聲 著

www.cosmosbooks.com.hk

書　　名　入秋讀剩半冊書

作　　者　李長聲

編　　輯　宋寶欣

美術編輯　楊曉林

出　　版　天地圖書有限公司

　　　　　香港黃竹坑道46號

　　　　　新興工業大廈11樓（總寫字樓）

　　　　　電話：2528 3671　傳真：2865 2609

　　　　　香港灣仔莊士敦道30號地庫 / 1樓（門市部）

　　　　　電話：2865 0708　傳真：2861 1541

印　　刷　亨泰印刷有限公司

　　　　　柴灣利眾街德景工業大廈10字樓

　　　　　電話：2896 3687　傳真：2558 1902

發　　行　香港聯合書刊物流有限公司

　　　　　香港新界大埔汀麗路36號中華商務印刷大廈3字樓

　　　　　電話：2150 2100　傳真：2407 3062

出版日期　2020年6月初版 · 香港

前 言

　　「天地圖書」為我出版第三本書。再而不衰，三而不竭，真令人感激，也大為振奮，氣是盈盈的。仿照前兩本，書名還是用一首俳句：

　　入秋讀剩半冊書

　　夏目漱石作，被我「胡譯」成一句。

　　1916 年 9 月 2 日，漱石寫信給芥川龍之介，批評他的短篇小說〈芋粥〉，說：「故事類（西洋的東西也一樣）在簡單、純真這點上帶有趣味」，而〈芋粥〉「過於細敍絮說」。信尾附寫了這首俳句。三個月後的 12 月 9 日漱石病故，成為他的「辭世」，或許剩下的半冊書終於未讀完。

　　漱石研究英文學，但酷愛漢學；善作漢詩，卻也寫俳句。他曾說：「我想一方面涉獵俳諧文學，另一方面如同以生死相搏的維新志士，用激烈的精神搞文學，不然，總覺得像一個捨難就易、厭劇耽閒的怯懦文學家。」創作漢詩二百零七首，俳句二千五百二十七首，相較之下，他「對俳句這東西熱心不足，時常義務地寫寫，超不過十八世紀的水平。時常下午作一首律

詩，自己覺得非常有意思，而且十分得意，作成時很是高興」。

他和正岡子規同齡，高中同學，同好落語，由此成至交。漱石的英語流暢，漢文精熟，令子規驚歎。他訪問漱石，在漱石家附近散步，時當六月，水田裏剛插下的秧苗綠綠地喜人。「余大驚，」子規寫道，「漱石不知道我們平生所吃的米乃此苗之實」。子規的本名是常規，寫俳句的人都起個俳號，他咳血，傳說子規（杜鵑）啼時吐血，被用作肺結核的代名詞，於是把本名改一字，號子規。漱石寫信，勸他入院治療，還附了兩首俳句，這就是他的俳句處女作。甲午戰爭的 1895 年子規當隨軍記者，漱石赴松山當英文教師。松山是子規的家鄉，他回鄉養病，和漱石共同生活了將近兩個月，連日舉行俳句會。漱石在倫敦留學期間子規病故。漱石跟子規學習寫俳句，終生稱他為「先生」。

起初漱石給自己起的俳號是「平凸凹」，自嘲自己的麻子臉，22 歲時自號「漱石」，後來也用來寫小說，可能表示像「孫楚漱石，郝隆曬書」一樣藐視世俗。他的《草枕》是「俳句小說」，其中有俳句，有俳論。寫俳句不能裝，裝模作樣的俳句只會是無聊。漱石說過自己的畫：「與其說是畫，不如說更像是孩子淘氣。要是畫出了孩子的無欲和天真，那就太高興了。」他的俳句被看作文人俳句，卻正如他的畫，奇思妙想，到處迸放着稚氣和童趣。

漱石辭了大學，就職報社，無人不驚訝，但他說：「百年

之後，成百的博士化為土，成千的教授也變成泥。我是要以我的文章留傳百代之後的野心家。」他此後的小說作品都登載在報紙《朝日新聞》上。第一次面向不特定多數的讀者寫的是《虞美人草》。似乎不如寫《少爺》《草枕》那麼快，夫人記得他「像是大費力氣」。當時日本首相是西園寺公望。此公號陶庵，曾留學法國，耽讀過左拉的小說，批評日本小說寫身邊瑣事，欠缺思想性、社會性。他在私邸招待一流文人，名為雨聲會，座談文藝。漱石寫了一張明信片回絕；據夫人回憶，曾有人提醒，就寫張明信片，太不像話吧。那就再寫上一首俳句：時鳥廁半ばに出かねたり。意思是杜鵑（時鳥）啊，你叫得真好聽，但我出恭正一半，不能提起褲子就出去喲。俳句寫屎寫尿很常見，譬如松尾芭蕉在遊記《奧小路》中寫過「馬尿嘩嘩流枕邊」，但寫給堂堂首相，大概就帶有對權威、權力的蔑視，令人不由得大笑。雨聲會連年舉行了七回，漱石始終不參加——不想參加，所以不參加。雖然西園寺有文人宰相之稱，但對於漱石來説，即便「虛前席」，也不過「飲食相通」罷了。

杜鵑與廁所的關係倒是有典故。《酉陽雜俎》說，杜鵑「廁上聽其聲，不祥。厭之法，當為大聲應之」。江戶時代的隨筆《一舉博覽》也說到避忌的法子：如廁聽到杜鵑初啼，有禍，但在蕃薯地裏聽，有福，所以杜鵑啼時，富貴人家栽一盆蕃薯放在廁所裏。

此事被登上報紙，漱石就成為怪人。還有更怪的，那是他

大病一場之後，文部省要頒給他博士稱號，被他堅拒。理由是「一直用沒有頭銜的夏目某走過來，今後也想這麼做」。演講時還說：「一提到博士，大概你們都認為諸事萬端人間一切天地宇宙他們無所不知，但恰恰相反，其實發達得最最不完備的東西就是博士，因此我拒絕博士。」

關於俳句，他認為：「俳諧趣味，大概西洋是沒有的。西洋詩中有川柳那樣的東西，但沒有俳句趣味，這種趣味也不曾形成詩的本質。可說是日本的獨特。從房屋的建築裝飾等來說，日本與西洋本來不同，所以在日本，尺把長詩箋那般小的東西掛着也是一個裝飾，但是在西洋那樣大的構造裏，放這麼小的東西毫不起眼。俳句沒有進步，唯變化而已。不論多麼複雜，也只能像商品雜陳一般亂糟糟羅列。如日本衣服的簡便，如日本房屋的簡便，俳句也是簡便的東西。」

遺憾漱石先生沒有就博士號事件寫俳句。連載完《虞美人草》，他吟道：蚊子不叫書齋秋。

目　次

君子不近暢銷書

　　君子不近暢銷書。

　　這是對暢銷書的一種態度，或許有一點憤世嫉俗。所謂暢銷書，日本用的是英語 best seller，這個詞 1889 年產生於美國，隨即傳遍大英帝國，日本被美國佔領後更把它用得勝似己出。暢銷書現象是出版產業化、閱讀大眾化的標誌。據説 1950 年以後世界上印數超過一千萬的著作大約有八十種，其中葡萄牙語一種，德語一種，意大利語一種，瑞典語一種，日語兩種（村上春樹的《挪威森林》和《1Q84》），西班牙語三種，漢語四種或五種，其餘全部是英語作品。美國是現代大眾文化發祥地，但對美國之外的圖書似頗有閉關鎖國的傾向，以致諾貝爾文學獎評委會常任秘書霍拉斯·恩格達爾發火，指責這種文化孤立主義：美國人不積極搞翻譯，因此也未能參加各國文學的重要對話。

　　為甚麼都讀那本書，而不是別的書？這就是探討暢銷書。數字、時間、場所是暢銷書的三要素。以村上春樹的作品為例，

印數多，好似換季大甩賣，一時間爭購或爭讀，而且日本不消說，中國出版人也屁顛屁顛地越海競爭翻譯權，以致價錢貴得能買下一段長城，當然最後統統轉嫁給雞蛋般脆弱的讀者。究竟多少算暢銷？日本評論出版業盛衰的指標之一就是看年度有沒有銷售百萬冊的書，實質不過是一個作家和一間出版社的獨贏。人們購讀的興致與財力是有限的，一本書獨行可能絕了多少本書的活路，既偏離少數量、多品種的出版理念，也不符合當今的遊戲規則——共贏。常聽說走向世界之類的口號，但語言文字及其所表現的內容是最為民族的，難以全球化。中國的經濟在世界上已經數第二，但文化從未像日本那樣，漫畫多年被多國大肆盜版，被拉向世界。我們爭着搶着翻譯日本書，至今不大見日本翻譯中國書，唯古典除外。就中國古典來說，日本從不把自己當外人，「三國」比我們讀得更經心，花樣百出。在「三國」閱讀史上，現在流行的讀法是日本人的發明。

好像比本家更識貨，這也是暢銷書奇觀。愛倫·坡作為美國最早以寫作為生的作家，起初並不被看重，法國給了他吃不了兜着走的榮譽，家鄉人這才刮目。日本高看他也不像是由於美國，而是受法國影響。美國作家威廉·福克納默默無聞，被法國的薩特說了一句「我們世代最偉大的作家是福克納」，一下子聲名在美國鵲起。阿根廷作家博爾赫斯曾自道：法國讀我寫的書，走在路上也認識我，多虧了法國我才在阿根廷出名。

暢銷書可以從兩方面來考察，一面是社會上產生暢銷書的

原因，另一面則是暢銷書對於社會的意義及作用。據說世界上銷量過億的書籍前十本是《聖經》、《毛主席語錄》、《古蘭經》、《新華字典》、《毛主席詩詞》、《毛澤東選集》、《雙城記》（狄更斯著）、《童軍警探》（貝登堡著）、《指環王》（托爾金著）、《摩爾門經》。宗教不衰，其書長銷。會眾購書，教團領袖池田大作、大川隆法的書是日本暢銷書榜上常客。某一種政治思想行時乃至狂熱，購讀相關書籍是必須的表態，雖然很多人買了並不讀。《新華字典》是工具書，《童軍警探》則是「當良好公民的訓練手冊」。有兩本小說，狄更斯的《雙城記》據說盎格魯—撒克遜學生必讀，但寫的是法國大革命，居然在法國幾乎不為人知。

　　暢銷書與社會及時代的關係是互動的，最生動的例子莫過於日本人和英語這一對冤家。明治維新，日本無所不用其極地全盤西化，但隨着野心越來越大，窮兵黷武，當權者厭惡英語了。棒球照樣打，外來的術語卻統統改用日本話，「圈外」、「奪壘」、「正打」云云。結果戰爭還是慘敗了，1945 年 8 月 15 日誠文堂新光社的社長小川菊松在旅途的車站恭聽了天皇宣讀詔書，不禁淚雙流，歸途便想出一個選題：英語會話。8 月 30 日麥克阿瑟將軍踏出佔領日本第一步，9 月 8 日八千名美國大兵進駐東京，9 月 15 日《日美會話手冊》上市。不叫「日英會話」，叫「日美會話」，因為要學的是美國話，三個半月傾銷三百六十萬冊。僅僅一個月時間，日本人對美國的思

想感情便完成一百八十度大轉彎，雖說船小好掉頭，卻也未免太快了點兒。電影上看見美國大兵的吉普車奔馳在廢墟也似的東京，很覺得蠻橫，但當時媒體是這樣寫的：「軍事力量上，武器、裝備上，優劣相差懸殊是實物明擺着的。吉普車是一個好例子。那輕快的行駛聲，合理的構造，令我們感嘆。」《日美會話手冊》是日本戰敗後第一本出版物。紙張匱乏，但戰爭期間小川菊松出版讚美軍國的書受到軍政府青睞，囤積了大量紙張。不久紙價暴漲一百倍，小川悔青了腸子，要是不印這小冊子，賣紙可就賺大了。況且沒討到好，兩年半之後因其戰爭期間所作所為被佔領軍開除公職。

　　1961 年學英語又掀起高潮，始作俑是《一本書英語變強》。「上廁所時外面敲門，你要說『有人』，用英語怎麼說」，這樣用一百三十個例句攢成的英語入門書勢如賣麵包，兩個半月印刷二百一十次，突破百萬冊。媒體寫道：「對英語會話的興趣高漲，固然有出國開始自由了和電視教英語的影響，但目標是四年後的東京奧運會，因為好幾萬來自各國的客人廣泛通用的是國際語言英語。」如果第一次英語熱免不了對新統治者的媚態和對佔領軍帶進來的生活文化的艷羨，那麼這次申奧成功，亞洲第一個舉辦奧運會，要作為東道主接待來自全世界的人，便很有點揚眉吐氣。英語熱一波接一波，但是像作家井上廈說的，日本人外語能力差，怕是又得為 2020 年東京奧運會奮發學英語。

暢銷書過後會成為社會進程的路標，但魅力在於當其時的不可捉摸。即便從書裏書外解析它流行的內容及背景，也不能如法炮製，下一本書暢銷仍然會令人大感意外。經濟發展，教育水平提高，讀書人口增多，出版人汲汲營營於大量生產，大量消費。出版《一本書英語變強》的出版社是光文社，社長神吉晴夫主張暢銷書是可以製造的，開列了十條計策：把讀者層的核心放在 20 歲前後，刺激讀者的心理或感情的某一面，主題應時，作品和主題明確，作品新鮮，文章是讀者的語言，比藝術更重視道德觀念，讀者喜好正義，作者不比讀者高明，編輯策劃並掌控。《從暢銷書看日本社會走向》一書寫到製造暢銷書的訣竅更其精煉，即三 T 原則：時機（Time）、主題（Theme）、書名（Title）。似乎其中唯書名較有可操作性，以致標題黨橫行於市。德國作家托馬斯·曼在雷克拉姆出版社一百週年時致辭，說「出版人不是出版這一精神性事業的獨奏者，出版人是指揮」。或許出版人更應該照此話想像自己的做法吧。

　　山岡莊八的《德川家康》前幾年在中國大暢其銷。這部歷史小說自 1950 年春在地方報紙上連載，三年後講談社出版單行本。1962 年週刊雜誌以特輯的形式推介：「軍人已面目全非，政治家是選票上漂浮的無根草，所以現代的英雄就是經營者——擁有部下及其家屬，為擴大勢力交鋒，追求長期繁榮而日夜操心的戰鬥的諸侯。著名武將的生活方式教給現代人很

多，尤其醉心於德川家康的經營者最近遽增，山岡莊八著《德川家康》被愛讀。」這一年此書躋身於暢銷書榜前十，乃至被捧為「經營者的聖經」。連載十七年，可謂一著等身，但作者的初衷是「挖掘德川家康這個人，是想和大眾共同思考、共同探究他和環繞他周圍的潮流中究竟是甚麼給應仁之亂以來的戰亂打上終止符」。

1980年代《窗邊小豆豆》兩三個月裏「爆賣」兩百萬冊，評論家分析原因在於作者是有名的電視藝人，出版社是日本第一大社。三十年後譯本在中國暢銷，恐怕讀者都不曾見過作者其人，也不知何許出版社，更沒有「窗邊族」（經濟景氣的年代，有了一把年紀的上班族絕了升遷的望，無所事事，坐在窗邊望風景）一詞的流行作為營銷的社會背景。這本書以前也被翻譯過，還不止一次，而這次終於暢銷，探究其原因，應該在內容本身，偏巧撞上了中國社會的飛躍式發展，水到渠成。

比較一本書或一個作家在本國和外國的運氣或命運也是很有趣的。譯者都懂得從眾心理，在翻譯序言之類的地方必指明原書在母國出了多少版，印數有多少，其中也不免含了些崇洋媚外的心思，誘人趨之若鶩。作品的價值與作品的成功是兩回事。就小說來說，價值是文學的，成功是商業的。往往暢銷的是故事，敗北的是文學。暢銷不見得就是好書，好書反而常常不暢銷。群體慾望的檔次是低的，因為構成群體的凝聚力是那個群體的最大公約數。即便是革命，號召群體起來的理由也無

非滿足這個群體最低檔的近乎本能的要求。

　　每到年底，我國盛行評好書。日本沒有評好書之說，但是有各種獎，被獎的就算好書。書暢銷在某種程度上具有讀者自發性，有時專家評選就像對讀者指手畫腳。日本有一個書店大獎，由一些書店的店員推薦，近乎「好書獎」，2017 年獲得大獎的是恩田陸著《蜜蜂與遠雷》。推薦的理由是本人讀了覺得有趣，或者想推薦給顧客，或者想在自己的店裏賣。然而，各種書以同樣的零售條件進店，書店應該用同樣的力氣推銷每一種書才是，以個人所好而厚此薄彼則有失公平。況且所評只是小說，而書店不只賣小說。從讀書來說，小說只是一部份，或許對於出版是重要的部份，對於讀者則未必，因人而異。

　　暢銷排行榜以量取勝，評好書則是為內容叫好，自有中國特色，大概把深圳十大好書那樣的書單和日本暢銷書榜比較不十分相宜，卻也大致能藉以觀察讀書取向的不同，從而反映出社會的狀態和讀者的心態。譬如翻譯書所佔比重。日本 1964 年舉辦奧運會，1968 年成為世界第二經濟大國；中國 2008 年舉辦奧運會，2010 年經濟超過日本，躍居世界第二位。1960 年代日本暢銷書榜前十當中翻譯書有：保護野生動物專家喬伊‧亞當森的《小獅子艾爾沙》等三種，托爾斯泰的《戰爭與和平》，現代管理學家彼得‧德魯克的《斷層時代》。2008 年以來位居暢銷書榜前十的翻譯書是《哈利‧波特與死亡聖器》《只給大腦幹好事》《奧巴馬演說集》《管理——基本與

原則》（彼得·德魯克著）《冰雪奇緣》（小說版）《法國人只有十件衣服》《休息吧羅傑》（圖畫書）《哈利波特與被詛咒的孩子》（劇本）。深圳從 2006 年開始評年度十大好書，翻譯書比重逐年增多，2015 年甚至多到了八種。2016 年有五種翻譯書選為好書，日本只翻譯過其中的《思慮 20 世紀：托尼·朱特思想自傳》，2015 年出版，價高五千五百日圓，讀者之寥寥可想而知。從書名大致能窺知內容，一色的嚴肅有餘，如《我的應許之地：以色列的榮耀與悲情》《科雷馬故事》《伍迪·艾倫談話錄》《納粹醫生：醫學屠殺與種族滅絕心理學》。看來我們讀書也足以居世界第二，讓日本人自愧弗如。誰是第一呢？

法國女作家席琳說：「大受歡迎的作品必是拙劣不堪的。」而古羅馬作家普林尼說：「甚麼樣的壞書，書中某部份也必定於人有益。」換一個角度，暢銷書反映時代，時而像捅了社會馬蜂窩一樣激起風潮，似乎也不妨隨便翻翻。

隨筆

　　隨筆是自由的，不定型。它有太多的寫法，與大部份文學形式不同，難以給隨筆下定義。有人說，隨筆就是隨心所欲地寫，但隨筆也每有時代性，例如《方丈記》（日本語言學家大野晉認為《徒然草》沒意思，《方丈記》寫得好）。當時讀和現在讀又有着完全不同的趣味，時過境遷仍然能抓住人心，那就是名作。

　　文藝評論家吉田精一說：「日本人生來有直觀的、藝術的性格和嗜好，像一滴水之中感覺宇宙那樣，跳過過程而領會物之神髓的能力很出色。又擅長日常生活的藝術化，反過來藝術的日常生活化。還具有從範圍小、不顯眼的事物發現纖巧的美，欣賞微妙的陰影的情緒。總之，與世界各國比較，日本有很長的隨筆文學歷史，創作很多的隨筆，並且有欣賞它的國民。」

　　評論家內田魯庵答記者問：「想寫點甚麼，但寫不來論文或考證，沒辦法，亂寫一氣，人就稱之為隨筆。」有人這麼打

比方：學問是一個圓，隨筆是一個圓，兩個圓相重的部份是評論。某人可能學問的圓大，某人可能隨筆的圓大。文藝評論家兼小說家丸谷才一說：「隨筆這種形式使必要的高級知性和遊戲之心很好地並立，知的探求慾與輕鬆態度很好地調和。」又說：「內容是隨筆的關鍵，內容塞得太滿就變成評論。」

以前，文學是「文學」的時候，小說家都寫得一手好隨筆。隨筆即文章，夏目漱石主張自己不是寫小說，而是寫文章。志賀直哉的心境小說《在城崎》時常被舉為隨筆的範文，因為他寫的是文章。太多的小說不過是講故事罷了。坂口安吾小說的有趣之處是吸收了隨筆，那種自由自在、奔放的語調是隨筆的態度。當代須賀敦子的隨筆被叫好，基本就是把故事和八卦連綴起來寫活了人物，其隨筆無限地接近小說。

夏目漱石的隨筆《玻璃窗內》寫得好。薄田泣菫的《茶話》也不錯。幸田露伴的隨筆沒意思。談日本隨筆，必提及內田百閒。他的《阿房列車》只是坐火車，別無內容，但是很有趣。永井荷風的《濹東綺譚》是隨筆體小說，也沒有多少可說的內容。為何這種小說能感動整個日本呢？因為讀者認定作家在批判眼下的日本，也便有了內容。丸谷才一月旦評學者文章，認為國學家統統不大行，文章高手在漢學界，因為浸淫了中國及江戶詩人、學者寫的東西，如日野龍夫、德田武、前野直彬以及高島俊男、揖斐高。前野的隨筆集《風月無盡》有意思，德田的《江戶詩人傳》是隨筆體傳記，堪為名著。德國文學研究

家富士川英郎、法國文學研究家杉本秀太郎、奧本大三郎很會寫文章。理科系統有寺田寅彥、中谷宇吉郎，還有人類學家金關丈夫。

丸谷才一或者石川淳說過：對於隨筆家來說，重要的是錢、閒、書。有錢則有閒，於是讀很多書，就能寫出好隨筆。那麼，讀隨筆也得有閒吧。江戶年間天下太平，人們有閒，紙也便宜，誰都寫隨筆來消磨時光，頗有點像當今的網絡時代。寫東西是成本最低的消閒。

一流作家的二三流作品

　　日本有個叫安部讓二的，作家，按我們過去的分法，工人作家啦，農民詩人啦，他就是流氓作家。上中學時踏入流氓界，為非作歹，國內外合計坐過八年牢。上世紀 50 年代一度在銀座的男同性戀酒吧當保鏢，客人多是歐美人。他們爭搶姿色妖嬈的服務生，「我就過去制止，或者鎮壓，就這種保鏢。寥寥無幾的日本客人當中有三島先生。他坐在吧台邊上，服務生們不睬他」。三島先生即三島由紀夫，看見安部處置客人的那兩下子，問是甚麼招法。安部說是拳擊，於是請安部介紹他練拳。年過四十，安部改邪寫小說，當然最拿手的是當流氓、蹲牢房那些事。筆名叫安部讓二，這是從三島由紀夫的小說《複雜的他》裏拿來的，主人公叫宮城讓二。安部說：《複雜的他》寫的是他 27 歲之前的半生記，除了背上紋身等細節，真的就是他生來的事實原樣。

　　據說三島寫這個通俗的愛情小說是為了籌措資金搞民兵組織「楯會」。開頭和結尾，用的是中學語文課上教的寫法，前

後照應——開頭在飛機上，身材高大、動作優雅的「空哥」送酒，他就是宮城讓二，第三次跟父親飛越太平洋的冴子對他的後背着迷；結尾是冴子終於走進了宮城讓二的房間，他脫下純白的襯衣，後背露出一大片惡俗的刺青。原來 23 歲時安部讓二虛構了一份履歷，人還在保釋期間，居然被日本航空僱用。澀谷的警察看見那一套漂亮的制服，阿飛變身為空哥，百思不解。宮城甚至晉升事務長，卻終歸本性難移，對無理刁難的乘客大打出手，敗露了真相被解僱，重返暴力團，那年他 27 歲。

三島由紀夫無疑是一流作家，至少 1963 年入圍過諾貝爾文學獎，更應該算作超一流。傳聞川端康成獲得諾獎後說過，三島太年輕，不然這獎就是他的。此話跟大江健三郎喜獲諾獎之後說安部公房不死這獎就是他的異曲同工，卻好像終不如中國沒得到諾獎的作家說得大氣：像莫言那樣的，中國不少於十個。川端康成慧眼識三島，與小說相比，他認為三島的才能更在於戲劇。也有人斷言三島的文藝評論比戲劇好。甚而有評論家批評《金閣寺》《豐饒的海》等觀念性作品過於注重形式，文學價值為零。至於我個人讀他，不大喜歡所謂純文學的一流小說，覺得太做作，比他練就的那身肌肉更顯得人工，偏愛《複雜的他》之類通俗小說。此類作品在他的文學中屬於二三流，沒甚麼難解，評論家也不免失去用武之地，多是棄而不論。竹久夢二說過這樣的話：「第一流的東西未必就招人喜愛。在二流三流或者全然遠離時代的東西當中——文學美術也同樣，在

支流當中會感受離我們生活最近、非常親密、身心痛快地投入的東西。」

三島寫《金閣寺》這部代表作前後稱了稱體重，沒掉一兩肉，但畢竟是「勞作」，「勞作之後」需要歇一歇，油然「產生了對有點古典幾何學味道的心理小說的鄉愁，那種鄉愁卻不再以一如過去的形式返回來，於是寫了以譏諷的不可知論為主軸的單方面的婚外戀小說」，即《美德的搖擺》。看似餘技，但小說這東西不是本人試當作回事，只要花力氣就寫得好的。有娛樂讀者之心，閒閒地寫來，甚至有一點掉以輕心，寫出來的倒可能更呈現作家的本性與才力。純文學作品需要評論家的認可，而通俗小說暢銷就好。當今純文學銷路不暢，以純文學出道的作家寫娛樂性通俗作品已然是常態，既爽快營生，又保住流行作家的地位。

給大作家當模特，安部讓二深感榮幸，卻也抱怨自己被寫得不如《潮聲》來勁兒。《複雜的他》在女性週刊上連載三期，安部以前交際過的空姐讀到了找上門來，擔心往下會寫到她，那可就毀了已經到手的美滿。安部也悚然一驚，自己的事跡公之於世，牽扯黑社會，弄不好要被剁掉手指頭。趕緊找編輯，所幸三島已交了全稿，「審讀」一過，編輯按他的要求刪兩處。

常言道：事實比小說更離奇。日本純文學基本是所謂私小說，如實寫自己，頂多做一些文字的或文學的加工。跟這種作家交朋友，必須做好給他當犧牲的準備。三島由紀夫寫政治與

愛情的通俗小說《宴後》也是把社會現實直接文學化，真實不虛，結果他拿來當原型的有田八郎把他告上法庭。以侵犯隱私打官司，這在日本還是破天荒，當然跟佔領日本的美國人學來的。三島主張藝術表現的自由優先於隱私權，但法官裁決「言論、表現的自由不是絕對的，如不侵犯他人的名譽、信用、隱私等法益則保障其自由」。有田八郎幾度出任外務大臣，和經營高級餐館的畔上輝井再婚。競選東京都知事，畔上全力支援，惜乎連敗，二人對日後的生活產生分歧而離婚。有這樣的傳說：有田八郎屬於社會黨，以致三島被誤會為左翼，所以諾貝爾文學獎沒給他。

　　三島由紀夫切腹前夜給安部讓二打電話，說自己在酒吧喝剩下的酒都給他了。安部覺得奇怪，隨後給店家打電話，店家說三島先生今晚跟往常一樣。

厲鬼推日

　　歷史的車輪滾滾向前，我們都知道，那是人民推動的——「人民，只有人民，才是創造世界歷史的動力」。打了敗仗以後，好些日本人也有了這種史觀，只是把創造侵略歷史的動力完全推給了軍國主義一小撮。畢竟是日本，見仁見智，也可以有各種看法，例如有個叫井澤元彥的，主張日本的歷史是「怨靈」推動的。

　　何謂「怨靈」？井澤說：人死於非命，不幸而亡，若變作「怨靈」，就會對人世施加壞作用。譯成中國話，何止是冤魂，分明是厲鬼。被稱作「天才學者」、「怪人學者」的小室直樹也贊同厲鬼作祟的說法，說：日本史重大局面總是被厲鬼左右，拋開厲鬼就搞不懂日本的歷史。

　　能變成厲鬼，被活人祭祀，伏惟尚饗，民俗學家柳田國男認為須具備兩個條件：一是生前地位高，或者有甚麼出色的才能；再是被處以流放或死刑，留下執念。像我們的竇娥，在日本算不上厲鬼。最有資格的是屈原，但他不為害人間，所以人

們對於他，與其說是祭祀，不如說是紀念。關羽倒是成了神，卻是保佑世人發財的。周武王滅殷，並沒有斬草除根，把遺族移封宋國，供養陰魂，這應該是厲鬼信仰的原型罷。

厲鬼作祟本來由民俗學提起。人能像植物枯死那樣自然地死去是最好的，夭折、病故、被暗殺或處死都不是完美的死，冤魂就不去該去的地方。這冤魂好似半成品，懷恨自己未完成，還不能完全成為死人，試圖復活，給活人以恐怖。活人想方設法阻止其復活。哲學家梅原猛拿來冤魂以至厲鬼的概念，當然並不是相信它存在，而是把人們對厲鬼的恐懼、信仰及安魂的意識跟歷史相結合，從日本人的精神層面解讀日本歷史，被稱作厲鬼史觀。奈良有一座法隆寺，始建於 7 世紀，那裏的西院伽藍是世界上現存最古老的木建築群，旅遊奈良值得去看看。1972 年梅原猛發表《被隱藏的十字架》，語出驚人：當權者恐懼聖德太子的厲鬼，重建這座法隆寺，是為他安魂。1973 年出版《水底之歌》，又標新立異，論說柿本人麻呂死於刑罰，變成了厲鬼。

梅原猛年屆九十，自 1992 年在《東京新聞》上連載隨筆，一週一篇，迤邐至今，打算寫到死。日本人的這種持之以恆真令人佩服，有這種忍與韌，才可能臥薪嘗膽。歲月不居，這期間首相換了十五、六個，但報紙照樣辦，梅原猛照樣寫，也許新首相又被他拿來當題材。他把 2005 年 1 月至 2007 年 4 月發表的部份結集，由文藝春秋出版，就叫作《神與厲鬼》。自

道：當時被很多學者反對，而今在媒體及學界幾乎已成為定說。1980 年，時為記者的井澤元彥依據《水底之歌》創作了一部很穿越的歷史推理小說《猿丸幻視行》，獲得江戶川亂步獎。1985 年轉身當作家，自 1992 年撰寫《逆説日本史》，類似松本清張的《清張通史》。所謂逆説，就是唱反調，立論不費事，自圓其説則基本靠推理。在大眾社會討生活，唱反調、出怪論是最簡便的媚俗手段，招攬粉絲全不費功夫。把學者的論説加以通俗化，自有普及之功，卻也庸俗化。井澤元彥「豐富和發展了」梅原猛學説，弄得梅原猛苦笑，説「你把我沒解釋的地方都解釋到了」。

譬如參拜靖國神社這件事。井澤元彥認為厲鬼信仰是日本古來的信仰，遺留到近代、現代，靖國神社也是明治政府擔憂前途才祭祀厲鬼的。小室直樹聽了，當面誇獎他：這應該是你的發明。小室接着説：「銜恨而死的惡靈在靖國神社被當作英靈祭祀，被國民感謝，因此轉化為保護國家的善靈。這就是靖國神社的邏輯。」小室以前曾寫到戰敗後昭和天皇不說那場戰爭搞錯了，也是因為說這種道歉話，為「聖戰」而死的人們就會變成厲鬼作祟。這些解釋聽來挺有趣，但或許首相們擔心這麼説，一部日本史就變成鬧鬼的歷史，所以還不曾拿來當藉口。

古時中國人給日本起名叫倭，記載「樂浪海中有倭人，分作百餘國」。8 世紀初元明女皇在位的時候覺得不好聽，改

「倭」為「和」，而且用兩個字，又加個「大」字，就叫作「大和」。可見當初這個「和」並非取平和、和諧的意思。聖德太子制定十七條憲法，第一條「以和為貴」。井澤元彥說：這位聖德太子發現了佛教、儒教、基督教都沒有的和的思想，而和的思想即來自厲鬼信仰。戰爭是你死我活的，非分出個勝敗不可，敗者抱怨而銜恨，就變成厲鬼。為了壓根兒不產生厲鬼，日本重視和。

歷史上到底有沒有聖德太子這麼個人物，並無定論。據說他是用明天皇的皇子，出生在馬廄前，取名廄戶，那一年可能是公元 574 年。從小信佛，跟崇佛派的蘇我氏滅掉反對接受佛教的物部氏。大約 19 歲時崇德天皇被暗殺，推古天皇即位，這是日本歷史上第一個女皇。聖德太子攝政，為日本國的定型做出偉大的政治業績。制定冠位十二階（用帽子的顏色區分官職大小），派出遣隋使，又頒佈十七條憲法，「以和為貴」、「篤敬三寶」（佛、法、僧）。修建佛寺，使佛教文化在日本興隆，以致說他是中國南嶽慧思禪師轉世。不過，他不是和平主義者。執政即委任胞弟為將軍出兵朝鮮半島，但才到日本海邊上這位皇子就病倒了，不久身亡，再起用另一位皇子，卻又死了老婆，接連受挫，不得不罷兵。為攻略海外，國內就需要以和為貴吧。有好多妃子，生了不少子女。622 年病故。

也許是因為推古天皇太長壽，在位三十餘年，聖德太子終於沒當上天皇。他生前並不叫聖德太子，這個稱呼最早出現在

8世紀編纂的漢詩集《懷風藻》當中。日本歷史上有六位天皇的諡號裏有德字，都屬於非正常死亡。這個德，既非佛教的「聖德無量」，亦非儒教的「天下有德者居之」。所謂萬世一系，當天皇的絕對條件不是德，而是血統，即天照大神的子孫。諡以德字，是一種安魂法。聖德太子未死於非命，怎麼也變成厲鬼呢？原來他死後二十二年，兒子山背大兄王爭奪皇位，被權臣蘇我氏襲擊。據《日本書紀》記載，家臣勸他逃亡東國，興師還戰，但他不肯以一身之故，煩勞萬民。全家自縊，斷了香火。梅原猛說：聖德太子就變成日本歷史上最大的冤魂。重建法隆寺，這是座咒術設施，聖德太子的厲鬼被封閉在救世觀音像中，不可能作祟。日本現今祭祀聖德太子的神社有一百零五社，散在各地，不可謂多，但顯示了信仰的抽象化與普遍化。

對於日本人來說，神無所謂善惡，而是有超人的強力，置之不理就為害，用酒食祭祀，使之轉化為正能量。這就是神道。嗚呼尚饗的厲鬼不僅有政治人物，還有文學、文化方面的大家。例如學問之神菅原道真、文學之神柿本人麻呂、戲劇之神世阿彌、茶道之神千利休，都死於非命。這似乎是執着於思想、獻身於藝術的人往往逃脫不了的命運。他們往往鄙視權力，不肯被御用，成為政治犧牲品，冤魂化為厲鬼，使當權者恐懼，被祭奉為神，或成為某行當的始祖神。京都是政治權力的中心，冤魂厲鬼也就多，烏泱烏泱的，為撫慰並鎮服它們，京都舉行各種壯觀的祭祀活動，形成了京都文化，也成為日本

文化的特色。譬如八坂神社的祇園祭，正名是祇園御靈會。桓武天皇把早良皇太子流放淡路，立嫡子安殿親王為皇太子。早良在前往淡路的船上憤激而死。桓武天皇晚年被早良的冤魂纏身，修建神社為他安魂。祇園祭就是為早良以及平安時代初那些無辜被流放的人安魂，當然，如今已完全是一種招徠遊客的觀光活動。

　　平安時代（8 世紀末至 12 世紀末）四百年間厲鬼橫行，朝廷的陰陽寮負責安魂。近年借漫畫、影視出了名的安倍晴明就是位陰陽師。陰陽道是大雜燴，以易經的陰陽五行說為基礎，參雜了空海和尚從大唐取回來的密教以及《宿曜經》（印度占星術漢譯），還有儒教的讖緯說、日本固有的民間信仰，用來降伏厲鬼。日本有三種神社為數最多，即稻荷神社約兩萬座、八幡宮約一萬五千座、天滿宮約一萬餘座，分別管五穀豐登、武運長久、學問及考學。天滿宮祭祀菅原道真，如今他以中止遣唐使一事特別受日本人推崇，在平安時代是一大厲鬼，而且為學術界一致認可。道真出身於書香門第，對政治體制不滿，主張引進中國科舉制，不拘出身用人才。得寵於宇多天皇，破格晉升為右大臣（右丞相），遭皇親國戚的藤原氏忌恨。宇多天皇退位，醍醐天皇繼位，左大臣（左丞相）藤原時平構陷他謀劃用女婿篡位。道真被謫遷，悽悽慘慘，兩年後死在大宰府。二十年後醍醐天皇的皇太子暴卒，謠傳是菅原道真的冤魂所為。醍醐天皇趕緊丟掉了懲處道真的詔書。兩年後皇孫又死

了，五年後雷擊清涼殿，劈死了幾位大臣。醍醐天皇嚇出病來，匆匆讓位，一命嗚呼。害怕菅原道真這厲鬼，人們在京都的北野祭祀他，尊稱天神，修建大神殿。道真最終被追封正一位，居萬人之上了。用井澤元彥的話來說，「讓厲鬼心情舒暢，這就是使日本文化發達的動力」。道真愛梅花，北野天滿宮是雪中賞梅的好去處。

《古今和歌集》序言寫明敕撰於 905 年，卻收有此後的作品，為甚麼非說成這一年不可呢？原來菅原道真就死在兩年前，集裏收有他兩首詠遠謫邊地的歌，所以梅原猛說：「《古今和歌集》的敕撰不是與道真的厲鬼安魂深有關係嗎？」這個安魂好像不大有效果，四年後藤原時平 39 歲暴卒，道真的厲鬼作祟越來越厲害。

大概比《古今和歌集》早一百年編纂的《萬葉集》也是用來安魂的。「萬葉」是甚麼意思呢？說法不一，或曰所收的歌多如樹林的葉子，或曰葉即世，意思是「年壽有時而盡，榮樂止乎其身，二者必至之常期，未若文章之無窮」（曹丕《典論》）。柿本人麻呂是後世歌人敬奉的歌聖，和歌之神。梅原猛主張：柿本人麻呂被處以流放之刑，溺斃，屬於冤魂厲鬼，把他的歌置於《萬葉集》的中心（依梅原猛之說，其中收錄柿本人麻呂的歌多達四百五十首）也是安魂之意。安殿皇太子即位，為平城天皇，也被早良皇太子的冤魂纏身，多病。《萬葉集》本來是大伴家持私底下編纂的，806 年平城天皇將其變為

敕撰，給早良皇太子、柿本人麻呂以及大伴家持安魂（大伴家持死後，屍體跟着他的兒子被處以流放）。柿本還變成水難之神，遣唐使船在海上遭遇風暴就吟誦他的和歌，祈求平安。後來又被奉為火災之神、疫病之神。

11世紀初有一位女子紫式部用假名寫作了《源氏物語》。民俗學家折口信夫指出，《源氏物語》是給厲鬼安魂的故事。有個叫六條御息所的女人，是源氏的情人，為人高傲，後被源氏疏遠，冤魂作祟，她就是這個故事的中心。她的生靈（活人的冤魂）殺了源氏的戀人夕顏、前妻葵上，死靈使後妻紫上煩惱，愛妃女三宮犯錯。紫式部服侍一條天皇的皇后彰子，彰子的父親藤原道長是三代天皇的老丈人，位極人臣，就是他庇護紫式部搞文學創作，不僅提供昂貴的紙墨筆硯，而且熱心當《源氏物語》的第一讀者。主人公源氏是皇子，降為臣籍，賜姓源氏，而敵手的原型是藤原道長。書中把源氏寫成好人，藤原被寫成壞蛋，源氏戰勝他，當上「準太上皇」。藤原居然支持人抹黑自己，為甚麼呢？無他，這是用小說給厲鬼安魂，以免他為非作歹。井澤元彥說：「《源氏物語》是厲鬼信仰的產物，換言之，正因為有厲鬼信仰，處於世界文明周邊地域的日本才產生了世界第一部『長篇小說』。」在井澤看來，近乎紀實的《平家物語》也是極盡榮華而忽喇喇沒落的平家一族的安魂曲。日本的文學，和歌也好，物語也好，都關乎為厲鬼安魂。古老的神樂本來是安魂的藝能，世阿彌創造的能樂也繼承了神

樂的這個傳統。

我們旅遊日本，若遊到櫻花勝地上野公園，會看見一尊西鄉隆盛的銅像，碩大的頭顱，牽一條狗，狗是薩摩犬，據說已絕種。或許要奇怪，西鄉不是惹起了一場西南戰爭的「大壞蛋」嗎？莫非日本人真的慣於把過去付諸流水，不計前嫌？雖然不是造天皇的反，而是反政府，也屬於叛逆。為推翻幕府，薩摩和長州兩藩擁戴天皇，復辟王政。薩摩藩下級武士出身的西鄉在這個階段是功臣，被列為「維新三傑」之一。因政變下野，返鄉辦學。明治十年（1877年）率學生暴動，搞了一場西南戰爭，這是日本最後的一場內戰。兵敗自刎。正好這一年火星接近地球，光耀異常，民間傳說，望見身著陸軍大將戎裝的西鄉端坐星光中。浮世繪也競畫西鄉星，流行一時。大概擔心這個冤魂變厲鬼，明治二十二年頒佈大日本帝國憲法時天皇大赦天下，給西鄉恢復名譽，賜後代侯爵。舊友們為他立像，上野那裏是陰陽道所說的鬼門，厲鬼搖身一變守護大東京了。安魂是勝者處置敗者的政治手法，並藉以收服人心。當然，若不怕鬼及其故事就不必給歷史平反。

總之，今天的人不能用今天的想法看待古人，我們中國人也不能用中國人的想法看待日本人，匪夷所思是正常的吧。

以和為貴

聖德太子在日本無人不知。最古老的正史《日本書紀》記述了他的偉大形象，大致是這個樣子：

539年到628年近百年間有五位天皇，依次是欽明、敏達、用明、崇峻、推古，後四位都是欽明天皇的兒女。聖德太子是用明天皇的次子。父母是同父異母的兄妹，用明天皇死後母親又嫁給聖德太子的同父異母的長兄，那時候日本就這樣。不知為甚麼，這位皇后臨盆在即還巡行禁中，可就把聖德太子生在了馬厩門口。生而能言，長大了能同時聽十個人訴訟（這就是兼聽則明？），而且能預知未來，所以叫「上宮厩戶豐聰耳太子」。

用明天皇得病，詔群臣曰：朕打算皈依三寶，愛卿們議議。群臣入朝而議。權臣物部守屋大怒：我們有「國神」，為何敬「外神」。天皇崩，大臣蘇我馬子討伐物部守屋，守屋是馬子的大舅哥。十五、六歲的聖德太子「束髮於額」，跟在蘇我軍後面，見屢攻不克，匆匆用木頭製作了四天王像，信誓旦旦：

「今若使我勝敵，必當奉為護世四王，起立寺塔。」果然得勝，於是造四天王寺。寺在大阪市，幾度焚毀，如今人們遊覽的殿宇是第二次大戰後重建的。

有人獻山豬，崇峻天皇説：何時才能像砍斷豬脖子一樣砍斷我討厭的人。蘇我馬子得知大驚，謀殺了天皇，敏達天皇的皇后繼位為推古天皇，這位39歲的女人成為日本歷史上第一位女帝，比武則天早一百年。她「立上宮厩戶豐聰耳皇子為皇太子，仍錄攝政，以萬機悉委焉」。這段文字大概是取自海那邊的唐朝，李世民殺了太子和齊王兩兄弟，高祖立他為皇太子，詔曰：「自今軍國庶事無大小悉委太子處決，然後奏聞。」

聖德太子卒於622年，五十年後天智天皇崩，某地驚現小雞四條腿。天智天皇的弟弟大海人皇子起兵，這就是日本史上有名的壬申之亂。天智天皇的兒子大友皇子（也有説他當了半年多天皇，明治年間追謚為弘文天皇）兵敗自縊。大海人皇子即位為天武天皇。皇子舍人親王奉詔編修《日本書紀》，漢文紀傳體，720年脱稿，從神話時代迤邐記述到持統天皇朝。持統天皇是天武天皇的皇后，天武天皇死後繼位。一般認為日本歷史從天武天皇以後才較為明白。

史學家津田左右吉説，中國正史不可信。不消説，他的意思也不是《日本書紀》就可信。推古女帝比聖德太子長壽，592年至628年在位，幾乎與隋朝（581-619）相始終。636年成書的《隋書》對倭國也略有記述。據之，「王妻號雞彌，後

宮有女六七百人」，那麼，倭王即天皇就該是男性。到底信誰呢？好像日本史學家多是信《隋書》。隋三世而亡，三十餘年間日本數次派出遣隋使，而隋朝也曾「遣文林郎裴清使於倭國」。《日本書紀》不諱李世民之名，記他為裴世清。東漢末年，倭國大亂，共立卑彌呼為王，這女子「罕有見其面者」，能以鬼道惑眾，把國事交給男弟佐治，日本的結構從此就是二重的。被神化的天皇似乎不需要政治權力，需要的是權威。看《日本書紀》所記，好像裴世清是在大門外「兩度再拜」，沒有跟倭王照面，但《隋書》記載，「其王與清相見，大悅」，還客套了一番，那麼，即便倭王「黥臂點面文身」，裴某也不至於看不出男女吧。莫非這倭王是攝政的聖德太子代理，演了一齣戲？此事屬於死無對證，卻似乎也表明日本自古就是個讓人摸不清搞不懂的民族，倒也未必是我們不用心研究它。總之，《隋書》隻字未提倭國有一個執掌大權的皇太子。

倭與隋的交往算不上融洽，先是他們講風俗，甚麼「倭王以天為兄，以日為弟，天未明時出聽政，跏趺坐，日出便停理務，云委我弟」，讓隋文帝哭笑不得，斥之「太無義理」；再是國書上寫「日出處天子致書日沒處天子，無恙」，又讓隋煬帝覺得無禮，不悅。但他也沒計較，第二年就派遣裴世清率團回訪。不少日本人卻大為興奮，認為這句話是聖德太子寫的，敢於跟大隋皇帝平起平坐，真是長日本威風。不過，也有人笑笑，譬如谷澤永一，他說：翻遍日本古籍，哪裏也沒有這句話。

連製造聖德太子傳說或神話的兩本典籍《上宮聖德法王帝說》和《聖德太子傳曆》也沒有此說。以朱子學為國學的江戶時代，文化人當然都知道《隋書》上的這句話，但如此不知禮的說法叫他們臉紅，簡直是國恥。《日本書紀》編撰者的漢文水平自然高過一百年前，所記的國書寫作「東天皇敬白西皇帝」，就顯得懂禮貌了。

聖德太子的一大聖業是「親肇作憲法十七條」，全文約千字，博採中國文獻，其漢文水平在《日本書紀》中也確是奇葩。江戶時代有個叫狩谷棭齋的考證學家最先起疑，這憲法不是聖德太子之作。津田左右吉也早就主張十七條憲法是《日本書紀》編撰者偽造。哲學家梅原猛認定是聖德太子的手筆，因為能夠把山寨做得跟真的一樣，那只能是了不得的名人，大概聖德太子在高麗僧慧慈之類高人協助下製作的。

十七條憲法第一條劈頭是「以和為貴，無忤為宗」。《論語》有「禮之用，和為貴」，但近年來我們中國人也掛在嘴上，卻像是「逆輸入」，學習日本所獨有的優秀精神呢。去掉「禮之用」，「和為貴」就變質為一般見解的命題。谷澤永一說：「這一手法以後的日本人最喜歡。此做法叫斷章取義。漢日辭典等解釋這手法，是不顧詩或文的整個意思，只摘取對自己有用的部份，按自己的隨意解釋來應用云云，幾乎要脫口說不妥，但就是靠大用特用這一手，我國的學問及思想向獨創發動了引擎。引進外國文化，要是光留心整個文脈，到頭來就徹

頭徹尾跟那個國的人一樣了。也許需要有學者到這種地步，充當文化的中介，但我們一般人始終是日本人就行了。」又說：「把和這個字無限擴大，認識為世間的規矩、人的規矩、政治的規矩是日本的傳統。但日本人相當的隨機應變，雖然在順應時潮，旗號卻總是和。」

　　「無忤」也出自中國典籍。即便是盛讚十七條憲法的人也向來不愛提「無忤為宗」這四個字。無忤，就是不違逆，順從才能和，這兩句是前因後果，相輔相成的。日本人順從自然，順從領主，順從天皇，戰敗後對美國佔領軍也絲毫不違逆，都不是為了和，而是無忤使然。無忤倒像是日本人的天性，和就是這種天性在現實中呈現的景象。憲法十七條，好像日本人只記住以和為貴，對於他們的思想形成頗重要。人是要有一點精神的，精神非天成，而是人造。因時制宜地創作各種精神，如武士道精神、雷鋒精神等，倘若持之以恆，就可能被當作傳統的民族精神。

　　谷澤永一不僅認為十七條憲法是杜撰，而且根本不承認有聖德太子這麼個人。他是大阪人，評論家、書志學家，可冠以著名二字的，2011 年去世了。好像在社會上被劃為右翼，但特立獨行，我向所佩服。他的那位盟友渡部升一時常以過激為賣點，就令人討厭。2004 年谷澤出版一本書，叫《聖德太子不存在》。「聖德太子不存在，早就成為了學界的常識」，那他為甚麼還寫了這麼一本書呢？況且他也不是搞歷史的，雖然

可能比他推崇的歷史小說家司馬遼太郎少一些小說家言。原來在他看來，「聖德太子是虛構，這個知識好像還未必能說在世上廣為普及了」。或許一般人並不要去分清史實與傳說，多數學者也不願拆大眾的台，戲就照舊演下去。據《日本書紀》所記，欽明天皇在位的 552 年，百濟聖明王遣使「獻釋迦佛金銅像一軀，經論若干卷」，天皇「歡喜踴躍」，但蘇我氏崇佛，物部氏排佛，兩派對立，發展為戰爭，聖德太子閃亮登場。這段記述其實並不是日本的歷史，而是利用隋唐末法思想的文獻所編寫的故事，好似中國佛教史的山寨版。《日本書紀》創作了一個聖德太子，無非說日本也出了聖人，就從思想上歸屬了大陸文化圈。

《日本書紀》稱聖德太子為皇太子，未出現聖德二字。其實，那時候尚無皇太子制度，天皇的稱呼也沒有。水戶藩主德川光國召集學者編撰《大日本史》（漢文紀傳體，1906 年完成），「輯成一家之言」，對幕末尊皇思想影響甚大，正文也不用聖德太子之名。從史料來看，聖德太子這個叫法最早出現於 751 年成書的漢詩集《懷風藻》序文。大約 10 世紀初出現了一本漢文編年體的聖德太子傳《聖德太子傳曆》，徹底把聖德太子傳說化，後來流行太子信仰。這本集大成的傳記開篇道：用明天皇還是皇子的時候，「夜，妃夢。有金色僧，容儀太艷，對妃而立，謂之曰：吾有救世之願，願暫宿后腹。妃問：是為誰乎？僧曰：吾，就是菩薩，家在西方。妃曰：妾腹垢穢，何

宿貴人？僧曰：吾不厭垢穢，唯望歔感人間。妃曰：不敢辭讓，左之右之隨命。僧懷歡色，躍入口中。妃即驚寤，喉中猶似吞物。妃意太奇，謂皇子。皇子曰：你之所誕，必得聖人。」百濟派王子阿佐朝貢，禮拜聖德太子是「救世大慈觀音菩薩」。

　　教科書或歷史書籍上常見一幅聖德太子的肖像：兩撇髭，幾綹髯，持笏，腰掛一柄長劍，兩旁各立一小人，是兩位王子。構圖類似閻立本的歷代帝王圖，傳說是百濟王子阿佐畫的，也有說是中國人的作品。明治維新以後文明開化，廢佛毀寺，法隆寺慘遭破壞，難以維持，把三百多件寺寶獻給皇室，賞賜一萬日圓，得以維持寺廟。其中就有這幅畫，一旦為皇家所有，多麼貴重的寶物也不列為國寶。經濟大發展的 1958 年發行萬元大鈔，印上聖德太子的這個頭像。1982 年有人提出他不是聖德太子，或許此說所致，1984 年用福澤諭吉取代。現行教科書的圖片說明也改為：傳為聖德太子。四天王寺藏有聖德太子親筆書寫的《四天王寺緣起》，國寶，也早已判明是偽託。

福澤諭吉與明治維新

　　明治維新，這個詞含有兩個意思：狹義指 1867 年江戶幕府第十五代德川將軍奉還大政，明治新政府成立，天皇親政，1868 年發佈「五條誓文」（明治政府的基本方針），富國強兵，所以今年是明治維新一百五十年（確切地説，是改元明治一百五十年），連中國媒體也跟着紀念，大概要當作他山之石；廣義指日本創立近代國家的一連串過程，至於截止於何時，廢藩置縣抑或立憲體制之確立，眾說不一。與明治維新有關的另一個詞是福澤諭吉，我們中國人也久聞其名，廣義的明治維新期間他堪稱最大的啓蒙思想家。

　　福澤諭吉的業績主要在教育和著述。代表性著作有《勸學》《文明論之概略》《福翁自傳》。特別是《文明論之概略》，明確給時代提出理論性指針，對後世也產生不可估量的影響，屹然為近代日本思想史的經典。不過，據一位把此書翻譯成現代日語的大學教授調查，他的學生裏沒有人讀過福澤的著作。正因為是啓蒙讀物，而今讀它不需要高度的知識和訓

練，但畢竟過去百餘年，當時寫得簡明易懂，現今卻變得佶屈聱牙了。明治時代的書還是滿紙漢字，對於遠遠比日本人更堅持漢字傳統的中國人來説，倒是別有親切感，若略通古文，幾乎可以用梁啓超的「和文漢讀法」讀出個大概。

　　福澤諭吉出生於天保五年十二月十二日，換算為新曆，是1835 年 1 月 10 日，卒於 1901 年，整個是 19 世紀的人。父親是中津藩（今大分縣中津市一帶）的下級藩士，駐在大阪為藩府經商，福澤就出生在大阪（古時寫作大坂，傳説明治政府看坂字好像是「士反」——武士造反，不吉，改作大阪）。父親好儒學，福澤出生時他得到一本清乾隆年間的《上諭條例》，於是給兒子起名諭吉。一歲半時父親病故，全家回到中津藩。他們説大阪話，被當作外鄉人。中津藩是小藩，福澤是末子，父親甚至想讓他出家當和尚，或許有出頭之日。福澤在《福翁自傳》中回憶：「每當想起此事，我都憤恨封建的門閥制度，同時又體諒先父的心事，獨自流淚。為了我，門閥制度是父親的敵人。」自幼感受和經歷的不平等是福澤諭吉日後極力主張平等與自由獨立的內因。第一次出洋，他也留意美國人不知道總統的孫子是做甚麼的，這要是在日本，即使不知道「鄰居是做甚麼的人」（芭蕉俳句），也不會不知道幕府將軍的孫子。可見，出身不平等始終是鬱悶在福澤心頭的一個情結。

　　1853 年彼理率美國炮艦敲開了日本鎖國二百年的大門，風雲際會，特別是薩摩、長州兩藩（薩長）的下級武士，如所

謂維新三傑的西鄉隆盛、大久保利通（另一傑木戶孝允出自藩醫家庭），大致和福澤同代，乘機突破身份等級，投身於推翻幕府活動。伊藤博文（生於 1841 年）比福澤小六歲，由於身份低，當年只能站在松下村塾門外聽講。他踴躍地火燒英國公使館，又突然去英國留學，目睹英國的國力，驚駭得趕緊擁護開國論。如此善變，不愧為政治家。更有甚者，今年日本「央視」播映大河電視劇的西鄉隆盛可謂忽官忽賊，變來變去。與勤王志士相比，福澤諭吉不是政治家，而是讀書人，走的是學而優則仕的老路。

福澤十多歲時用功讀漢籍，尤其愛《左傳》，通讀十一遍。還作為武士，練就拔刀一擊術。連鄉下也聽說彼理的黑船（船體塗黑漆的炮艦）闖進了日本，一時間舉國談「炮術」，當家的兄長支持福澤去長崎遊學，學習荷蘭語，以了解「荷蘭炮術」。轉年到大阪進適塾，鑽研「蘭學」（通過荷蘭語研讀西方學問）。開辦適塾的是日本近代醫學之祖緒方洪庵，號適適齋。1858 年福澤奉藩府之命前往江戶，在中津藩「駐京辦事處」的蘭學塾擔任講師；慶應四年的 1868 年改稱慶應義塾，後來發展為慶應義塾大學。

到江戶翌年，遊覽並考察外國人居留地橫濱，發現「英學」取代了蘭學，荷蘭話完全派不上用場，連招牌都不認得，懊喪之餘，抱着字典自學英語。1860 年江戶幕府派遣使節團，咸臨號護衛，福澤充當艦長的隨從赴美國西海岸，大開眼界。歸

國後就任職幕府「外交部」，當了幾年官。把在美國買來的廣東語和英語對照的《華英通語》加上日語，刊行平生第一本書《增訂華英通語》。

1862 年福澤諭吉又作為翻譯，隨幕府使節團出使歐洲。途經香港時目睹英國人把中國人當貓狗對待，深受衝擊。一年間歷訪各國，痛感需要在日本普及「洋學」。歸國時伊藤博文等人正火燒英國公使館，攘夷論甚囂塵上，他建言幕府征討長州藩。1867 年再度隨團出使美國接收軍艦，為時半年。三度出洋，「驚訝的同時羨慕之，難抑我日本國也實行之的野心」。福澤的能力主要是儒學教育所訓練的頭腦，和通過英學掌握的西方思想知識。接連出版《西洋事情》《西洋旅指南》等，以翻譯為主，介紹西方新知識，啟蒙各色人等。

1867 年馬克思出版《資本論》，在遙遠的東方日本，幕府被打倒。福澤諭吉認定明治新政府是「守舊的攘夷政府」，拒不出仕。可志士們並非為藩主爭霸，而是要借機上位，建立一個歐美式國家，所以掌權後變臉，由攘夷轉向開國，這可教福澤始料所不及，也就不改初心。他在巴黎、柏林拍照，手持一把刀，這是武士的標配，明治維新後變成了一介平民。1892年撰寫《瘠我慢之說》，說立國是出於私情，並非公心，大難當頭，要知其不可為而為之，這就是「瘠我慢」，乃武士的美德。「殺人散財是一時之禍，而維持武士美德乃萬世之要」。痛斥勝海舟和榎本武揚，在諸侯爭霸之際，身為幕府的重臣，

卻一個主和，一個投降，不能為君主盡忠，與敵人並立於新朝，升官發財。人到暮年，福澤的壯心裏仍然保留着武士道精神，為幕府已走上開國之路的覆滅長嘆息。不過，福澤雖然不當官，卻也曾應允替政府辦報，只是因牽涉政爭被爽約。1882年就此創辦了自己的報紙《時事新報》，妄議朝政，這樣的大V當然被警察置於監視之下。

與時俱進，福澤尋機從譯介轉向著述，建構自己的理論，「從根底上顛覆全國的人心」。恰好1871年回鄉，與人合寫《中津市學校之記》，倡導自勞自食，一身獨立。若廣佈世間，其益亦應擴大。此後獨自寫下去，1872年出版《勸學》初編，到1876年出版十七編，1880年加上《合本學問之勸序》（原題如此），合為一本書出版。序中自道，此書是「讀書之餘暇，隨時所記」。連續出版《勸學》其間，福澤又撰寫《文明論之概略》，從書名上也可看出兩本書的讀者對象是不同的。晚年出版《福澤全集》，緒言中有言：以前的著譯主要引進西洋新事物，同時摒棄日本陋習，說來無異於把文明一段一段地零售。到了1874、1875年前後，世態漸定，人心漸熟，此時寫西洋文明之概略，以示世人，訴諸儒教流故老，也能得到贊成，豈不最妙。《勸學》起初就是給學生寫教材，而《文明論之概略》寫給50歲以上的讀者。他們視力漸衰，從小習慣看粗大的版本，所以此書的版本採取古書樣式，文字特大。後來出版活字版，與木版本並行於世，印數幾萬冊，很多老先生來

信予以好評。西鄉隆盛也通讀一過，並曉諭子弟閱讀。

意在啓蒙，首先要明確讀者對象，這兩種書分別達到了著書立說的目的。《勸學》十七編總計印行七十萬冊，其中初編不下二十萬，再加上盜版，估計有二十二萬冊，當時人口三千五百萬，算來一百六十個國民當中就有一人讀初編，古來稀有。有意思的是，後來說法變成每編印行二十萬，十七編合計達三百四十萬冊，流佈全國。不管怎麼說，它無疑是日本出版史上第一本超級暢銷書。暢銷的前提是江戶時代以來對普及教育的重視，民眾的讀寫能力之高，所謂文明古國也不能同日而語。中國的近代啓蒙似乎多「概略」，少「勸學」，吃人血饅頭治病的老栓小栓和阿Q小D祥林嫂不會讀魯迅的小說《藥》。沒有福澤諭吉那樣的啓蒙家，當然也不會有日本那樣的國民。「啓蒙」一語也帶有上智開導下愚的封建性意思，上智作為現實主義者，自負能理性地看清現實。

「民權」論者受歐美政治制度及思想的影響，以開設國會為第一目標，宣揚國內民主主義之必要；「國權」論者深刻認識到歐美帝國主義的威脅，以修改不平等條約為第一目標，鼓吹國家獨立。福澤諭吉則看清兩者之間的關係，統而言之。一年間專心於讀書與執筆，1875年出版《文明論之概略》。主要參考了法國史學家基佐的《歐洲文明史》和英國史學家巴克爾的《英國文明史》，而且本來有深厚的漢學素養，博引儒家典籍，隨手拈來史書中的事例，以助理解。所謂文明論，開宗

明義，緒言中寫道：乃人之精神發達的議論，其趣旨不是論一人之精神發達，而是集天下眾人之精神發達於一體，論其一體的發達。故而文明論或亦可稱之為眾心發達論。全書共十章，前九章搭建理論體系，最後的第十章寫到和外國交際之難，以及對策，為現實政治謀劃進言。此後又接連撰寫《分權論》《通俗民權論》《通俗國權論》等理論性著作。

《勸學》是以初學者為對象的文明入門書，並不是學問。主要講兩個原理，一是人的平等。平等才可能自由獨立。二是國家的平等，也就是獨立。平等不但是個人的事，也是國家的事。至於兩者的關係，在於「一人獨立而一國獨立」。福澤認為東方沒有的東西，有形的是數理學，無形的是獨立心。《文明論之概略》也講了兩個原理，一是需要文明，即人民的智和德進步，二是國家要獨立。為實現對外獨立，必須國內先文明。國之獨立是目的，國民的文明是達成這一目的的手段。如果兩者出現了矛盾，則文明為先，「不可拘泥於一國獨立等之小事」。原則上個人的自由獨立、人以及國的平等、文明的進展，其價值超越國家，甚至先行於國家的獨立。但特殊情況下，事急矣，則萬不得已，也應該把國家的獨立當作第一目標。

文明是相對的，逐步發展的。福澤並不是簡單的西方文明崇拜者，只是當現實地議論文明開化時，才認為西方文明可說是最好的。福澤的文明有兩方面意思，也就是物質文明與精神文明。物質文明很容易採納，而引進精神文明為難，但重要的

是精神文明，他稱之為「一國人民的風氣」。《文明論之概略》中篇幅最大的是第九章「日本文明的由來」。文明的本旨在於上下同權，而日本文明的問題正在於權力不均衡。日本有政府無國民，日本人民不關心國事。遍及日本，無論大小或公私，人與人的關係都是上下關係，不存在平等相交。這是日本的國民性，似乎也是儒教社會的普遍現象。反抗者只要求均貧富，這樣的社會構造就會是千古不變。

一個國家的存在是與其他國家相對而言，所以最重要的是外交，獨立也是外交問題。福澤的一些論點具有普遍性，今日讀來也令人認同。例如他認為，君主政治也罷，共和政體也罷，制度各有所長，也各有所短。叫甚麼名稱，不過是人的交際之一。「果不便利，亦可改之，或無礙於事實，亦可不改之」。人的目的惟有達到文明一事，為達到文明，不可無種種之方法。隨試之，隨改之，經千百試驗而有所進步，人的思想不可偏於一方，要綽綽有餘。那麼，誰也不能把自己的政治制度強加於他國。

政治思想史學者丸山真男著有《讀〈文明論之概略〉》，上中下三冊，篇幅相當於《文明論之概略》的三倍多（本來是二十五次讀書會的錄音記錄稿）。據他說，由於悲悲慘慘戚戚的戰敗，人們痛切認識到從頭學取近代自由的必要，一直以來名聲很臭的自由主義者乃至個人主義的功利主義者福澤諭吉又要被叫回到舞台上來。戰敗後福澤的學說時來運轉，政治學者

取其民主主義，經濟學者取其自由主義經濟，教育家取其個人的自立，女性主義者也取其婦人論，不亦樂乎。

福澤諭吉身高一米七十三，體重六十七點五公斤，在當代日本人中間也算是大漢。好酒，適塾年代常去牛鍋屋痛飲。死後土葬，1977年福澤家遷墳，掘地四米，只見貼了一層青銅的棺材裏灌滿地下水，他仰臥其中，變成了屍蠟。有人主張學歐洲，作為國家遺產永久地保存，但家屬以及眾多粉絲不想看偉人這一副模樣，未加解剖，付之一炬。倘若真的給後世留下一具化作木乃伊的福澤諭吉，恐怕尊容也就不好印上萬元大鈔。或許因著有《帝室論》《勤王論》等，他頗受保守派敬仰，高踞日本最大的面值已有三十多年了。

駱駝祥子拉過的洋車

很多年前看過日本電影《華之亂》，吉永小百合扮演女歌人與謝野晶子，裹着厚圍巾坐在車上。車是人力車，掛着提燈，上面寫了個「俥」。我認得此字，是象棋的一個子兒。明治的時候日本人竟然不知道中國早就有，特意造了這麼個字，表示人力車。關於人力車的發明，有說美國一鐵匠發明的，也有說一美國人在橫濱發明的，給他病妻坐，以利於行，但日本人一般認定是他們的發明，卻也鬧不清到底是誰。

據說人力車的發明與福澤諭吉有關。1867 年德川幕府第十五代將軍把大政奉還給天皇家之前，福澤隨團去美國接收幕府購買的軍艦，自己買了一輛嬰兒車帶回來。推兒子散步，有個叫和泉要助的，看見了靈機一動，造出人力車。請福澤觀賞，或許他大喜之餘，名之為人力車。這種話姑妄聽之，但和泉起碼是明治三年春（1870 年）向東京府申請人力車製造與營業的人之一，有據可查。他的墓在東京的長明寺境內，碑石上銘刻「大車院自在日乘信士」。

19 世紀後半日本積極引進蒸汽機車、蒸汽船等近代交通工具，而人力車作為日本獨特的交通手段，也算是日常生活中對西歐文化的一個反應。古時候車在日本不發達。江戶時代有「大八車」，幾個人在前面拉，意思是能頂上八個人搬運。周作人記述「日本的衣食住」，說：「昔時常見日本學生移居，車上載行李只鋪蓋衣包小几或加書箱，自己手拿玻璃洋油燈在車後走而已。」這車就是小型大八車吧，半個多世紀之後我來到日本，搬家就只有僱汽車了，而中國也有了「車到山前必有路，有路必有豐田車」之說。大阪有一種「輕車」，與船運爭生意，比大八車窄，也是二三人曳綱。在我的印象裏，中國多是推車，而日本人喜歡拉車，例如「山車」，花裏胡哨很笨重，廟會時一眾人等拉着它鬧鬧哄哄地遊街。人力車就是給轎子裝上了輪子，由扛改為拉。明治時代日本出口技術，首屈一指是人力車，但當時法律不備，可能也沒有賺到錢。中國最不缺的是人力，這東西傳來立馬就遍地開花，祥子們拉着滿街跑。1921 年春天芥川龍之介乘船到上海，一上岸，「大約幾十個車夫忽地把我們包圍了」。魯迅坐上它，遇上中國第一樁「扶不扶」的難題，寫成了名篇〈一件小事〉。

　　愛因斯坦 1922 年訪問日本，認為人力車不人道，奴隸的幹活，拒絕乘坐。創設吉美美術館的法國實業家愛米爾‧吉美明治九年（1876 年）來日本，記述了坐人力車的感慨：起初坐人力車感到一種特異的痛苦，被和自己同類的人拉着。每一

步所感受的人的速度、疲憊都讓人有一種後悔。但一點點就慣了，甚至覺得是非常快的交通手段。從事這個工作的男人們總是那麼快活，也就沒有了後悔，只剩下樂趣。這些拉車的人並不是特別窮才被迫幹這種艱苦的勞動的。

對於西方人的觀察和見解我只能匪夷所思，大概他們認為只有不文明、不人道的東方人才搞得出這玩意兒。莫非吉美一門心思收藏東方藝術，數典忘祖，不知道貴同胞 Claude Gillot 1707 年就畫過兩輛人力車在巴黎街頭頂牛，互不相讓，連車上的乘客也探出身子互相指責。橫濱本來是漁村，美國炮艦把德川幕府嚇得打開國門，1859 年在橫濱開港，設置外國人居留地。當地人和洋人打交道，創造了「波止場語」，相當於上海灘的洋涇浜英語。和洋人接觸最多、最活躍的，除了買辦，就數人力車夫，他們用洋涇浜英語跟洋人溝通。可見，洋人愛坐人力車。而且坐車也未必文明，常有坐了不給錢，甚至用皮鞋踢車夫。也許在遊牧民族後裔看來，拉車的就是牛馬，任人宰割。

德川幕府倒台，江戶變成東京，萬象更新，出版盛行「繁昌記」，用一種紀實並詼諧的手法記述新事物。佼佼者是明治七年（1874 年）刊行的服部撫松著《東京新繁昌記》，第一寫學校，第二便寫到人力車：「人無足而奔，無翼而飛者，街頭肩輿之舊力也。二腳而兼四腳，一人而載二人者，御免人車之新力也。彼則如騎牛而詣善光寺（緩之極也），是則似鞭虎

而超千里數（急之極也）。便與迂，緩與急者，非同力之論也。是乃所以肩輿潛伏而人車跋扈也。人車之始行於都下，在己巳年，距今僅六年間，而其數幾六萬。」

人力車比轎子快捷，比馬車便宜。提燈上寫着「御免」二字，意思是「借光」，挽夫駿足，一路喊着借光、借光，「屈腰伸腕，雄奔群集之中。右避左讓，額以押群，踵以撥眾」，真個是「不須蒸氣不須馬，人力縱橫載客行」。

己巳是明治二年，即 1869 年。八年後的 1877 年，也就是明治十年，黃遵憲隨中國有史以來第一任駐日公使何如璋東渡，雖然這時上海法租界已引進人力車，後來再傳到北平、天津等地，被叫作洋車（東洋車），也叫黃包車，但可能黃遵憲出國之前沒來得及見識。前一年他倒是曾隨父出遊，還晉見了李鴻章，被這位看出蕞爾小國「日後必為中國肘腋之患」的直隸總督當眾誇為霸才。黃遵憲來到日本，看見路上跑來跑去的人力車，很覺得新鮮。他是詩人，自然要作詩，曰：「滾滾黃塵掣電過，萬車轂擊復竿摩，白藤轎子蔥靈閉，尚有人歌踏踏歌。」

詩收在《日本雜事詩》中，並附有註解：「小車形若箕，體勢輕便，上支小帷，亦便捲舒。以一人挽之，其疾如風，竟能與兩馬之車爭先後。初創於橫濱，名人力車。今上海、香港、南洋諸島仿造之，乃名為東洋車矣。日本舊用木轎，以一木橫貫轎頂，兩人肩而行。轎離地只數寸。乘者盤膝趺坐，四面嚴

關，正如新婦閉置車帷中，使人悒悒。今昔巧拙不侔如此。」

我讀的是日本平凡社出版的「東洋文庫」所收，「竿摩」被手民誤作「竿撃」，「葱靈閉」也誤為「葱靈開」。葱靈，即窗櫺。日本的轎子，更精準地説，前後二人肩扛一個木的或竹的粗糙坐席叫「駕籠」，我們不妨想像一下四川的滑竿。像一個精緻的小房子，側面有拉門乘降，用一根粗楦子前後各兩人肩扛，叫「乘物」，是權貴乘坐的，相當於中國的八抬大轎。除了醫生有特例，平民百姓不能用。這是「乘輿制度」，最初由豐臣秀吉規定，德川家康繼承並強化，直到幕府滅亡才廢止。駕籠是公共交通工具，有「駕籠屋」經營，而乘物是富貴人家所有，如同私家車。一撥撥腳夫輪番抬，沿驛路奔走，這種高速駕籠從江戶到京都只需要四天半的工夫，令黃公感嘆「亦絕技也」。人盤腿坐在乘物裏，把門拉上，四面屏蔽，有小窗可以觀望。黃遵憲此詩將人力車與轎子對舉，就是説，東京已經有很多很先進的人力車，但仍然有人坐轎子。這首詠人力車是他十年後擔任駐英參贊，在倫敦改訂詩集時重作的，也改寫了註解。原先的詩只是寫人力車，註解也沒有説到轎子。

錢鍾書批評黃遵憲的詩，有云：「蓋若輩之言詩界維新，僅指驅使西故，亦猶參軍蠻語作詩，仍是用佛典梵語之結習而已。」（見《談藝錄》）這話拿來説日本人或許更合適，「用佛典梵語」以及「驅使西故」（海西的中國和西洋的歐美）是他們的傳家本事。黃遵憲駐日頭兩年創作《日本雜事詩》，想

來也受到當時日本詩人們的啓發和影響。譬如大沼枕山，被稱作江戶時代最後的漢詩人，東京詩壇的領袖，把日新月異的東京事物寫成七絕三十首，名為《東京詞三十首》，明治二年付梓行世。黃遵憲創作二百首，全面反映了明治日本，史料價值以及藝術性都大大超過大沼。

明治維新的基本語言是漢文。夏目漱石與明治新政府同年（1867年），本來讀漢文，但瞻念前途，以後不再是漢文的時代，轉而學英文。他是明治最後的漢詩人，下一代的芥川龍之介、永井荷風寫不來漢詩文，已經只剩下愛。戰敗後日本全面倒向美國，到了1969年，明治文學也成為古典，《明治文學全集》裏的《東京新繁昌記》並不是服部撫松撰寫的漢文，而是日文的翻譯。不消說，大沼枕山的詩更早已丟進故紙堆。所幸我們有梁啓超的法子，無視假名，把漢字顛來倒去，便可以讀通，也是我僑居異邦的一個遊戲。讀一讀明治初年日本人用漢文寫人力車的詩，也是蠻有趣。有寫車夫的：「健腳輕輕義氣揚，群輪忽地列成行，疾徐唯在錢多寡，不屬車夫弱與強。」有寫窮人坐車的：「如飛雙腳健堪誇，人力能通邇與遐，貧若馮諼免彈鋏，出門無客不乘車。」有寫美女坐車的：「陌上無人不買車，朱輪秀幔競華奢，也應呼做移春檻，嬌艷載來雙朵花。」

大沼枕山也寫道：「車夫何早起，拂拭車上塵，車客猶未到，結束立凌晨。昔日胡為者？三千石幕臣。出門乘輿馬，揚

揚上士身，今日渾忘此，快載商賈人。東西南北挽，終日得數緡，妻子待薪米，餘錢能飲醇。」

他慰藉車夫：「世今無貴賤，有能誰敢倫，知否舊僚友，賣媚列縉紳。無才又無力，不得轉洪鈞，輸君腕力健，輕輕推重輪。」

1871 年明治政府發佈禁止裸體令，理由是外國甚鄙之，丟國家面子，從此車夫穿上外褂，澡堂子男女有別。這位車夫本來是武士，明治維新後淪落給商人拉車，一大早「結束」一番，穿戴整齊地候客也可能是武士的教養。但是說「君雖不識字，聽詩氣應伸」，卻令我奇怪，食祿三千石的幕臣居然不識字，日本不是一向自詡江戶識字率為世界第一嗎？

明治年間淺草一帶有煙花巷，樋口一葉的小說《青梅竹馬》寫到那裏的人力車，「十分鐘裏這條路上就跑過去七十五輛」，真個是「車聲如雨過雷門」。淺草是景點，經濟大發展以後雷門前面又出現人力車，載客遊覽，一路給講解。我沒有愛因斯坦那般的境界，但是被朋友鼓動讓鬼子拉一圈，卻怎麼也不好意思坐。車駕光鮮，車夫都是矯健的年輕人，穿戴上車夫傳統的短靠軟靴，個個像浪子燕青，若拉上「姐妹嬌妝同一車」，倒也為景點添彩。

偶然翻看了一本童書《車夫》，寫一個高中一年級男生，突然父親不知去向，母親也棄家而去，他為了生活，只好在淺草那裏拉人力車。儘管有夥伴和乘客的人情味支持他成長，畢

竟活得不大像日本故事。再看見景點上車夫招客,那笑臉似乎就假了許多。

人民當家作主以後中國禁止人力車,所以我只是在小説裏讀過祥子,影視上常見人力車,好似民國的城市符號。車夫頗多地下黨,寸頭短褂,或者戴一種好像女人戴的軟帽子,「愈走愈大,須仰視才見」。三輪車像是人力車與腳踏車的合體,車夫和車客都坐着,顯得很平等。京城裏用它遊胡同,沒有客人時車夫就半躺在車上,翹起二郎腿。

谷崎潤一郎與中國

常見媒體說魯迅與諾貝爾文學獎如何,其實,諾貝爾文學獎評選保密五十年,魯迅那段莫須有,申請評委會開示即真相大白。日本媒體就是這麼做,所以確切地知道谷崎潤一郎曾七次入圍諾獎,1964 年被列為「特別值得注目的作家」,但最終獎給法國的薩特,他卻拒而不受。評委會要從語言和地理上擴大該獎項,派人到日本調查,甚至考慮過同時獎給谷崎潤一郎和川端康成。1965 年谷崎病逝,諾貝爾不獎勵死者。1968 年川端康成獲獎,2019 年初評選記錄也揭曉。谷崎和川端的推薦都是三島由紀夫撰寫的,評價谷崎以最高水準成功地融合古典性日本文學和現代性西方文學;主題看似被限定,其核心常有理想主義者的批評感覺;洞察人的本質之尖銳顯著呈現於美的世界,令人驚訝;他一直做着纖細而光輝、虛幻而厚重的堪稱藝術的工作。

谷崎是日本文學史上最重要的文學家之一,現今仍然被研究者重視,但對於一般讀者來說,其人其作已有點過時,年輕

人難以理解《刺青》所描寫的變態的「工匠精神」。名氣反倒是走出國門更大些，尤其在中國，簡直像補課一樣捧讀或濫讀太宰治、三島由紀夫、夏目漱石、谷崎潤一郎等日本作家。他將通俗的故事與藝術的形式完美地結合，在純文學領域別開生面，並且是偵探小說的先驅。當然也有人不以為然，例如小說家中上健次把谷崎叫作「故事豬」。谷崎筆下「『女性之美』發揮絕對的惡魔力量成為勝利者，男人跪拜其前絲毫無悔」，可今天的女性會覺得受辱也說不定。

谷崎潤一郎生於 1886 年，比 1867 年出生的夏目漱石晚一代，比 1909 年出生的太宰治早一代。他記得夏目漱石在一高教英語時，每當在走廊或操場上遇見都行禮，惜乎漱石不任教他們年級，沒有機會親聆教誨。永井荷風、芥川龍之介大致和谷崎同代。作為同代人，他們都從小讀漢文，雖然已經不能像森鷗外、夏目漱石那一代擅長作漢詩，但具有漢文素養，畢其一生喜愛漢詩文。谷崎在《青春物語》中寫道：「還有一個給我力量的是荷風先生的《美利堅物語》的出現。我大學二、三年時患上嚴重的神經衰弱，到常陸國助川的偕樂園別莊易地療養，那時才得讀此書。想來很久以前，如漱石先生的《草枕》《虞美人草》，出過非自然主義傾向的作品，但沒有人像此書的作者，反對自然主義的態度這般鮮明。至少我有這種感受。而且漱石先生的社會地位、文壇地位和我過於懸隔，覺得難以接近，而荷風氏是當時羈旅法蘭西（？）的最激進的新秀作家，

估計還是二十多歲的青年，我暗有親近感，彷彿自己藝術上的血族早就出現於此。我將來若能登上文壇，首先想得到此人認可，沉浸於這樣的日子或將到來的夢想。」谷崎一露頭角，在慶應大學任教並創刊《三田文學》雜誌的永井荷風便大聲喝彩，讚他「成功地開拓了藝術的一個方面，這是迄今明治文壇無人能下手或者不敢下手的」。可以說谷崎和永井亦師亦友，和芥川則地道是朋友，所以芥川行文不會像稱呼德富蘇峰那樣叫谷崎先生。他稱讚谷崎的文章是「良工苦心」。谷崎第三任妻子松子本來是芥川的粉絲，芥川來關西，松子見偶像，結識了在座的谷崎。二人大跳其舞，芥川作壁上觀。谷崎說一些你是我的女神、我是你的僕人之類的藝術性話語，松子離婚嫁給他，相伴終生。

　　谷崎從小愛學習，成績優異，甚至被視為神童。17歲作文「評厭世主義」，他這輩子不厭世，活得津津有味。三島由紀夫曾評說：芥川龍之介的自殺對谷崎文學起到反作用，他一定以天生受虐狂的自信嘀咕：要是我的話，就更多地好好失敗，這麼樣長命百歲。中國死了西太后的1908年，谷崎考入東京帝國大學國文學科。參與復刊《新潮》雜誌，發表短篇小說《刺青》。因拖欠學費，1911年中途退學，這一年旅日六年的周作人攜日本太太回國。周作人比谷崎大一歲，晚死了兩年，便趕上文化大革命。

　　谷崎旅遊過中國兩次。

第一次是 1918 年，世界上打完第一次大戰那年，33 歲。動身四個月前，德富蘇峰出版《支那漫遊記》，谷崎當然拿它做攻略。德富蘇峰從標榜平民主義轉向鼓吹帝國主義，認為「中國從四千年的過去有很多偉大的政治家，日本將由於政治的貧困而亡國」，兩次遊歷中國，1906 年出版《七十八日遊記》，1918 年出版《支那漫遊記》。明治政府成立後，與大清建交，人員往來頻繁。時代所致，中國人東渡，往往意不在日本，而日本人西遊，目標就是中國，更不乏入侵的意圖，所以連哪裏有小小的煤礦都記錄在案。雖然日益西化，但是為明治維新發揮過作用的漢文化並未滅跡，甚至在濁流中掀起浪花，那就是「支那趣味」。

　　谷崎的短篇小說《鶴唳》（1921 年）把這種「支那趣味」寫得淋漓盡致。

　　——「我」租房住在離東京不太遠的濱海小城，整個冬天窩在書齋裏。3 月的某日，天氣晴好，午飯後曳杖散步，走到有很多別墅的小山那邊，發現了一處石垣崩壞、雜草茂密的院落。扒牆頭窺探，最先看見一隻鶴，和一個身穿絢爛的支那衣裳的少女。院內雖然荒廢，卻不失雅致，有一座支那式二層樓閣。四方的檐頭像八字鬍一樣啪地翹向天空，和欄杆聯手弄出了「日本建築不大見的幻想曲線」。正面有塊匾，楷書「鎖瀾閣」。門開了，走出來一個 40 歲模樣的黃臉支那人。回家告訴老婆今天遇見了怪事，但老婆笑了，說：街上都知道，只有

你關在書齋裏一無所知。他們父女不是支那人。於是老婆講了有關那個大宅院的傳聞。

主人叫星岡靖之助，祖上代代是藩醫，到了他爺爺，行醫之餘耽讀漢籍為樂。父親早故，寂寞的環境使靖之助變得陰鬱，生活放蕩。27歲的時候突然聽從母親，娶世家之女為妻，生女兒照子。母親死後靖之助又落寞起來。厭惡家庭的空氣，躲進梅崖莊。那裏有祖父留下的支那文學，還有祖父的梅崖詩稿，一本接一本地瀏覽，也作起漢詩。身邊的器物盡可能用中國造。某日突然說：我要去支那。不是說我要去趟支那，而是說去支那，好像去了就不再回來。他是想活在支那的文明和傳統之中，死在那裏。自己也好，祖父也好，總之，活在這貧弱的日本是因為間接受益於支那思想。自己體內流着支那文明的血。自己的寂寞非支那而無法撫慰。

然而一年前，照子已經12歲，離家七年的靖之助突然回來了，站在本該永久拋棄的自家門口。瘦得地上找不到影子，腰無分文。而且不是一個人，還帶回來一隻鶴，和一個十七、八歲的可愛的支那婦人。他像愛支那一樣愛此女，沒有她一天也活不了。他憧憬的支那現在全在於此女和鶴。照子問：支那是好地方嗎？靖之助回答：好地方，圖畫似的國度。不久從支那運來建築材料，拆除梅崖莊，建起鎖瀾閣，靖之助和支那女隱居其中，以至於今。

靖之助一句日語也不說，只是和支那女互相說支那語，笑

聲朗朗。他只許照子靠近鎖瀾閣。為了讓女兒親近父親，母親給照子買了支那衣裳。照子漸漸會說支那語，問父親到甚麼時候才說日語，回答是一輩子不說日語。此後靖之助又厭惡被照子太親近。

過了幾天，街上口口相傳，照子在院子裏用短刀殺了支那女。支那女叫着亂跑，但人們以為那叫聲是鶴唳。兩個身穿支那衣裳的女人在綻開的芍藥花旁邊追來追去，支那女那雙非常小的腳跑不過照子。照子把她按倒，用日語說「你是媽媽的敵人」，噗地把短刀刺進她的喉嚨。支那女的慘叫又像是一聲鶴唳。

這個小說像一個寓言。

「支那趣味」，這種崇仰中國古典文化、嚮往中國的趣味和情結是在千百年來吸收中國文化、與中國交流中形成的，和西方的所謂東方主義不是一回事，雖然在盲目地接受西方文化的背景下被突顯，很有點異樣。無論西方的意識和話語如何迫使東方文化重編乃至變形，日本人仍是從東方的內部看中國，和西方人從外側看中國全然不同。日本人看中國甚至是下意識的，而西方人總是有意識地看中國。谷崎潤一郎所認識的中日差別不屬於西方文化與東方文化的異質性。他描寫的中國形象和歐洲文學裏描寫的東方看似有同樣的特徵，但谷崎的描寫是歷史的，而歐洲更多是地理的，各有遠隔性。谷崎說得很清楚，「曾有許多人，包括我在內，認為東方藝術落後於時代，不看

在眼裏，一味地憧憬西方文物，乃至沉醉其中，可是當某個時期來臨，又回歸日本趣味，再趨向支那趣味」。如果不具備中國文化的素養和訓練，即所謂「中國趣味」；看日本僅止於日本，即所謂「日本趣味」，那是終究看不透日本的。

明治維新以後，特別是甲午戰爭打敗大清國，日本看不起「文化大恩國」了，這種心態似遺留於今。啓蒙思想家福澤諭吉也啓蒙了對中國的蔑視。即便是夏目漱石，也不能免俗，輕蔑中國人和朝鮮人。年輕作家們對中國古典不感興趣，恐怕對日本古典也不感興趣，把「支那趣味」看作思想陳腐，所以踐行「支那趣味」近乎反潮流，是需要一點勇氣的。「支那趣味」不是對未知的慾望，而是畫家、文學家之流的日本文人想要去中國尋求、印證、落實他們從書本上獲知的中國古典文學藝術印象以及所引發的美好幻想。然而，幻想不是現實，現實中沒有古詩文的中國，古代的時候也未必有。倘若一門心思到中國尋找桃花源，按圖索驥，自然要大失所望，甚而對衰敗中的中國產生厭惡。於是把中國分為兩個，一個是古代的中國，一個是現實的中國，美化前者而醜化後者。

谷崎潤一郎是一個特異的存在。他看中國、遊中國的心態始終是平和的，似乎不大有失望。有時也抱怨甚而謾罵，那基本是遊客的不滿，也同樣對待日本人導遊、日本旅遊團。這種心態大概要歸因於他「沒有思想」。谷崎不曾廣闊地描寫人世間，戰爭期間以妻子四姊妹為原型寫《細雪》，不効力軍事當

局，也不是思想上有清醒的認識，而是性格所致，固執自己的意志。芥川龍之介訪問中國，既負有報道之責，又本來是對於將來漠然不安的人，兩相比較，谷崎會享受，把眼光局限於「支那趣味」，幾乎不關注現實，夢也就不會撞碎。他登上天平山，遠眺靈岩山，想起明人瞿佑所著《聯芳樓記》裏的兩句竹枝詞「館娃宮中麋鹿遊，西施去泛五湖舟」，那西施的故鄉近在眼前，和訪問日本歷史古蹟不同，覺得像非常遙遠的夢那般遙遠的東西一下子來到近前，真有種不可思議的心情。（《蘇州紀行》，他把靈岩山當作西施的故鄉，看來真「不知道西施的事跡」，西施故里在浙江的諸暨）西湖讓谷崎領會了林和靖的「水清淺」的含義與美，但芥川一言以蔽之曰「泥塘」，惡俗化景點。

谷崎的中國之旅，路線大致和德富蘇峰一年前遊歷中國相同，後來芥川訪問中國的路線也差不多，只是反其道而行之。這條經典路線反映了中國當時的情況。從下關上船，夜航到釜山。吃朝鮮菜，味道不佳。乘火車到奉天，遊北陵。再乘火車到山海關，隔日抵天津，入住法租界酒店。兩天後來到北京，逗留十來天。琉璃廠淘書，大柵欄聽梅蘭芳的《御碑亭》，新豐樓吃山東菜，遊天壇，逛八大胡同。沿京漢鐵路到漢口，乘船順長江而下，泊九江，遊廬山。又乘船到南京，遊覽夫子廟、秦淮河。去蘇州，僱畫舫遊天平山，眺望運河。回上海，再往杭州。整整兩個月，從上海乘船到神戶，然後乘火車返回東京。芥川鍾意的是北京等北方城市，而谷崎越往南走，越後悔把錢

浪費在朝鮮和滿洲，因為南方才充份呈現中國古時候的風貌。

回國後不久發表《秦淮之夜》（1919 年），有點像嫖娼紀行。某晚，月色好，吃飽南京菜，喝足紹興酒，土生土長的導遊領他去嫖娼，第一家太貴，第二家太醜，找到第三家暗娼，叫花月樓，哀求他留宿。砍價之後，價錢是第二家的四分之一，第一家的十幾分之一，成交。芥川去中國之前創作了短篇傑作《南京基督》，「借重谷崎潤一郎氏作《秦淮一夜》之處不少，附記以表感謝」。芥川寫的比谷崎別有深意，似乎暗喻了殖民者與殖民地的關係。

1920 年有人開辦電影廠，谷崎受聘為腳本部顧問。創作《業餘俱樂部》，拉來小姨子擔綱女主角，老婆女兒也出演小角色。谷崎要把老婆讓給好友佐藤春夫，就是打算娶這個小姨子，卻被她拒絕，便翻悔出讓，和佐藤絕交，當時谷崎構居小田原，被叫作小田原事件。谷崎把老婆留在小田原，搬到電影廠所在的橫濱。房子以前是俄國人住的，周圍住的都是西洋人。一年後搬回東京（他一輩子搬了四十多次家），房子是英國人住過的洋房，女傭會做英國式家庭菜餚，谷崎覺得吃到了真正的西餐。他從小愛吃中國菜，覺得遠遠比西餐好吃，去中國時吃「本場」的中國菜是主要的樂趣之一。谷崎還跟近鄰的俄國人學跳舞和英語，追求時髦。這時的谷崎既滿懷支那趣味，又迷戀西方。

但谷崎沒有去歐美，1926 年再度來上海，逗留一個月。

回國後沒再寫中國題材的小說，寫了遊記《上海見聞錄》和《上海交遊記》。這或許是受了芥川龍之介的影響。魯迅創作《阿Q正傳》的 1921 年芥川作為報社特派員考察中國四個月，在報紙上連載《上海遊記》《江南遊記》。谷崎是名人，出遊也就有寫遊記的「義務」，況且這次基本是與人「交遊」。前度劉郎今又來，上海報紙報道他來滬的消息，雜誌上刊登他的小說〈富美子的腳〉，沈瑞先譯。接風宴上認識了內山完造，然後在內山書店二樓聯誼，結識田漢、郭沫若、歐陽予倩。他們都是留學過日本的海龜，沒有語言障礙，交流酣暢。恰逢除夕，歐陽予倩請谷崎到家裏過年。田漢領他造訪畫家陳抱一，讓他獲得一隻汲汲以求的廣東犬。

1923 年發生關東大地震，谷崎逃到關西，文學發生了巨大變化，甚至以前在關東寫的好多東西他都不想認領了，在谷崎文學研究上也有了關西之前、關西之後的說法。應該說這種回歸是關西和中國的合力造成的。1920 年谷崎在小說《鮫人》中就讓主人公說了這樣的話：我從中國回來了。告別那尊貴的大陸——日本往昔文明的祖先和淵源，永久地作為日本人留在這裏。我生長在如今中了西洋之魔的日本，想要從中發現美。可淳樸的自然到處都被破壞了。在這個原比中國規模小而貧弱的國家的自然中，到哪裏去找倪雲林的山水、王摩詰的詩呢？谷崎在京都、大阪、神戶的關西之地驀然發現了東京已消亡殆盡的傳統日本，興沖沖回歸古典，審美為之一變。隨筆《蔭翳

禮讚》恣意汪洋地讚頌還沒有電燈的日本美，有意思的是自家蓋房子，他斷然拒絕建築師給設計「蔭翳」之美。1934 年仍然在〈憶東京〉一文中説：「支那並肩存在着新舊兩樣的文明，即留傳前清時代面貌的平和閒靜的都市與田園，和不次於電影上看見的西洋的上海、天津那樣的近代城市。」要注意，他所説的新文明，那是在租界裏。實際上，「上海這地方一方面非常時髦地發達，另一方面給人以遠遠比東京更鄉下之感」。（《上海見聞錄》）

1927 年伊始，外交部通知谷崎，法國上演他的戲劇《正因為愛》。這個劇名曾在廚川白村的著書《近代戀愛觀》掀起的戀愛熱潮中成為流行語。他給駐在上海的朋友寫信，卻説今年也不想去法國，還是去中國。

第三次終未成行。

谷崎的「支那趣味」終生不變，第二次旅遊中國時結下的友情也始終不渝。每年都要把一幅歐陽予倩為他書寫的七言絕句拿出來懸掛，緬懷故友。在日本見過「屬於反重慶方面的幾乎唯一有大名的文學家」周作人，1960 年代受一個香港人請託，還曾為周作人購買食物。當年在中國喝得大醉，得到郭沫若照料，後來郭沫若身居高位，再三邀請谷崎訪華，但他要等到兩國恢復邦交，像前兩次一樣自費前往，悄悄去自己喜歡的地方，悄悄地遊逛。

谷崎潤一郎去世七年後中日恢復邦交。

諾門罕

村上春樹在長篇小説《發條鳥年代記》裏寫到諾門罕戰役。

諾門罕是地名，地處呼倫貝爾市的新巴爾虎左旗。呼倫貝爾，據説是世界上土地管轄面積最大的地區級城市，一聽到這個名字，我們會油然想起風吹草低見牛羊的景象。諾門罕離外蒙不遠，1939年日滿聯軍與蘇蒙聯軍在那裏大打出手。因為沒有正式宣戰，日本稱之為「諾門罕事件」，而蘇聯、蒙古叫作「哈拉哈河戰役」。莫非事不關己，不屬於中華民族的記憶，《辭海》裏查不到它的詞條。

事出有因，一個説法是起因於邊界，日軍主張以哈拉哈河為界，而蘇聯主張邊境線從哈拉哈河往滿洲國一側深入十幾、二十公里，互不相讓，便訴諸武力。在哈拉哈河兩岸的諾門罕和外蒙松布爾蘇木這一大片草原上，從5月打到9月，是日本戰史上第一場立體戰爭。不可一世的關東軍大敗。五萬六千人參戰，死八千四百四十人，傷八千七百六十人，死傷率是

百分之三十二。充當主力的第二十三師團損耗更高達百分之七十六，近乎全軍覆沒。蘇聯瓦解後資料解密，卻原來蘇軍傷亡二萬五千六百五十五人（其中死九千七百零三人），並非東京審判上發表的九千多人，比日方慘重。不過，傷亡數量少不等於勝利，達成戰爭目的的是蘇聯。雙方停戰，蘇聯得以解除東西夾擊之憂，把大軍調往歐洲前線跟德軍作戰。此後日本戰略由「北進」轉為「南進」，調轉槍口找美英鬧事去了，兩年後襲擊珍珠港，最終導致了滅頂之災。有史學家把諾門罕戰役視為第二次世界大戰的起點。

這場戰爭對於日本來說很重大，司馬遼太郎也想寫來着。

他晚年回憶自己怎麼寫起了小說，言道：「聽了停戰廣播以後覺得自己生在了多麼愚蠢的國家。過去不會這樣吧。所謂過去，是鎌倉的時候，室町、戰國的時候。也想到晚近的江戶時期或明治時代，怎麼也不能相信有人會像昭和軍人們那樣做出把國家當賭注投進賭場似的事情。不久復員，在戰後社會裏土頭土臉地過日子，三十多歲想起寫小說。起初是當作自娛，後來做調查寫，就是想自己解開上面提到的疑問。」

司馬遼太郎是歷史小說家，對歷史的思考和見解被稱為司馬史觀。這段話表達了他的一個基本觀點，即打敗大清、打敗沙俄的明治時代是光明的，而一敗塗地的昭和時代一片黑暗──「在日本歷史中，再沒有像昭和初期的權力參與者和國民那麼愚劣的了。江戶文明產生了成熟的政治家和國民，但是

從大正末期到昭和初期出現的高級軍人和高級官僚在飛躍地發展的國際社會中根本不能把握和認識日本，像幼兒一樣」。

1943年司馬遼太郎從大阪外國語學校蒙古語科提前畢業，應召入伍，開赴牡丹江，擔任坦克長，指揮四輛坦克。和蘇軍相比，日本的坦克炮身短，沒有穿透力，鋼板薄，沒有防禦力，簡直像玩具，只能繫好「兜襠布」，依仗「大和魂」。所在部隊有五年前諾門罕戰役活下來的老兵。司馬把「大東亞戰爭」看作世界史最大的怪事，只要用常識想一想就知道這場戰爭必敗無疑，陸軍軍閥居然發動了。用中國的說法，沒有金鋼鑽，不要攬瓷器活兒。常有人說日本人欺軟怕硬，但是從司馬遼太郎的分析來看，日本人時常自以為了不起，拿雞蛋往石頭上撞。

可能司馬遼太郎的人生計劃是四十多歲寫了打敗俄國的《坂上之雲》，五十多歲再寫一部大作，那就是被蘇聯打敗的「諾門罕戰役」。有個叫半藤一利的，今年87歲了，主編過《文藝春秋》等雜誌，退休後寫書，自稱歷史偵探，對於昭和史尤有造詣。他曾約司馬，如果以諾門罕事件為素材寫昭和戰爭史，願意盡全力幫忙。

司馬打算寫。「諾門罕事件彷彿已變成日本人骨髓中的病灶沉睡着，對於沒發覺的人來說無所謂，卻在向覺察的人發出痛楚」。作為「太平洋戰爭」的原型，他意在解剖麻雀，藉以看日軍，看日本人，看日本這個民族。

費二十年工夫收集資料，採訪當事人。例如採訪了諾門罕戰役時擔任參謀本部作戰科長的稻田正純，可是，「六個小時他愉快地幾乎沒有間歇地喋喋不休，但是連小石頭一般有內容的事情也不說。我四十年來沒見過這樣奇怪的人物。本子上一行也沒記。值得記的事情對方全沒說」。越看諾門罕戰史，越對陸軍上層的無能之輩氣不打一處來，甚至覺得若是寫諾門罕，血管非破裂不可。

終於沒有寫，此事就成了一個謎。據半藤一利猜測，原因之一可能是沒找到足以當主人公的模特。

其實司馬遼太郎也採訪到一個可心的人物，叫須見新一郎，陸軍大學畢業，大佐，任步兵第二十六連隊的連隊長（按日軍編制，連隊在師團之下，大隊之上）率兵參戰。須見反對第二十三師團的師團長小松原道太郎中將的作戰計劃，說他從根兒上就是個神經質的膽小鬼，始終對那些紙上談兵，送掉那麼多士兵性命的傢伙們懷恨在心。小松原當過駐蘇武官，是知蘇第一人，最清楚不能與蘇聯機械化部隊同日而語，卻發起這場戰爭，把日軍推進了火坑。有研究者根據日俄兩國的檔案，懷疑小松原是蘇聯間諜。

須見新一郎彷彿讓司馬遼太郎看見他還在流血，怨恨全部傾向手拿「參謀」這根魔杖的人。司馬操縱的坦克好似用紙板做的，不堪一擊。日軍簡直像織田信長的軍隊，卻自視甚高，以為蘇聯紅軍還不過是當年被日本打敗的沙俄軍隊。司馬批

判：「充份具有統治能力的國家不會在日中戰爭陷入泥沼的時候搞諾門罕事件，而且事件僅僅兩年之後就又用同樣是織田信長年代的裝備對美英搞太平洋戰爭。織田信長不會搞，連中小企業的老爺子也不會這樣搞公司經營。昭和軍閥這些人的感覺是日本史和世界史上都沒有的。」須見親歷諾門罕戰役的感受與司馬一致，大概他打算用須見當小說主人公，塑造一個英雄人物。

幾乎要欣然命筆了，卻收到須見的絕交信，不許司馬使用所採訪的材料，今後也不再接受他採訪。信中恨恨地寫道：「我瞎了眼，你竟然跟那麼卑劣的傢伙對談！」採訪應顧及各方面，以求無限地接近歷史真相，但相對而談，在某種程度上就是給對方捧場。

那傢伙是誰？原來是瀨島龍三，山崎豐子的長篇小說《不毛地帶》主人公壹岐正的原型就是他。陸軍士官學校畢業，28歲任職陸軍參謀本部作戰科，進而任大本營陸軍參謀，是太平洋戰爭的關鍵人物。被蘇軍逮捕，判處二十五年，1956年釋放歸國，1972年任伊藤忠商事副社長，後來是中曾根康弘、竹下登等首相的「參謀」。寫過一本《幾山河》，回憶太平洋戰爭是「自存自衛的被動戰爭」。而須見新一郎，他是三個從諾門罕戰場上活下來的連隊長之一，按照陸軍的做法，一把手槍放在了桌上，暗示他自決，以承擔戰敗的責任。須見拒不從命，回家當百姓，日本投降後在長野縣上山田溫泉經營一家小

旅館，叫「三樂莊」。大概咒罵小松原道太郎、瀨島龍三這些人是他的餘生一樂。

沒有了原型，司馬遼太郎洩了氣，把資料裝進大袋子丟到一邊積灰塵。1987 年寫完《韃靼疾風錄》以後不再寫小說，直到 1996 年去世，寫了八、九年隨筆。

村上春樹就日本與中國、韓國的領土問題撰文，也提到諾門罕之戰，說：「我在小說《發條鳥年代記》中曾寫到 1939 年滿洲國和蒙古之間發生的『諾門罕戰事』。那是邊境線紛爭帶來的短暫卻熾烈的戰爭。日軍和蒙、蘇軍之間進行激烈的戰鬥，雙方共有將近二萬的士兵喪命。我寫了小說之後訪問該地，站在現在還散落着彈夾、遺物的廣漠荒野當中，深感渾身無力：『為甚麼人們非要為這樣一片甚麼也沒有的不毛之地，毫無意義地互相殺戮不可呢？』」

司馬遼太郎的眼光停留在歷史上，抱怨並抨擊為政者。村上沒有經歷過戰爭，他探尋對歷史的集體記憶。似乎有時從歷史抽掉原有的意義，對歷史的看法就煥然一新。離遠點兒，再高再大的東西也變得渺小。讓村上渾身無力的疑問未免有一點虛無。

司馬遼太郎死後，半藤一利撰寫了一本《諾門罕的夏天》。

茶道與日本美意識

　　日本的茶道很有名，不論見過沒見過，大概都有點印象，可說是日本文化的一個符號。日本有幾個文化符號都給我們留下了印象，例如藝妓、相撲，實際上都相當落後。藝妓是有錢人的玩物，相撲的肥胖違反現代的健康標準。比較現代的是漫畫和動畫片。茶道也有落後的一面。說到茶道，就會說三千家。日本最有名的「茶人」（茶道家），叫作千利休，姓千，利休是他晚年到皇宮裏做茶會，天皇賜予他的號，他活着的時候作為茶人一直叫宗易。他生於 1522 年，因觸怒豐臣秀吉，1591 年被勒令切腹，基本上活在戰國時代。茶道，令人有和平之感的修養，產生在戰亂的時代。1603 年以後，史稱江戶時代，所謂武士道在我們的印象裏是殺戮的說教，卻產生於這個天下太平的時代。千利休死後，道統相傳，第三代是千宗旦，後來他退隱，由三兒子繼承，叫作表千家。表千家的象徵性茶室是不審庵，取自大德寺的古溪和尚寫了一行「不審花開今日春」。千宗旦在不審庵的後面建了一間茶室，因大德寺的清岩和尚寫

下「懈怠比丘不期明日」而名為今日庵，後來四兒子繼承，就叫裏千家。還有個二兒子過繼給武者小路那裏的漆匠，後來又回到千家，他從事茶道叫武者小路千家。這就是三千家。茶道是一門手藝，也是一門生意，甚至更像是傳銷。千家善於經營，在茶道界獨大，以致說茶道，好像日本只有這麼一家。茶道很難作出客觀的技術評價，延續主要靠血統和權威，那就是封建的家元制度。入門學藝，學成就有了資格，開門授徒。師徒是主從關係，門徒不斷晉級，但不能取代金字塔頂尖的「家元」，他是一家之主，一切都由他說了算。日本社會的有序，所謂縱向社會，很大程度上建立在這種落後的家元性之上。

實際上，日本擺弄茶的人，通常稱之為「茶湯」，或者就一個「茶」字，不大叫它茶道。反倒是我們中國人，用中國的意識，太在意那個道字，很有點神秘感，道可道非常道，玄之又玄。

茶道這個詞是江戶時代（1603-1867）才有的，那時候日本關起了國門，用台灣名人李敖的話說，像一個大醬缸，發酵各種道。道教早在佛教之前就傳入日本。 對於日本人來說，各種道，茶道、花道基本上就是個稱呼，唯有武士道，近代以來大肆強調、鼓吹它的精神性，特別是一個道。有人從倫理的角度把日本歷史劃分為天理的古代，道理的中世（12世紀末鎌倉幕府成立至16世紀末室町幕府滅亡），義理的近世（江戶時代），公理的近代（明治維新至戰敗）。天理的天，

具有道教的意思。起初，古代的平安時代道主要是知識分子的技藝，例如陰陽道，並不是倫理觀的東西。好比當今中國賣茶葉的表演，叫茶藝。從中世到近世，武士執掌天下，各種藝逐漸加入倫理性。幾乎凡事不打出宗教的旗號就不能算文化性活動，藝紛紛變成藝道。中國的茶藝用甚麼思想來指導，也會變成茶道，用來修身養性。教養，修養，其目的或結果使人同質，性質及人格同一，有助於形成共同體的秩序。

日本最有名的詞典《廣辭苑》這樣解釋——茶湯：招待客人，點抹茶，並且設筵開席，也叫作茶會。茶道：用茶湯修養精神，鑽研交際禮法。可見，這兩個詞在日本有不同的用法。一般人並不把茶道當回事。茶道在明治時代（1868-1912）被納入女子教育，現在學茶道的九成是女性，特別是女人要結婚了，學學茶道顯得有教養，也就有了我們常懸想的溫柔形象。

傳說是千利休說的：所謂茶湯，就是把水燒熱，點茶，喝。但實際上越弄越複雜，超出了常識的範疇。茶道是一個綜合的文化體系。它涉及建築、園林、美術、工藝、飲食乃至宗教、思想、文學、藝能，方方面面。例如茶室是建築，叫作「露地」（茶庭）的是園林，各種茶具屬於工藝，茶道用的陶器叫茶陶，更促進了陶瓷的發展，點茶和飲茶的動作彷彿舞台上的能劇表演。以茶道為題，幾乎能道盡日本文化。

茶道給我們的印象是素雅，可能這也是整個日本文化給我們的印象。不過，素也好，雅也好，我們都是用我們中國的審

美來感受的。日本常用雅來表示平安時代的美（794 年桓武天皇把都城從奈良遷到京都，叫平安京，至 1192 年源賴朝受封為征夷大將軍，在鎌倉開立幕府），體現這個雅的文化幾乎都是從中國拿來的。室町時代（1392 年南北朝合一，至 1573 年第十五代將軍被織田信長逐出京都，這中間 1467 年發生應仁之亂，此後的一段歷史也稱作戰國時代）日本逐漸確立了素的審美。雖然也出自中國文化，特別是宋代文化，但日本把它做到了極致，定型為自己的文化。茶道強調素的一面，但我們看茶道表演可能感覺的是雅。

有一個日本哲學家叫久松真一，把茶道的美意識歸納為七種：一是不均齊，二簡素，三枯高，四自然，五幽玄，六脫俗，七靜寂。這七樣，在中國文化裏，尤其在老莊思想和禪宗裏應有盡有，但日本拿了來，無所不用其極，連我們本家也不得不承認是他們的了。「枯高」，枯是枯萎的枯，高是高邁的高，不是《老子》裏說的「草木之生也柔脆，其死也枯槁」的槁。這個枯高就是所謂「寂」，或者「澀味」。日語裏「寂」與「鏽」同音，歷經歲月生鏽了，不見了生氣或活力，便顯得高雅。例如茶室或寺廟裏立着石燈籠，上面生長了青苔，那就是「寂」的樣子。隨便拿出一首古詩，例如獨坐幽篁裏，彈琴復長嘯，深林人不知，明月來相照，這七種情趣全有了（不對仗就是不均齊）。歐陽修也曾就繪畫藝術提出「蕭條淡泊」之說。在居酒屋（酒館）喝酒，老氣點兒，夥計端來一笸籮的杯子，各式

各樣，任客人選用。我們就友邦驚詫了，因為中國講究筷子成雙，碟碗相配，滿桌子統一，如果杯有大有小，説不定為了喝多喝少爭執起來呢。

日本人談論日本文化大都以西方文化為參照，與西方比較而言，所謂特色，往往在我們看來並不特，其色與中國有關，但有些人對自己的文化不了解、不關心，不免要大驚小怪。陳壽在 3 世紀末葉撰寫《三國志》，也寫到日本，而日本到了 8 世紀初葉才寫出第一本史書《古事記》。由於旁邊有一個過於先進的文化，日本美意識很大程度上不是自然發生的，而是取之於中國，再加以改造。不消説，改造就先得有所否定，有所破壞。

説茶道，先要説茶。

茶最初被遣唐使拿回日本。9 世紀初他們用漢語作詩，叫「漢詩」，有這樣的詩句：吟詩不厭搗香茗，或者，提琴搗茗老梧間。搗，就是把唐朝的團茶搗碎。那時候大內裏也種植茶園。幾代天皇積極引進唐朝的制度、文化，茶葉是其一。894年停止遣唐。自以為學好了，不必再冒險去中國倒騰文物制度，開始搞國風文化，要自立於民族之林。最重要的一件事是從漢字派生出假名，而喝茶這事兒不了了之。遣唐很費錢，國庫空虛，王朝已無力操辦，況且海上商船往來，民間貿易取代了國家行為。

中國到了南宋，書籍、香料、藥品，特別是銅錢，源源輸

入日本。朝綱紊亂，幫權貴打仗的武士進入政界，一個叫平清盛的把持了國柄，推進並掌控與宋朝的海上貿易。南宋年間每年有四、五十艘日本船裝載銅錢回來。他們給中國送去的是沙金、硫磺、刀劍、漆器、摺扇、木材等。有一艘從泉州來的宋船，載有青瓷、白瓷之類的碗四千個，盤子二千隻。平清盛死後，源賴朝滅了平家，在鐮倉設立幕府，開創了武士執政的鐮倉時代，天皇從此靠邊站。榮西在鐮倉幕府成立的前一年的1191年從南宋回到了日本。

不畏風險在海上來來往往的，除了商人，就是和尚。這位叫榮西的和尚，1141年生（這一年岳飛被解除兵權），1215年死（當年忽必烈出生，長白山天池噴發）。榮西兩度到西天取經，第一次去是28歲，乘商船從博多（今福岡）渡海到明州（今寧波），逗留了將近半年，帶回來三十多部經卷。47歲再次赴宋，打算借道去印度參拜佛跡，但南宋政府不許可，悻悻回國，可是船被風吹回來，只好重上天台山萬年寺，可能把攜帶的沙金都捐給寺廟。南宋禪宗興盛，榮西得到臨濟宗黃龍派的衣缽。四年後歸國，不僅帶回禪宗，還帶回宋朝的生活文化，特別是茶種和飲茶的理念及作法。歷史不能假設，假設他如願去了印度，或許就不會帶回茶，日本也可能不會有茶道。歷史的進程往往是偶然的。不過，南宋的商船往來頻繁，在榮西之前，宋商已經把吃茶的習俗帶到了日本亦未可知。

榮西回國在福岡一帶上陸，先在那裏佈教，可能茶最初也

種在那裏。1195 年榮西創建聖福寺，是日本第一座正規的禪寺，當時在位的後鳥羽天皇題匾額「扶桑最初禪窟」。榮西到京都，把茶種送給高山寺的明慧上人，在寺內栽培，很長時間裏那一帶出產的茶叫本茶，其他地方的茶叫非茶，低一等。學宋人鬥茶，辨別哪裏出產的茶，可見茶的種植很快就普及各地。受到京都比睿山延曆寺的既成宗教勢力壓迫，榮西去幕府所在地鎌倉，第二代將軍源賴家皈依。有將軍外護，榮西回京都建立建仁寺。這座寺廟在花小路的盡頭。遊客去那裏看藝妓特別是舞伎，和京都特色的房屋，然後也不妨進建仁寺逛逛，境內有榮西圓寂的遺蹟。榮西開創日本臨濟宗，但當初不得不與其他宗派妥協，真言、止觀、禪三宗兼修。半個世紀後蘭溪道隆來當住持才變成純粹禪的寺院。蘭溪道隆是西蜀人，從南宋帶來地道的中國禪，此前已經在鎌倉創立建長寺。

榮西帶回來的是宋茶，用石臼碾成齏粉，至今如故，叫「抹茶」，也寫作「挽茶」或「碾茶」。我小時候家窮，買茶葉末喝，那是茶葉在容器裏碎成末，不是抹茶。胡適日記中記載：「鈴木大拙先生自碾綠茶，煮了請我喝。這是中國喝茶古法。秦少遊詩：『月團新碾瀹花瓷，飲罷呼兒課楚辭。』」瀹，就是煮，宋代是煮茶。瀹還有浸漬的意思，當今日本茶道不是煮，而是用湯（熱水）浸漬。

胡適說過：「鈴木大拙一流人，總說禪是不可思議法，只可直接頓悟，而不可用理智言語來說明。此種說法，等於用 X

來講 X，全是自欺欺人。」胡適的這個說法對於我們領教日本人講中國文化以及日本文化是一個提醒。

陳寅恪早年負笈東瀛，據楊聯升聽隋唐史的筆記，他在課堂上說：「日本舊謂其本國史為『國史』，『東洋史』以中國為中心。日本人常有小貢獻，但不免累贅。東京帝大一派，西學略佳，中文太差；西京一派，看中國史料能力較佳。」當今對日本人研究中國是一派恭維之聲，例如他們編寫了一套中國通史，本來是寫給一般對中國歷史沒有多少知識的日本人看的，充其量是史話，但翻譯過來，我們的史學家捧之惟恐不高。

魯迅說過：「還有一樣最能引讀者入於迷途的，是『摘句』。它往往是衣裳上撕下來的一塊繡花，經摘取者一吹噓或附會，說是怎樣超然物外，與塵濁無干，讀者沒有見過全體，便也被他弄得迷離惝恍。」我常覺得日本文化就是中國文化的「摘句」，尤其是茶道。

茶在日本立下第一功是解酒。據史書記載，鎌倉幕府第三代將軍源實朝宿醒，日本叫「二日醉」，榮西給他喝了一杯茶，同時獻上自己撰寫的《吃茶養生記》。源實朝這位大將軍崇仰宋文化。有一個中國工匠，叫陳和卿，來日本幫助建造奈良東大寺的大佛，到鎌倉晉見源實朝，說源實朝前世是宋的醫王山長老，陳和卿是他的弟子。源實朝記得自己也做過同樣的夢。陳和卿便鼓動源實朝赴宋參拜醫王山，他欣然接受，不顧幕臣

們反對，下令造大船；可能太大了，下不了水，最終朽爛在岸上。

　　茶來自中國，日本茶道的源頭也是在中國。例如茶道有一個工具，叫茶筅，用它像刷鍋一樣把茶湯攪起泡沫。宋徽宗在《大觀茶論》中寫道：「茶筅以筋竹老者為之。」大概榮西是頭一個在日本寺廟裏用茶筅點茶。現在日本使用的茶筅與宋代不同，是草庵茶的鼻祖村田珠光請人製作的。《大觀茶論》中說使用茶筅要「手輕筅重，指繞腕旋」，看日本茶道表演，手法正是如此。中國人喝茶講究的是茶，而日本茶道更重視的是茶具和程式。宋人蔡襄所撰《茶錄》關於茶器論說甚詳，例如茶匙，「茶匙要重，擊拂有力，黃金為上，民間以銀鐵為之」。明代以後中國用茶葉沏茶，這些器具就用不上了。很多日本的事物，我們彷彿站在河邊，只見河水在眼前流淌，嘆為觀止，卻不知道或者不關心它從哪裏流來的。

　　日本人也喝茶葉，叫「煎茶」。煎茶也有道，鼻祖是明末清初來日本的隱元禪師。隱元創立日本黃檗宗，寺在京都府的宇治，叫萬福寺，跟京都的其他寺廟相比，遊人比較少，不像是景點，非常有寺廟的氛圍。隱元帶來了明朝文化，建築、書畫、詩文乃至飲食。宇治是有名的茶產地。江戶幕府把那裏收歸為直轄的領地，每年四月（陰曆）派出「宇治採茶使」，從江戶抬着四十來個茶罐浩浩蕩蕩走到宇治，裝滿了罐子再浩浩蕩蕩抬回江戶，供將軍家飲用。這個制度延續了二百五十來年。

茶之於日本，和中國最大的不同，在於我們開門七件事，柴米油鹽醬醋茶，茶是從日常生活提升為文化，而日本卻是從中國拿來茶文化，一開始就具有文化性，所以很容易成「道」。其他很多事物也如此。

　　禪寺有吃茶儀禮，臨濟宗叫茶禮，曹洞宗叫行茶。宋慈覺禪師宗賾的《禪苑清規》有詳細的規定，例如，「院門特為茶湯，禮數殷重，受請之人不宜慢易」；「吃茶不得吹茶，不得掉盞，不得呼呻作聲」。榮西的徒孫道元從南宋取經回來，開創日本曹洞宗。他學回很多規矩，在永平寺制定「永平清規」，諸如不得嚼飯作聲，不得伸舌舔唇，不得抓頭落屑，噴嚏當掩鼻，剔牙須遮口。廟裏的各種作法傳到民間，逐漸形成日本人的飲食規矩，以至於今。這些吃飯的規矩對於茶道的作法也大有影響，是茶道制定一招一式的樣本。

　　茶從禪寺傳出去，茶禮也跟着傳入民間。不僅是茶，日本和尚像倒爺一樣把很多生活文化從中國倒騰來，經由禪寺普及民間，例如豆腐、納豆。所以我們看日本普通人的生活彷彿都帶有禪味，但這不等於日本人就懂禪，正如我們中國人能把《論語》的詞句掛在口頭上，但不能説我們統統懂儒學。日本有各種道，茶道、花道、香道、劍道、武士道，等等，這些並不是禪的表現形式，而是各行各業都拿禪當指導思想。沒有思想，清茶聊天成不了道。

　　茶禪一味，茶道之所以和禪有密切關係，首先在於茶是榮

西把它和禪捆綁着帶回日本的。其次，創立茶道的三代人村田珠光、武野紹鷗、千利休都曾在京都的大德寺參禪。他們極力把茶擺脫日常的俗世，搞成佛道修行，喝茶如打坐。珠光是奈良人，他跟一休和尚參禪。一休多才多藝，在藝術上對珠光也頗有影響。他把宋代高僧圓悟克勤的墨跡送給珠光當畢業證書，現今是茶道界第一墨寶，日本的國寶。珠光成天參禪、點茶，終於有一天覺悟禪就在茶湯中，茶與禪就一味了。莊子早說過，道在屎溺中。第三是禪僧的墨跡。進茶室（茶道術語叫「入席」）的做法是這樣的：先在入口的踏石上蹲下來行禮，往裏探頭，便看見正對面牆上懸掛的墨跡，「初發心時便成正覺」。鑽將進去，「乃見須彌入芥子中」，這就是脫離世俗與日常的美的空間。欣賞那些茶具之後坐到自己的席位。所謂墨跡，是禪林墨跡之略，多出自大德寺派禪僧之手。茶書《南方錄》說墨跡為第一，乃主客一心得道之物也。也掛畫，但畫不如字一目了然，心裏頓生禪意，與主人統一了思想。當然不限於禪宗，也有其他宗派以及民間信仰的茶人。

日本文化之美有兩面。

去京都旅遊，有一個必看的景點——金閣寺。不大的三層樓閣坐落在水池邊，上兩層外壁貼金。這座金閣是上世紀 50 年代重建的，所以它屬於世界文化遺產，卻不是日本國寶。1980 年代重新貼金，令遊客驚歎其金光燦爛。它代表了日本文化的華麗一面，像精美的和服，像三島由紀夫的繁縟文字。

這種華麗一看就像是中國文化。

京都還有一座銀閣寺，好像中國遊客不大去，其實日本人也不大去。日本文化的另一面以銀閣寺為代表，也就是他們大加張揚的日本美。銀閣並沒有貼銀，而是塗了黑漆，泛起銀光。年久失修而剝落如疤，可能我們中國人便看見衰敗，人去樓空，國家興亡；日本人卻看出美，名之為「寂」、「侘」。寺廟堅決不把銀閣寺的外壁重新塗漆，大概修繕一新，也就不「寂」不「侘」了。「侘」是不求裝飾，結構簡素，色彩枯淡。典型是只使用砂子和石頭佈置的枯山水庭園，像留有大片餘白的水墨畫。

金閣寺重建之前金箔剝落，也是一副簡素的模樣，現在遊客親眼目睹的正是它最初的景象。有點像魯迅說的，他認識一個土財主，買了一個鼎，土花斑駁，叫銅匠把它擦得一乾二淨，擺在客廳裏閃閃發銅光。此事讓魯迅得了一種啟示：「例如希臘雕刻罷，我總以為它現在之見得『只剩一味醇樸』者，原因之一，是在曾埋土中，或久經風雨，失去了鋒棱和光澤的緣故，雕造的當時，一定是嶄新，雪白，而且發閃的，所以我們現在所見的希臘之美，其實並不準是當時希臘人之所謂美，我們應該懸想它是一件新東西。」

金閣寺在京都北邊，起先室町幕府第三代將軍足利義滿在那裏修建山莊，叫北山殿，他把將軍的職位讓給兒子，仍然在這裏把持實權。義滿壟斷和明朝的貿易，大概北山殿裏一屋子

一屋子的中國舶來品，叫作「唐物」。義滿死後北山殿改為禪寺，叫鹿苑寺，通稱金閣寺。

長達十年的應仁之亂平息後，經濟凋敝，第八代將軍足利義政，他是義滿的孫子，把職位讓給兒子，自己在京都東邊建造東山殿。實際上掌權的是他老婆，這個女人很貪婪，不給義政出錢。銀閣想貼銀箔也沒有錢，上層裏外塗黑漆，下層有色彩。義政死後變成禪寺，叫慈照寺，通稱銀閣寺。

金閣寺和銀閣寺，一個華麗，一個簡素，合在一起才是完整的日本美。這兩個方面都來自中國文化，一個露骨地顯示中國文化，一個把中國文化不突出的部份極致化。就好比去日本旅遊，吃蕎麥麵，調味很簡單，甚至就是芥末、葱、配製的醬油，讓你足以領教日本人生活的簡素。我曾仿照日本俳句寫過一首吃蕎麥麵：辣味穿鼻過，麵比市面更蕭條，嘴裏淡出鳥。但是住溫泉旅館裏，吃一頓晚餐，豐盛而精緻，就見識了日餐真是給人看的。

銀閣寺中有一座東求堂（六祖壇經：東方人造罪，念佛求生西方），裏面有一間同仁齋（韓愈：聖人一視同仁），四疊半大小，鋪滿榻榻米（榻榻米論疊，一疊有單人床大小，用以計算房間面積），這是所謂「書院造」的原型。書院，本來是禪寺裏稱呼客廳兼書齋，武士有權有勢了，興建豪宅，也弄個書院。以前京都貴族的住宅樣式是「寢殿造」，像中國住宅那樣講究對稱。旅遊日本，入住溫泉旅館，屋裏鋪一地榻榻米，

家徒四壁，只是有一處很特殊，寬不足一米，長大約兩米，幾乎能睡一個人，這個空間叫「床之間」。叫法和格局有所變化，始終是用來裝飾的。武士也要很文化，用這塊地方掛字畫、擺花瓶。榻榻米上擺一張大木桌，放兩把沒有腿的靠背椅，背對床之間是上座。富人裝修，預先設計出擺放古玩的地方，而窮人的房間裏如果有餘地，也總想擺設點甚麼，哪怕不值錢。書院造建築在江戶時代初期定型，但床之間浪費空間，這種和式住宅現在越來越少。

我們作為遊客看茶道，人家當面表演給我們看，雙方都無「道」可言。但是在書院式宅第裏請人喝茶，寬敞而豪華。點茶的人屬於端茶倒水的等級，另有房間，就像辦公樓裏的茶水間，在那裏點好了端過來。飲茶之前，先欣賞主人各屋子裏收藏的唐物。室町時代，室內的技藝、娛樂多起來，招待客人當然要擺設，也就是顯擺，權貴人家在床之間擺設唐物。對中國文化的敬畏之心古已有之，擁有了唐物似乎就擁有中國文化所具有的優越感。這樣的茶湯叫「書院茶」。

中國喝的是茶本身，而日本把茶作為文化拿來，更注重喝的儀式。茶從禪寺連同形式一起傳到民間化。日本菜也如此，過於形式化。戰國時代不分貴賤，茶湯繁盛。織田信長把三十八種茶具帶入本能寺，預定翌日開茶會，給博多豪商島井宗室欣賞，但是明智光秀造反，傳說島井趁亂拿走了空海書寫的《千字文》。信長對茶湯感興趣，更加以利用，拿茶具賞賜，

賦予了特別的意義。道具變成工具，超出了茶道的範圍，變為維護權力的工具。由他開了頭，江戶時代這種將軍家和大名（諸侯）之間、大名和家臣之間茶具的進獻、賜予幾乎日常化。

織田信長強取豪奪地收集唐物。師事過武野紹鷗的武將松永久秀謀反，織田讓他交出茶釜「平蜘蛛」來免罪，但松永不肯，砸碎了茶釜同歸於盡。瀧川一益是織田信長麾下的四大天王之一，論功行賞，比起大片的封地，他更為沒得到織田的茶罐「小茄子」而喪氣。

豐臣秀吉接替了織田信長，一統天下，把金礦銀礦收歸為自己的領地。他最愛黃金，打造移動式黃金茶室。那時候的文化是黃金文化。秀吉好大喜功，在茶上比信長有過之而無不及，固然是個人愛好，但更是為鞏固權力，茶會也必然奢華而浩大。

村田珠光（1423-1502）也曾到足利義政的同仁齋裏飲茶。他把這樣的小房間加以簡單化，也就是簡素。日本中世紀文學中出現不完全的美、否定的美，珠光主張欣賞雲間月，勝過當空一輪月。這種美意識，14世紀前半，鎌倉時代的兼好法師已經主張了。他撰寫的《徒然草》，與《枕草子》齊名，是日本隨筆文學雙璧。兼好法師主張，花不看盛開，月不看圓滿，否定圓滿、完整、均齊的美。如今日本人賞花，成群結夥，在盛開的櫻花下痛飲，有的還高歌，這違反了所謂獨特的日本美。有人講日本賞櫻，講的是過去的莫須有的東西，並不是日

本的現實，造成我們對日本的誤解。不平衡之美，是與中國的平衡之美比較出來的，殘缺之美也是與中國的完整之美相對而言。中國講究對稱，西方也講究對稱，這是傳統美，日本人打破對稱，有一種當代藝術的感覺。斷臂維納斯是一種美，西方也欣賞，但日本人逐漸把殘缺美弄成了日本審美的主流。蘇軾有詩，月有陰晴圓缺，此事古難全，說不上誰勝過誰，淡妝濃抹總相宜，自有一種豁達，我們覺得有禪意。把圓視為正常，缺則不正常，賞缺可說是另一種禪意。

當時流行的連歌美意識是枯冷，珠光把這種美意識引進茶湯裏，在茶道歷史上成為「侘茶」之祖。村田珠光本人沒用過「侘」。和千利休同時代的山上宗二解釋：沒有了不起的器物，代之以具有了不起的境地和技術，在物質的匱乏中追求精神的豐富。千宗旦在《禪茶錄》中寫道：不把不自由當作不自由，不把不足當作不足，不把不順當作不順。古人有「詞不盡意」的說法，大概不盡的東西就是餘情，從這裏面生出「侘」。

甚麼樣是「侘」呢？

傳說有一天，千利休家的牽牛花（日本叫「朝顏」）開得好，豐臣秀吉聽說了，就要來他家賞花開茶會。孰料千利休趕在他到來之前把花統統拔掉了，秀吉十分惱怒，進得門來，卻看見花瓶裏插了一朵牽牛花，就惟有讚嘆了。這就是「侘」之心造成的「侘」之美，但可能也含有對豐臣秀吉擁有天下的嘲諷。牽牛花的種子是遣唐使當作藥材從中國帶回來的。我們也

有欣賞一支梅的審美。「前村深雪裏,昨夜一枝開」。這是晚唐的齊己作的,他是禪師。「一枝開」已經有「侘」的傾向,終不如千利休決絕,掃蕩了滿園春色,只留一朵,造成了日本獨特的美。

還有個傳說。某人有一個茶罐,屬於名物;所謂名物,是有來歷、有説道的茶具,例如村田珠光用過的茶罐。這個人特意拿給千利休看,但他翻白眼。某人一氣之下,把茶罐摔碎了。別的人覺得可惜,把碎片粘起來,恢復原形,千利休見了大讚其「侘」,賞以青眼。

「侘茶」,也叫「草庵茶」,這個「侘」字在現代中文裏不好理解,所以我把「侘茶」就叫草庵茶。草庵,可以望文生義,簡陋,或者説得好聽點,簡素。草庵和書院,字面上形成對照。武家大宅院裏喝的是書院茶,與之抗衡的草庵茶後世成了氣候,以致説茶道,幾乎就是指草庵茶,村田珠光也被説成了茶道之祖。當時還沒有茶室的叫法。不消説,草庵並不是窮人居住的粗陋房屋,而是一些好茶的富商在自家的宅院裏闢出一片讓人想像深山幽谷的小庭園,搭建一個讓人想像隱士所居的草庵,當作脱離世俗的「市中山居」。禪僧良寬有一首五言詩,描寫了脱俗的生活:生涯懶立身,騰騰任天真,囊中三升米,爐邊一束薪,誰問迷悟跡,何知名利塵,夜雨草庵裏,雙腳等閒伸。恐怕那些能玩茶的人不過是葉公好龍,不會真去過這種境界的生活。

村田珠光改造了富貴人家的茶室。書院茶的茶室牆上有畫，珠光糊白紙，而繼承他的武野紹鷗乾脆就裸露土牆。紹鷗是富商，擁有五、六十種唐物。他主張「侘」基於心的本性，不是裝。「侘」不是從茶碗上看出來的，不是從茶湯裏喝出來的，而是心裏有「侘」，則無處不「侘」。不過，他們在這樣的房間裏還是使用唐物，所以還不夠簡素，不夠「侘」（草庵）。千利休跟武野紹鷗學茶，尊崇村田珠光。他繼續革命，乾脆把空間只留下二疊，大概有點像當今的膠囊旅館，不知北京城裏有沒有。從武家大宅院的角度看，茶室是簡化了，但是有園林，有各種佈置，從生活來看，並不簡素。簡素不等於儉約，簡素是一種美意識，其思想來自禪，終極是無。簡約是過日子的方法。權貴所追求的簡素更與實際生活的儉約無關。拿書法打比方，書院茶是楷書，珠光是行書，而，紹鷗是草書，千利休就是狂草了。

京都的妙喜庵裏有一間茶室，叫待庵，說是千利休用過的，也是最古的茶室，是國寶，參觀需要提前一個月預約。草庵茶的茶室是四面土牆，有窗戶和入口。茶客進去就關上入口的木板門，只剩下窗戶採光。鑽進這樣封閉的空間，像禁閉室一樣，脫離了日常，不喝茶也可以反省。禪宗的始祖菩提達摩在山洞裏面壁九年，茶道也有意營造一個別有洞天的環境，藉以脫俗。茶室小得不足二疊，不留餘白，主人與客人幾近促膝，倒像是過於執迷了。東京的新宿、澀谷等地小胡同裏有非常小

的酒館，三五客人一個挨一個坐，裏面的人要出去方便，全體起身到外邊去，為之讓路，這大概是茶室遺風，我們中國人很是受不了。四疊半是茶室的普遍形式。在小屋子裏淺斟低唱，叫「四疊半趣味」。四疊半構成一丈見方的房間，大概是效仿維摩詰居士所居的方丈之室。維摩詰作為在家菩薩與大智的文殊菩薩論辯大乘妙理，這個佛經故事是禪寺的常識。維摩詰居室雖小，卻廣容大眾，或許小小的茶室也暗含時間與空間的無限性，亦即精神性。更絕的是千利休在大阪看見漁民鑽進船篷的入口，覺得有意思，看出「侘」，於是在茶室窗下開個口，也就二尺見方，供茶客出入。寫作躙口，也叫「潛」，就是來回鑽。江戶時代儒者太宰春台寫道：「開有小窗，白晝也昏暗，夏天甚熱，客人出入的口如狗竇，爬將進去，呼吸不暢，冬天也難以忍受。」這樣爬進爬出，確像被蹂躪。在和式房間裏起居，不宜站立，一切東西都是坐下來或跪下來看。茶室小，器具、顏色等與之搭配，審美標準也必然發生變化。躙口像狗洞一樣，武士也無法帶那麼長的刀鑽進去，只好把刀摘下來。後來就附會詮釋，茶室裏人人平等云云，於是茶道又多了一種思想境界。

村田珠光、武野紹鷗並沒有丟開唐物。珠光說，草棚拴良駒，從粗糙與豪華的對比中發現美。到了千利休，就在粗糙中找出粗糙的美，草棚裏拴的是老馬、瘦馬、駑馬。駑馬十駕，功在不舍，這就是對於駑馬的欣賞。千利休這種審美的背景也

在於戰國時代武士下克上；即以下犯上的造反精神。千利休更根本的改革是打破對唐物的崇拜和迷戀，這也是對中國文化的最大否定，改變價值觀，建立自己的美意識。不過，他並非顛覆了中國傳統的審美，猶如書法，只是筆走偏鋒罷了。不按規則出牌，但畢竟在打牌，不可能下牌桌，中國文化就是一個大牌桌，如來佛的掌心，孫猴子也跳不出去。千利休不用唐物，自力更生，讓一個叫長次郎的工匠來燒製。説來像千利休這樣的美的創造者是非常偏執的，非常自以為是。據説長次郎的祖先從大陸渡海而來，他本人是燒製瓦片的。當時，日本已有瀨戶、美濃等茶碗，但千利休覺得長次郎燒製的茶碗正是他嚮往的美──「侘」。 因為用豐臣秀吉建造聚樂第掘出來的土燒製，所以叫樂茶碗。千利休説它美，大家也跟着説，越看越喜歡。樂茶碗製作不使用轆轤，用手捏，用竹片削。做出來的東西當然像歪瓜裂棗，生不出雙胞胎。這就是造型自然。明明是做出來的，卻説它自然，意思是製作時無心，不裝，看不見意志。

　　宋元陶瓷器已達到高不可攀的地步，學我者死，最好的辦法就是打破大陸的審美秩序，不跟着一條道上跑到黑，走岔路。這幾乎是日本人把中國文化變成日本文化的基本路數。日本從中國拿來文化便開始山寨，但手工藝具有傳統性，不是一下子就能做好的。京都陶藝家河合紀，在清華大學當過客座教授，北京機場有他的浮雕作品，他寫道：「道八、保全、周平

（都是江戶時代有名的陶工）盡全力燒製的是文化先導中國的陶瓷。抄襲好是目的，不可能有創作，大概他們相信，如果有，那也是不好的東西。抄襲就是日本陶工的中心性美學。」估計樂陶創始人當初也這麼想，正當他努力山寨時，千利休來了，說：這就很好啦，比中國的陶器美，更有趣味。彷彿在傳統文化中發現了「當代藝術」。當今我們喜愛日本的陶器，恐怕也不是把它當作日本的傳統工藝，更像是賞玩當代藝術品。就漢字文化圈來說，反中國文化就是反傳統，所以日本文化壓根兒具有「前衛藝術」的潛質。中國也允許突破或破壞，想狂草那樣打破以往的審美，但保守往往多過創新。

日本人喝茶，先於滋味，講究的是形式。這也是因為形式更具有文化性，能顯出對文化的崇仰，藉以自尊。民間學權貴也湊到一塊兒喝茶，用不起唐物就順手拿日常器物代替。起初看似矯情，甚至有點變態，漸漸地見怪不怪，喝得美滋滋。扯上二尺紅頭繩，窮人自有窮人的做法和美法。這時千利休主張，用不着唐物，可以用日本自己燒製的碗，可以用高麗茶碗。朝鮮半島的陶瓷技術也相當高，日本製陶基本靠朝鮮半島的工匠發展起來。不過，千利休要用的是朝鮮半島老百姓平日吃飯的碗。點茶不是沏茶、泡茶，而是用茶勺把抹茶從茶罐舀進茶碗裏，沃以熱水（所謂「湯」），再用茶筅像刷鍋一樣轉圈攪。滿滿點這麼一碗，大家輪流啜，叫「吸茶」。與近乎完美的天目碗相比，樂陶茶碗和高麗茶碗造型不均衡，釉彩濃淡不勻，

但個頭兒大，沉甸甸的，拿在手裏更有感覺。而且中國人使用桌椅，對於在榻榻米上活動的日本人來說，唐碗的底足有點矮。審美被千利休降低了身段，平民百姓當然很樂意接受。傳說大陸日常吃飯的碗、喝水的碗乃至筆洗，雜七雜八都派上用場，千利休喜愛的雲鶴茶碗本來是朝鮮半島上用來喝湯藥的，德川將軍本家傳承的天下三茶罐之一「初花肩沖」（茶罐）居然是楊貴妃用來抹頭髮的香油壺。

脫離唐物，刻意去中國化，也不免鬧出笑話。大阪灣有一個地方叫「堺」，由於和明朝貿易而繁榮，是千利休的家鄉。那裏立着納屋助左衛門的銅像，城山三郎的長篇小說《黃金日日》就寫他。他是搞貿易的，1594 年從呂宋（今菲律賓）販來幾十個呂宋壺，千利休幫着兜售，高價賣給豐臣秀吉和各地諸侯，中飽私囊。助左衛門出了名，可國際倒爺不只他一人，東窗事發，所謂呂宋壺，原來是當地的尿壺，秀吉豈能不大怒。大禍臨頭，助左衛門把家產捐給大安寺，外逃柬埔寨。傳聞大安寺藏有這種呂宋壺，乃鎮寺之寶。

這只是傳說，實際上千利休本人沒留下隻字片語，關於他的思想，大都是後世的傳說和逸話。千利休先後侍奉兩大霸主織田信長和豐臣秀吉，依附權貴，為政權服務。豐臣秀吉也是有名的茶人，他的茶是書院茶，黃金茶，而千利休私下大搞草庵茶，在審美上跟統治者作對。宋徽宗說「盞色貴青黑」。樂茶碗有黑赤兩種，利休喜好黑，秀吉喜好赤。茶室與世隔絕，

但千利休不甘閒寂，熱衷於政治，卻又不失獨立而頑固的匠人之心，終於惹來殺身之禍。千家茶道有「一樂、二萩、三唐津」之說，樂陶的茶碗位居第一。倘若有三位客人，最先上的一碗茶用樂陶碗，第二個是山口的萩陶，第三個是九州的唐津陶。

「草庵茶」這個詞也是江戶時代才有的。千利休的高徒宗啓著《南方錄》強調精神論，所述千利休的觀點和喜好是後世茶道的基本，對「草庵茶」觀念的形成有巨大的影響，被視為茶道的聖書，其實此書是江戶時代的偽作。

值得注意的是，唐物的茶具並不是中國流行的白瓷、青瓷、青花之類，主要是中國南方的民窰燒製的非主流的東西。最被珍重的天目茶碗是福建建窰的產品，留學的僧人從浙江天目山的佛寺裏拿回來，故名天目。恐怕這是接受外來文化的一個特點，往往是接受另一種文化非主流的次等的東西；可能是由於水平所限，而且次等的東西才易於改造成自己的文化。大家都知道，日本人喜愛白居易，至今也超過對李白杜甫的喜愛，白居易活着的時候日本人到唐朝來，就把他的詩集抄寫了回去。白居易作詩「老嫗能解」，大概與其他唐詩人相比是淺顯易懂的。可見日本人在平安時代搬來唐文化時自然而然有簡素的傾向。

千利休的弟子是各地大名（諸侯），他死後江戶時代流行的是大名茶，也叫武家茶，追求華麗而悠閒。武家茶不取家元

制度，由藩主們主持，茶人操作。明治維新以後武家茶隨武家社會滅亡，市人（日本叫「町人」）的草庵茶才擴張了發展空間，美意識被獨尊。重視心的茶和偏重技藝、器物的茶各有所成，尤其是後者發展了日本的工藝、飲食等眼見為實的美。「侘」，不是貧，不是儉，而是一個標新立異的審美角度。豐臣秀吉征討小田原城，千利休隨軍，用竹子做了個花瓶，「侘」到了極致，後來被視為名物，也貴到極致。反對奢華，本應以「圓虛清靜的一心為器」，卻造成另一種奢華。簡素本身不簡素。如今備置一套茶具需要好多錢，還要交學費。果真秉承千利休精神，身邊吃飯的傢伙不就可以搞茶道麼？很多人對這種簡直像遭罪的傳統文化敬而遠之。

茶道，又叫茶會，不只是喝喝茶。裏千家傳承十六代，上一代千玄室（健在）著述頗豐，在《伏見酒》中寫道：冬天的話，茶室裏添炭加熱釜中的水，到溫度適宜之前，吃一汁三菜的懷石，也喝酒。首先喝點汁，吃點飯，墊墊肚子，這時主人出來侑一杯酒。煮的菜上來，再喝一杯。最後端上山珍海味，主人和客人舉杯共飲。不能喝的人不勉強，能喝的人要適量。三杯的酒量大約有一兩合（一升等於一點八公升，一升的十分之一為一合）。正規用漆杯，喝到半酣也有主人會拿出珍藏的各式各樣的杯子，大概是推杯換盞的意思。看千先生這麼寫，按飯局、酒局的中式說法，吃吃喝喝的茶道應該叫茶局才是。

茶會的簡素，不是從普通老百姓的家常便飯提煉出來的，

而是把上層武士的宴席做了一些簡化。茶會有七種，中午的茶會趕上飯點，跟吃最相關。茶道影響了日常生活，平日待客，必定上茶，並配以點心，這就是來自茶會形式之一的點心茶會。有人稱懷石的創造是日本菜餚文化史上的革命，其形式逐步完善，變成了日餐主流。懷石菜，日文寫作「懷石料理」，而茶道世界只叫它「懷石」，或許一說菜就俗。室町時代作為武家的禮法形成了「本膳料理」的筵席形式，也叫七五三，就是三道菜，第一道七個菜，第二道五個菜，第三道三個菜，足見其奢華。茶道興起之初是筵席的附屬，恰似我們酒足飯飽之後喝茶聊天。千利休給織田信長當茶頭的時候，明智光秀搞茶會，器具是貼金描銀的。到了戰國時代，群雄割據，武士們忙於打仗，沒工夫吃喝，飲食已趨向從簡。千利休的茶道是草庵茶，主張和敬清寂（和睦，互敬，清靜，寂然不動心），不僅要喝出這個境界，還要吃出這個境界。茶會上一汁三菜，盡量去除「本膳」的元素。「會席」（筵席），非茶道所特有，於是改稱「懷石」，音同字不同，就有了禪意。原來懷石的出典是禪院，過午不食，晚上修行時飢腸轆轆，懷裏抱一塊烤熱的石頭抵禦飢寒，意思是吃一點點東西墊補墊補。懷石用一個食盤，吃一個上一個，控制了空間，在時間上幻想永遠。這也與茶室過小有關。千利休把茶室縮為二疊，主人佔一疊，兩三個客人佔一疊，每人面前放一個食盤都為難，當然非簡素不可。懷石簡素了，反而更追求形式，

以求寓意，也就是禪味。

有個叫澤庵宗彭的和尚（1573-1646），當過大德寺住持，傳說醃蘿蔔就是他創製的，所以叫澤庵漬。他在所著《茶亭記》中批評：「現在的人完全把茶道當作了招待朋友聊天的手段，以飲食為快，滿足口腹。茶室極盡華麗，網羅珍貴的器物，誇示工巧，嘲諷他人的笨拙。這些都不是茶道的本義。」

裏千家的家元，也就是大當家的，千宗室說：「茶道常被說是『招待的文化』，其實是『尋找自我的文化』。」又說：「茶道是修煉。刪繁就簡，盡量捨棄身上的虛榮、嫉妒、鬼花樣，尋找本來的自己，接近本來的自己。從招待進入修煉。」千宗室大學學的是心理學，在大德寺參禪得度，號坐忘齋。也是隨筆家，寫了好些書。他強調「尋找自我」，也就是自我修養。「風塵小憩農夫舍，索得濃茶作膽嘗」，那也是一種修煉。茶道的特性有社交性、修行性、藝術性、儀式性，基礎是社交，請人吃茶，好生招待，應算作招待文化。正因為是招待、款待，才產生了「一期一會」的思想，完全徹底為茶客服務。

茶道史專家桑田忠親這樣說：「做茶道，主人邀請的客人也好，不速之客或者不請自來的客人也好，都必須心情舒暢地由衷招待。客人也汲取主人招待的真心，由衷地接受其招待。主人和客人呼吸合拍，這是真正的茶道。」主人請客人喝茶，似乎意不在喝得有滋有味，而致力於喝得有板有眼，儀式完美。展覽會、鑒賞會是為了顯示，顯示器物，顯示擁有，而茶

會要展現招待之心。茶道之祖村田珠光告誡，學茶最不好的是自傲與我執。茶道不在於器具，主人把自己變小，謙恭、謹慎，發自內心地招待客人，道即在其中。

和食的來歷

日本多溫泉，若入住和式旅館，一般除了泡，就是吃。盤腿坐在榻榻米上，面前一張大餐桌或者小食案，雖然是夫妻倆或者一團人聚餐，卻各吃各的。形形色色的菜餚擺放在各式各樣的器具裏滿目琳瑯，這時發一點思古之幽情，真個是「鋪筵席，陳尊俎，列籩豆」（《禮記‧樂記》）。

吃甚麼，怎麼吃，就是食文化。從文化來說，日本飲食源於大陸。歷盡風波地拿來，為己所用，不是要傳播。又擅長改造，與島國的生活實踐相結合，產生了「和食」，本家嚐到也不識其味。不用死乞白賴地改造自己的舌頭或大腦，活得就愜意。日本人把大陸文化搞了兩次大革命，一次是文字，一次是飲食，從此自立於民族之林。

「和食」這兩個漢字我們看得懂，若翻譯一下，可叫作日餐。還有一個詞我們也搬來，那就是「日本料理」，甚而被哈日族略為日料，萌萌噠。「料理」這個詞是奈良時代跟大陸學的，如今算衣錦還鄉。近代搞改革開放，叫「文明開化」，引

進歐美的「西洋料理」，與之相對，產生了「和食」與「日本料理」這兩個說法，也就百餘年歷史，1981 年才見收入大辭典。兩者的用法在日本人印象裏多少有區別，前者指的是以家庭飲食為主的整個日本食文化，後者往往指餐館的高檔餐飲。「深夜食堂」是不夠檔次的，所以它不叫「料理屋」，店家深夜掛上、清晨摘下的門簾上寫着「飯屋」。

　　兩千多年以前的彌生時代，長江中下游的人渡海帶去了稻作文化，不僅種稻，而且釀酒。飛鳥、奈良時代（7 至 8 世紀，都城先後在飛鳥、奈良）學大陸吃鯉膾、鱸膾，蘸的是醋以及佐料，出現柳宗元吟詠的景象「炊稻視爨鼎，膾鮮聞操刀」。陳壽《三國志》記載，漢魏時倭人「食飲用籩豆，手食」，從中國傳入的筷子在奈良時代普及，至今寫作「箸」，我們見了覺得雅。675 年天武天皇頒佈有史以來第一道禁止肉食令：「莫食牛馬犬猿雞之肉，以外不在禁例，若有犯者罪之。」沒管住中國人吃，那就甚麼都管不住。日本人是被管出來的，尤其在吃上。千年之後明治天皇又帶頭吃肉，一不小心民眾就養出「神戶牛」。

　　一說日本，我們就想到我們中國，想起他們的遣唐使，想起鑒真東渡。傳說鑒真大和尚帶去了「唐果子」，還有砂糖蜂蜜甚麼的，大概本來是帶着路上吃的，剩下的或許就當作土產送了禮。平安時代（794-1192，都城平安京，即京都）赴唐取經的和尚如最澄、空海，好像沒帶回多少吃食，那時候熱衷於

打造國家，可能顧不上吃。源賴朝在鎌倉開設幕府以後的鎌倉時代（1183-1333），中國已經是南宋，定都臨安。1223年道元和尚入宋，留了四年學，不單取經，還學了烹調技術，回國後創立日本曹洞宗。在南宋遇見兩位老典座，從他們的言行認識到炊事也是修行，日本的典座卻不把做飯當回事，於是撰寫了《典座教訓》。後來在永平寺撰寫《赴粥飯法》，參考大陸的生活習慣，詳加規定飯應該怎麼吃。廟裏的各種作法傳到民間，逐漸形成日本人的飲食規矩，例如飯前合掌說「拜領」，飯後合掌說「拜謝」，以至於今。道元學的是禪寺做素菜，日本叫「精進料理」。或立志取經，或冒險傳教，兩國和尚們不絕於途，不斷把飲食帶入日本，例如麩、豆腐、蒟蒻。吃食及吃法再從禪寺流入民間，以致民間的日常生活彷彿也帶有禪味。若沒有禪林的烹調技術，恐怕就沒有今天所謂「日本料理」。

室町時代（1392-1573，幕府在京都的室町）繼續是武士執掌國柄，他們從平安時代的筵席「大饗」發展出自己的儀式飲食「本膳料理」。用食案，叫作「膳」，三個食案（「本膳」、「二膳」、「三膳」）上擺放飯菜，皆為單數。現代和食的基本樣式以米飯為中心，一湯三菜，外加一碟鹹菜（或把鹹菜也充作一菜），即「本膳」的簡化，營養均衡，是2013年聯合國教科文組織把和食列為非物質文化遺產的理由之一。湯是「味噌汁」（醬湯），禪僧的傑作。日本人用筷子，幾乎不用

匙。妙在吃飯用陶瓷碗，喝湯用木漆碗，端起來喝也不燙手。16世紀末，茶道把「精進料理」和「本膳料理」加以結合並改造，產生了「懷石料理」。特別講究材料的季節性，看似簡素，其實很奢靡。和服和食過於豪侈，1920年代某首相厲行節約，提出宴會不吃日餐，不喝「三鞭酒」（香檳的音譯），兩樣洋食足矣。

1603年德川家康在江戶開設幕府，至1867年第十代將軍把大權奉還天皇家，史稱江戶時代。福建和尚隱元1654年東渡，開創日本黃檗宗，寺在宇治，所做素菜叫「普茶料理」，特色是油炸。傳說豆角是隱元帶入的，所以叫「隱元豆」。「普茶」，普遍請喝茶，喝的是「煎茶」，此後就有了茶泡飯。日本三禪宗，臨濟、曹洞進食是一人一食案，默默用餐，而黃檗圍桌聚餐，邊說邊吃。榻榻米上起居，不知哪位聰明人發明了一種矮腳虎似的圓桌，四條腿能摺疊，1920年前後普及開來，一家人盤腿圍坐，其樂融融，吃飯的風景為之一變，直到1960年前後被歐美式桌椅取代。

德川幕府鎖上了國門，只許中國人到長崎貿易，那裏便出現「桌袱料理」，基本是中餐以及荷蘭菜的改編版。「桌袱」即桌布，代指中國式餐桌。「普茶料理」和「桌袱料理」都使用桌子，大盤子上菜，分而食之。「懷石料理」也脫離茶道，被用來下酒，從前菜開始，生的，烤的，煮的，一樣樣上來，最後以吃飯喝湯收場，這就是「會席料理」。1820年前後江

戶出現「握壽司」，源自大陸南方，但這麼一握，就完全日本化，大有一邊看表演一邊饕餮之趣。據說意大利人愛陳米，日本人自古愛新米。壽司好吃很大程度在於米飯，米好，做得好，似乎「日本料理」最講究火候的就是燜飯。不過，壽司用冷飯，甚至說廚師的手溫也會影響味道。壽司的正規吃法是「手食」。

京都離海遠，「京都料理」以蔬菜為主；江戶在海邊，「江戶料理」以海鮮為主。大阪是商城，依山傍海，兼善京都與江戶二者。早在原始的繩文時代就有了生、烤、煮的方法，後世又多了蒸與炸，這五種方法附會為五行。把「生」換用動詞，那就是切，切生魚片，也講究刀功，卻不是李白所見的「呼兒拂几霜刃揮，紅肌花落白雪霏」，也不是杜甫所見的「饔子左右揮雙刀，膾飛金盤白雪高」，而是悠悠地一片一片往下片（piàn），裝盤三五片，幸而切得厚厚的。他們更在意工具，各種利刃，正所謂工欲善其事，必先利其器。

日本好生冷。孔子是膾不厭細，但奉他為至聖先師的後人早已不愛生吃，更喜好熱食。生魚片是和食的代表，現在的吃法是江戶年間形成的，用的卻是我們唐代的法子，如白居易詩云「魚膾芥醬調」。吃魚是唐朝的法子，喝茶是宋朝的法子，令我們有一點忘祖的慚愧。禮失，求諸野，難怪中國遊客蜂擁而來，那叫一個「爆」。生食的第一個條件是新鮮。不單魚，也生吃馬肉、雞肉，叫「馬刺」、「鳥刺」，看漢字嚇死寶寶了。

近年生牛肝、生豬肉先後被禁止大快朵頤，雖然研究者指出雞肉有細菌，不宜生食，但尚無禁令。吃是文化，不好一刀切。

烹飪的最大區別在於中國是人定勝天，滋味是加工出來的，日本則盡量保持其天然，如美食家魯山人所言，只要食材好，誰都能做出美味來。我們的烹飪基本是綜合，而日本追求單一，「關東煮」的豆腐、蒟蒻、魚丸子等在醬油湯裏各自特立。或許出於兩國人思維方式的不同，我們喜歡多民族統一，他們強調單一民族。莫非覺得在烹飪技術上難以超越中國，於是乎筆走偏鋒，顧左右而言他，在器具及擺設上花功夫，贏得好看不好吃的美名。吃飯過於強調器具，喧賓奪主，沖淡了吃的主旨。

和食被捧為世界遺產，舉國若狂，翌年把 11 月 24 日生拉硬扯地諧音「好日本食」，定為「和食之日」。有一個口號：米飯與醬湯是咱家的世界遺產。一年多出版冠以和食二字的書百餘種。據說世界上出現和食熱，也有人潑冷水，說東京中心區有五千多家西餐館，按這個比率，歐洲應該有十八萬多家日餐館才是，但是據農林水產省估計不過五千家。京都的意大利餐館比和食店多，雖然這些意大利菜餚已經被改造，可算入日餐。

常見飯菜上裝飾一支南天竹的綠葉，是為了日語裏「南天」諧音「難轉」，有遇難呈祥的意思。

啤酒與烏龍茶

　　村上春樹說：「我的本職是小說家，隨筆基本像『啤酒廠製造的烏龍茶』。世上也會有很多人『喝不來啤酒，只喝烏龍茶』，當然不可以敷衍。既然做烏龍茶，就要以日本最好喝的烏龍茶為目標來做，這是寫東西理所當然的決心。不過，我畢竟鬆了一口氣，比較輕鬆地寫了這一連串的文章。如果你也鬆一口氣，比較輕鬆地讀，那就再好不過了。」

　　我不愛喝烏龍茶，但是按村上的比喻，我屬於只喝烏龍茶的人，愛讀他的隨筆。至於村上小說，確實像啤酒，不是我這種好烈酒的人愛喝的。

　　日本近代文學家，可以稱作文人的，起碼有一個特點，那就是不單小說寫得好，也很會寫隨筆，例如夏目漱石、永井荷風、谷崎潤一郎。夏目漱石強調他寫的不是小說，而是文章，就是指文字功夫。用周作人的話來說：「他們的文章又都很好」，「文章固佳而思想亦充實，不是今天天氣哈哈哈那種態度」。下一代的現代作家如三島由紀夫、遠藤周作，隨筆也是

與小說相配，雖然像宮本武藏使雙刀，一長一短。似乎當代作家多數是「故事匠」，本事在於編故事。可能也是受漫畫的影響，漫畫首先看的是故事編得好不好玩，畫的好壞在其次，日本沒有人把漫畫當美術。

日本文學有隨筆傳統。一個被叫作清少納言的女人 10 世紀末寫了《枕草子》，是日本隨筆的源頭。和她敵對的女人紫式部寫了《源氏物語》，更說是世界第一部長篇小說，所以日本文學打根兒上就是女性的。二人是後宮女官，如今常看電視上搬演後宮戲，好像沒見哪個女人寫點兒甚麼文學。

《枕草子》《方丈記》《徒然草》被譽為日本三大隨筆，也有人不以為然，評論家山崎正和說：「日本文化可真是奇怪的文化，把《徒然草》那樣寫了一大堆廢話的書當作不得了的古典在學校裏教，強迫十多歲的孩子讀。我估計這類隨筆集在別的國家絕不會給與那麼高的位置。日本文化很可笑。」

村上說隨筆難寫。他的本職是小說家，不覺得寫小說有多難，況且既然是本職，就不能口口聲聲叫難。翻譯是副業，別有樂趣，叫難可要遭報應。相比之下，隨筆既不是本職，又沒有樂趣，給誰寫、怎麼寫、寫甚麼很有點為難。他的原則或方針是三不寫：不具體寫別人的壞話（不想惹來更多的麻煩），盡量不寫辯解或自誇（很難定義甚麼算自誇），避開時事性話題（當然也有個人意見，但是寫起來話就長了）。這樣限定，所寫便無限地接近「今天天氣哈哈哈」，不免被批評沒有思想

性，浪費紙張。他不寫日記，回憶事情就重讀以前發表的隨筆，妙哉。

　　周作人在 1964 年的日記中寫道：「近日寫文似已漸有隨筆的意味，即加入滑稽趣味，然此道恐已無人能領矣。」所謂滑稽趣味，恐怕不單是語言，也是能看出事物的滑稽性。

茶話

　　文藝評論家小林秀雄說：「泣菫是日本現代詩人所理解的詩的鼻祖，是第一個體驗了西洋近代詩精神在我國多麼難培育的詩人。」

　　泣菫，薄田泣菫，1877 至 1945 年。寫詩成名，但也是為養家餬口，在口語自由詩取代文語體象徵詩風之際，改行寫小說。可是，小說不是誰想寫就能寫的，他未能像島崎藤村那樣兩年前從浪漫派詩人轉向小說，一部《破戒》就賺到錢。1915年就任大阪每日新聞的學藝部副部長，翌年，以「一邊飲茶一邊扯閒話的心情，還有畫家畫諷刺畫似的心情」在晚報上寫「茶話」。一日一話，觀察自然，省察人生，洞察人，抓住了讀者的眼球，連載三年多。芥川龍之介曾經應泣菫之約，為大阪每日新聞寫了《戲作三昧》，他說過：「《茶話》說明了薄田多麼富於諧謔，長於冷嘲熱諷。這個天成的諷刺家竟沒有一篇諷刺詩，簡直是奇蹟。」文學與大眾傳媒幾乎像油水不相溶，況且自由乃隨筆之生命，但泣菫賦予以字數限制自由的專欄

隨筆以文學性，恐怕也有賴於他的詩人功夫。詩人生田春月評說：「我惋惜泣菫暫不寫小說，但是讀他的《草木魚蟲》時發現自己錯了。這不需要冗長煩瑣的小說形式的隨筆中除了詩和哲學，還有十足的小說。有的篇章可以直接叫小說，然而，特別有意識地把它改為小說形式時恐怕就削弱那種難以言傳的妙味。」泣菫的隨筆集有《象牙塔》《茶話》《草木魚蟲》等。

文藝評論家廚川白村在 1920 年出版的《走出象牙塔》中這樣為隨筆定義：「冬天則坐在暖爐旁邊的安樂椅上，夏天則身穿浴衣啜苦茗，悠閒自在，把和好友無拘無束交談的話照樣付諸筆端，那就是隨筆。……對於隨筆來說，比甚麼都重要的條件是筆者濃重地打出自己個人的人格色彩。從本質來說，不是記述，也不是說明或議論。以報道為重點的新聞記事具有非人格性，極端地擴大作者的自我，誇張地書寫。」所謂「隨筆」，廚川用的是外來語 essay，我籠統地譯作「隨筆」，便抹殺了日本文學古已有之的隨筆和近代從西方引進的 essay 之差異。傳統隨筆，起初專屬於貴族、僧侶、武士等知識階層，江戶時代興起隨筆熱，讀與寫普及到民間，這種隨筆的概念很寬泛，也可以把 essay 算在其中。所以，廚川稱讚泣菫，「這就是日本文學裏從未見過的絕好的隨筆，堪比英文壇的蘭姆的隨筆」，便有點自相矛盾。英文學研究家戶川秋骨批駁：《茶話》確實是隨筆，但不是今天所謂 essay。essay 的第一條件是必須表現出那個筆者的個性或者性格，而《茶話》是有趣的小

故事（八卦），看哪個都不曾露出泣菫的個性。

不禁想到周作人，他比薄田泣菫小八歲，喝苦茶很有名，說「苦茶是閒適的代表飲料」。書房也名為「苦茶庵」。1925年出版隨筆集《雨天的書》，自序有云：「我近來作文極慕平淡自然的景地。但是古代或外國文學才有此種作品，自己還夢想不到有能做到的一天，因此這有氣質境地與年齡關係，不可勉強。」

俳句不滑稽，就是打蔫的花

俳句是「笑」的詩。

文藝評論家山本健吉把俳句的表現特點歸納為三：滑稽、應酬、即興。

朱自清在〈短詩與長詩〉一文中指明俳句的滑稽：「現在短詩底流行，可算盛極！作者固然很多，作品尤其豐富；一人所作自十餘首到百餘首，且大概在很短的時日內寫成。這是很可注意的事。這種短詩底來源，據我所知，有以下兩種：（一）周啓明君翻譯的日本詩歌，（二）泰戈爾《飛鳥集》裏的短詩。前一種影響甚大。但所影響的似乎只是詩形，而未及於意境與風格。因為周君所譯日本詩底特色便在它們的淡遠的境界和俳諧的氣息，而現在流行的短詩裏卻沒有這些。」周啓明即周作人，他有一文寫〈日本之俳句〉，整整一百年前了，但到了當代，人們反而更熱衷於形似，以至創造了「漢俳」這種詩形。

俳句的俳，即俳諧的俳，俳諧者，滑稽也。

相對於唐詩，日本把古來定型的歌統稱和歌。這種相對

化，顯示對民族文化擁有了自信。最早的和歌是神作的。日本皇家的老祖宗神叫天照大神，她弟叫素戔嗚尊，行事暴虐，把姐姐嚇得躲進岩洞裏，天昏地暗，一女神大跳脫衣舞才將其引出，世界復明。就這個素戔嗚尊創作了第一首和歌，記載在日本現存最古老的史書《古事記》中。10世紀初編纂的《古今和歌集》裏出現俳諧歌，屬於「雜體」，想來並不是歌人的有意創作，而是被歸為一類。起初歌人大都不明白「俳諧」為何意，平安時代末葉有個叫藤原清輔的歌人（1104-1177），也是歌學家，著有《奧義抄》等，對此做了一番解釋：俳諧，述妙義之歌也。

明代徐師曾所著《文體明辨序説・詼諧詩》，有云：「按《詩・衛風・淇奧篇》云：『善戲謔兮，不為虐兮。』此謂言語之間耳。後人因此演而為詩，故有俳諧體、風人體、諸言體、諸語體、諸意體、字謎體、禽言體。雖含諷喻，實則詼諧，蓋皆以文滑稽爾，不足取也。」日本人唐時不取太監，宋時不取纏足，明時不取八股，清時不取鴉片，上古把「俳諧體」取了去，蔚為大觀。

和歌裏定型為三十一個音節的歌叫短歌，廣為流行，以致説和歌就指它。三十一個音節斷為五七五七七。五七五這十七個音節叫長句，七七這十四個音節叫短句。我們中國人把五七五感覺為三句。HAIKU（俳句）走向世界，其他語言寫它也大都寫成三行詩。日本現存最古老的歌集《萬葉集》裏已

有把短歌分成兩部份，一人作長句，一人作短句，互相唱和。這就是連歌。還有個傳說，日本第十二代天皇的皇子「日本武尊」東征過築波之地作歌，值夜老人接過來續作，於是日本武尊被奉為連歌的始祖。起初是二人你一句我一句，叫短連歌，後來發展為幾個人輪番往下作，叫長連歌，恰如《紅樓夢》第五十回的「蘆雪庵爭聯即景詩」，甚至長達百韻、千句。連歌也像聯詩一樣需要急智，圍坐在一起擊鼓傳花似的，不可避免地帶有遊戲性，當然少不了滑稽逗趣。後來就有人故意用有失大雅的語言，作出來的連歌叫「俳諧連歌」，略作「俳諧」。明治末葉俳人高濱虛子將其改稱為「連句」。

連歌、連句的起頭五七五叫「發句」。發者，發端也，那就像「蘆雪庵爭聯即景詩」，鳳姐兒說：「我也說一句在上頭。」眾人湊到一起共同製作連句，有主人，有客人，有人遠道而來，有人親臨指導，自然要寒暄，今天天氣哈哈哈，發句裏表現為「季語」。上一個人吟了下一個人續，非即興不可，而且要瞻前顧後，承上啟下。發句未必臨場口占，也不必管下一個人如何接招，須意思完整，自己收住，這就是「切」，用來「切」的音節叫「切字」。可見，發句當初就不同於其他各句（承接的七七叫「脅句」，由脅句轉折的五七五叫「第三」，最後的七七叫「舉句」，其餘都叫作「平句」，本文所說的句常常用日語的意思，從中文來看未必成句），具有獨立性，正如鳳姐被表揚：「不見底下的，這正是會作詩的起法。」芭蕉

旅途臥病，不能去參加句會，滿懷孤獨，便寫了發句：「秋已深，比鄰做甚麼的呀」，送到句會供眾人續下去。發句漸漸地真就特立獨行，依然保留着寄語和切字，卻無須像山本健吉說的那樣當場應酬或即興了。明治年間正岡子規（1867-1902）認為發句是文學，而連句不是文學。發句被改稱俳句，所以俳句史找不到神話傳說的源頭。從近現代意識來說，俳句是文學創作，而連句以及連歌不過是一種文學性娛樂活動。芭蕉作的是發句，通常也被穿越地叫作俳句。倘若把「俳句」翻譯成中文，真個是「絕句」，從連句截下來的。莫非「俳」字的人字旁讓人把它等同於倡、優，幾乎與笑無關了，俳句這個稱呼也無從聯想到俳諧之意。

和歌以及連歌是高雅的世界，所謂不雅之詞，指的是俗言和漢語。日本人創造假名，簡直就為了與漢字分工，各盡其能：漢字作漢詩以言志，只用來辦公事；假名吟和歌以抒情，多用來談戀愛。和歌使用漢語詞彙就俗了。宗祇（1421-1502）有一首發句，內容不滑稽，但用了「無雙」（音讀），突然冒出來這麼一個外國詞造成不和諧，就顯得滑稽。宗祇的這首發句被視為俳句的濫觴。他是連歌師，不是連句的俳諧師，被認作連句（俳諧）之祖的是山崎宗鑑和荒木田守武，大約活在 15世紀後半到 16 世紀前半。宗鑑的作品：給月亮插個柄就是一把好團扇。荒木的作品：以為落花又返回枝頭，原來是蝴蝶。到了江戶時代，京都出了個松永貞德（1571-1653），自幼學

和歌、連歌，歌學造詣深。具有啓蒙家稟性，教庶民和歌、歌學，60歲以後愛好作連句。連歌屬於上流社會，而連句具有大眾性與滑稽性。天皇家每年正月舉辦歌會，吟的是和歌，從不作俳句，大概認為它不登大雅之堂。

以貞德為祖的這一派連句叫貞門派，遍及全國。貞德是文學史上第一個認為日常的通俗語言具有詩的價值。二百多年後中國有黃遵憲（1848-1905）提倡「我手寫吾口，古豈能拘牽」，被稱作詩界革命，但中國傳統詩幾乎與民眾無關，終未成氣候。連句有別於連歌之處在於用俗言漢語，更在於語言所表現的主體，立意是俗的，比喻是俗的，夏夜的月亮「冰涼一大塊」。連句不滑稽就不能與連歌區分，也就失去其存在的價值。貞門派連句熱衷於語言遊戲，追求的是上品的滑稽，仍屬優雅。真正打破傳統審美的是西山宗因、井原西鶴等人在大阪興起的談林派。宗因（1605-1682）說，連句是夢幻的戲言。他們自由得無所顧忌，為滑稽而滑稽，並拉來老莊思想充實滑稽論。連句有滑稽之心，把連歌所重視的既成價值觀、美意識相對化，用笑加以瓦解，從而在精神上獲得解放感。民俗學家柳田國男說：俳諧（連句）是破格，又是對尋常的反抗。

俗與雅是一種輪迴。雅得久了，就會有人生厭，用俗來破壞它；俗得久了，也會有人不滿，把它提升到雅。雅俗交替，形成一部文藝發展史。天生芭蕉，把俳句的內涵加以深化，昇華為藝術，與和歌、連歌比肩，以致高濱虛子說：俳句即芭蕉

文學。被譽為俳聖的松尾芭蕉（1644-1694）是農家子弟，作過貞門連句，試過談林連句，起初漢詩文的色彩比較濃。41歲始出遊，作品的意境大變，寫出「老池塘喲蛤蟆跳進水的聲響」，確立了蕉風（芭蕉風格）。不再把自己的意圖強加給讀者，而是任讀者隨心所欲地感受，自以為是地理解。正所謂詩無達詁，但他是有意為之，給讀者留下一大片用武之地。時人評芭蕉，「其性嗜滑稽，潛心於詼諧」。俳學家尾形仂提出欣賞芭蕉俳句的五個方法，其一是俳諧性。芭蕉俳句的滑稽超出了他號桃青（可想起李白）歲月的滑稽，彷彿向和歌回歸，但和歌高雅，俳諧自由，只要不放棄滑稽，就不至於復古。他常常偷着笑，不易覺察，所以要看破芭蕉一首首俳句怎麼滑稽，好笑在哪裏，也不大容易。這首詠蛙就含有滑稽。那是「生山間清流中，鳴聲清亮，入秋為多」的蛙，和歌所常詠，乃和歌世界的雅言，按常規應吟詠牠的鳴聲，芭蕉卻充耳不聞，寫牠跳入老池塘的水聲。一池沉悶的水，咚地水聲響，有蛙一隻或數隻跳進水裏，或許嚇他一大跳，不禁笑自己發呆。這對於高雅的蛙鳴是一個嘲諷。

柳田國男說，芭蕉的連句在於微笑與慰撫。連句在芭蕉的時代被等而下之，它上面有連歌以及和歌，再往上還有漢詩文，但芭蕉自道：久好狂句，終為生涯之營謀。日本詞典裏解釋，幽默是有品味的滑稽，這樣用西方的音譯貶低東方的本意，為我所不取。英國戇豆先生的幽默常近乎無聊。芭蕉從不

曾想到西方的幽默，他提升的是日本的滑稽。正岡子規指出芭蕉的滑稽不是通常世人所說的滑稽，而是語言雅俗相混，思想多變，而且急遽。俳句的禪味每每也在於詼諧嘲虐，以示達觀。不過，「閒寂古池旁，蛙入水中央，悄然一聲響」，未免譯得太打油，讓人感到滑稽的倒像是俳聖本人了。周作人認定俳句不可譯，信矣哉。

　　古今中外，要想讓民眾喜聞樂見，非滑稽不辦。談林派從雅轉向俗，抖機靈以達到滑稽。芭蕉及其門徒追求有詩味兒的滑稽。民眾往往不管藝術不藝術，最樂葷段子，低俗的滑稽很容易流行。正岡子規說：「滑稽也屬於文學，但俳句的滑稽與川柳的滑稽在程度上自有不同。川柳的滑稽使人捧腹大笑，而俳句的滑稽當中要有雅味。」俳句逗人笑，不是大笑、淺笑、竊笑，而是會心一笑。不給人低俗感，不能取笑他人，不能以旁觀、揭露、挖苦、嘲諷為能事。然而，俳句被正岡子規們革新，遽然喪失了俳諧之趣——滑稽。現代俳句雖然也不否承認俳句的滑稽性，但極力把俳句奉為藝術，對滑稽避之惟恐不及。俳句幾乎把滑稽完全讓給了川柳。和俳句同樣取自連句，也是十七個音節，但川柳沒有季語、切字的定規，不屬於格律詩，猶如今人作所謂七絕，只不過二十八個字整齊而已，雖然也會有定型所帶來的快感。

　　《紅樓夢》裏「蘆雪庵爭聯即景詩」，人是歡鬧的，「湘雲起身笑道：我也不是作詩，竟是搶命呢」，詩句卻一點不滑

稽，讀來無趣。連句在日本大流行的時候我國也產生了滑稽取樂的文藝形式，那就是散曲，惜乎不曾像連句那樣大眾化。中國詩歌通常是載道的，「千村薜荔人遺矢」，這簡直像日本的餓鬼圖，但我們讀之蕭然。漢俳志在創造新古典，大概也是以載道為努力的方向，常賦得中日友好。魯迅有言：「滑稽卻不如平淡，唯其平淡，也就更加滑稽」。滑稽與低俗僅一紙之隔，實乃至難。真的滑稽，需要作者拿人品和情操墊底，也需要刪繁就簡，人生歸於平淡。

醫療立國

　　「日本大夫」，最初從革命樣板戲《紅燈記》裏聽來的，雖然是兩股道上跑的車，但日本的闆大夫鳩山也給中國的窮工人李玉和看病。又讀魯迅的書得知，他本人及家人有病，在上海，一向找日本大夫看。還傳聞汪精衛專程到日本醫治，就死在那裏。這些是陳年舊事，現今我僑居日本，偶感風寒，看病開藥的當然是日本大夫。最大的感受是態度好，至於醫術真的比中國大夫高明與否，我不曾久病成醫，也久已不進國內醫院，無從判斷。

　　當年讀《吉里吉里人》，先就服了井上廈，不愧是當過日本筆會會長的，恣意汪洋，把兩天發生的事情寫成一百萬字（漢字假名合計）的長篇小説。事情有點大：6月中旬的早上六點，細雨濛濛，日本東北有個不起眼兒的窮屯子「吉里吉里」從日本分離獨立了，以人銀不分的「吉里吉里村言」為國語，於是，大概是作者假扮的矮個兒粗脖子永無出頭之日的中年人樣本似的 50 歲三流小説家古橋健二和三十來歲大漢的隨行編

輯佐藤久夫以及八百零六位乘客就成了第一批踏入「吉里吉里國」南方邊境的日本人。警察上車來，手持獵槍，身上穿的是兒童服——該國上小學就學習國際法、護身術，可以按志願當警察或官員。古橋以為他看漫畫看多了，心想着報道題目「勇作家空手奪槍」，卻不料「異常兒朝天就放」。不消說，誰都沒護照，統統關進收容所。質問憑甚麼獨立？回答：「日本、日本的政府怎麼想，縣裏官員說甚麼，跟咱沒關係。如果有一定的土地，有在那土地定居的居民，有代表居民意志的政府，這些居民願意獨立時，誰也不能阻礙。這是 1933 蒙得維的亞條約上寫的，這話說得賊漂亮。」驚魂初定，古橋想到了取材報道，一舉成名天下知。

原來「吉里吉里村」多年來籌劃獨立。糧食自給自足；地熱發電，不怕日本國命令東北電力公司停電；地下熱水通過管道送到各家各戶，免費使用；金本位制，通貨叫「異元」，日本元不能用；全世界五百多家大公司在該國設有分公司。國立食堂小賣店裏擺放着「吉里吉里國立中學附屬大學外語系日語專業教授」翻譯的「吉里吉里語」謄寫版夏目漱石《少爺》、太宰治《斜陽》等書，川端康成《雪國》的著名起筆是這樣的：鑽過國境的賊拉長隧道，就到了雪國那嘎噠，夜底下白不刺啦的了。

「吉里吉里國」沒有國會議事堂，只有一輛燒木炭的「國會議事堂車」（日語的「事堂車」與「自動車」諧音），總統

開着到處跑。車上有國家各部委，開會誰都可以參與。最高決策機構是「吉里吉里國愚人會議」。該國放棄戰爭，不保持軍事力量，否認交戰權，搞農業立國、醫療立國、好色立國、和平立國，自立於民族之林。特別是醫療立國，終極目標是用拔尖於世界的技術和服務成為「世界的醫院」。面積四十平方公里，女人一個半小時從東走到西，從南往北走，三個小時就出國了。總人口四千一百八十七人，而國立醫院有一千六百五十張床，護士五百五十人，半數來自外國。日本國規定四個住院患者一個護士，而這裏是三個住院患者一個護士。還有癌症研究所、白血病研究所、地理血液學研究所、醫療哲學研究所、醫學工程學研究所、東洋醫學研究所、臟器中心、藥學研究所。醫生三百五十名，六成是外國人。當人們口口聲聲說「吉里吉里醫學把我們救出病痛，吉里吉里國的存在對我們有用，我們需要吉里吉里人，承認吉里吉里國吧。吉里吉里人存在也不是壞事，不，把世界的醫學交給吉里吉里人吧」，那時候「吉里吉里國」從日本分離獨立就取得成功。

古橋成為移民第一號，並作為「吉里吉里國」唯一的作家幾乎囊括了「吉里吉里」五大文學獎。第一任總統遭暗殺，殃及古橋，被沒有醫生資格卻盛傳離諾貝爾醫學獎最近的紅鬍子大夫、智商二百八十的新加坡籍華人整形外科岳大夫等四位名醫做了「歷史的、世界的、疑念數（吉尼斯）大全記錄確實的大手術」，把古橋未受損傷的大腦移植到一個潛入「吉里吉

里國」的 26 歲女間諜的無毛症身體裏。世上的男人全都想體驗一下當女性。古橋從此上女廁，不小心摔碎了拿來窺視下體的鏡子，竟發現日本國陸上自衛隊出動五十架「串團子」直升機狂轟濫炸也沒能找到的黃金原來都做成國立醫院廁所的「金隱」（大便池擋板，隱藏金玉之意；金玉者，睾丸也）。11世紀末東北王藤原清衡埋藏的三萬九千七百噸黃金，超過美國的八千四百噸，是「吉里吉里國」獨立的王牌。古橋原本就是來這一帶採訪埋藏金傳說的。

男女合體新人古橋健二被指定為第二任總統，就職典禮由吉里吉里國立小學廣播社團的孩子們擔綱的吉里吉里廣播協會轉播，通過 NHK 播映全日本，通過衛星播映全世界。各國記者蜂擁而來報道在手術室裏舉行的總統就職典禮。佐藤也來了，其實這個認為私立不如公立、公立不如國立的傢伙是日本國特務，伺機揭穿這場「鬧劇」。古橋被佐藤逗引，順嘴説出「金隱藏在『金隱』裏，這個醫院廁所的『金隱』都是用金做的」。現場頓時炸了窩，自稱朝日記者的男人掏出手槍，向世界第一個醫學立國的國家「吉里吉里國」總統、也是世界歷史上任期最短的總統開槍，貫穿了金髮美女的心臟，古橋的大腦也停止思考，一切就簡簡單單地結束了。興亡兩天事，喜劇變悲劇。

《吉里吉里人》起筆於 1964 年，當初寫的是廣播劇，叫《吉里吉里獨立》。時當日本已成為資本主義世界老二，是下

亞洲第一個舉辦奧運會的國家，此劇播出，軒然起大波。聽眾們譴責：我們正覺着驕傲，卻有人心懷不滿，把日本一部份從日本獨立出去，太不像話了！

為甚麼鬧獨立？讓井上廈說來，獨立的理由太多了。單說農村，政府要兵，出海打仗，從農村出。政府要廉價勞動力發展城市，從農村出。戰敗了，七百萬人從國外撤回，都回到農村。政府說復興靠農村，農民們拼命增產，但 1960 年糧食自給了，反而被當作麻煩。農村只剩下老人孩子了，「吉里吉里」簡直是「棄里棄里」（日語「吉」諧音「棄」）。「國益」把「吉里吉里人」折騰來折騰去，真個是嬸可忍，叔不可忍。問題不止於農業，小說《吉里吉里人》的內容從國家、政治、經濟、文學到方言，涉及方方面面的問題，而且 1981 年出版，已過去三十多年，這些問題仍然是鮮活的。

哲學家梅原猛說：井上廈語彙豐富，對語言的感覺敏銳到異常。他充份利用日本文化中將一切漫畫化的手法以及黑色幽默，尤其是天才的語言遊戲，讓人把高度抽象的議論讀得忍俊或捧腹。日本文學較為正統的是志賀直哉所代表的刪繁就簡不囉唆，而井上話多得過剩，彷彿一個自己笑嘻嘻地看着另一個自己埋頭致力於重大的主題。《吉里吉里人》是烏托邦文學，意在批判現實。其價值不在於文章的洗練與否，而在於他所處理的問題。

《吉里吉里人》和村上春樹的長篇小說《圍繞羊的冒險》

同樣代表了 1980 年代的日本文學。批評村上的人說他寫的是 SF（科幻小說），而《吉里吉里人》既得了日本 SF 大獎，又得了獎給純文學的讀賣文學獎。看似荒誕無稽，可井上廈並非寫着玩。恍若看見他一臉嚴肅，2008 年在報紙上談和平，說：

　　跟在美國屁股後頭為虎作倀，那不是國際貢獻。自己所擁有的最得意的東西，日本就是軟實力，已經在很多領域為世界做貢獻。例如用醫學幫助世界怎麼樣？人們都要到世界上最好的日本醫院來檢查。日本人隔一年得一回諾貝爾醫學獎，考慮癌症特效藥。這麼一來，全世界醫生用日語寫病歷。於是，從普京、布什到世界的富豪都想到日本治療，不絕於途，就自動當「人質」。國際機構都聚集在日本，那還怎麼好攻擊呢。這不就是日本的活路嗎？

　　首相安倍晉三當年為選舉寫過一本書，叫《美麗的國家》，當然他絕沒有把日本打造成「吉里吉里國」的意思，但中國的土豪真就不遠千里來體檢或治病了，小說家言大有成真之勢。惜乎井上廈於 2010 年去世，人們把他的忌日叫作「吉里吉里忌」。

東京七玫瑰

　　井上廈在《東京七玫瑰》裏寫的，不知真假，但他說過，這個小說整個浪兒是虛構，但細節是真實的。

　　請讀者嘗細節一臠：

　　監獄關押了十四名思想犯，但大家對這個頭銜都愧不敢當。例如那個做呱嗒板兒的，喝了幾両勾兌清酒就醉了，信口說「天皇陛下從咱們這兒收取那麼高的稅金，還不夠，又把我兩個兒子搶去了，不就過年過節賜給一條褲衩嗎」，於是他成了思想犯。更倒霉的是一個運貨的朝鮮人，趕着馬車經過派出所，哼唱「朝鮮人真可憐 / 打敗仗亡了國 / 地震又把家震塌郎里格朗里格朗里格朗 / 朝鮮人真可憐 / 揀廢紙一天賣五錢 / 吃不飽飯肚子郎里格朗里格朗里格朗」，被警察叫住：「這本來是日本人唱的俗謠，愚弄朝鮮人的，但朝鮮人自己唱就是傲岸不遜。」給送進警視廳的特別高等警察部，定罪為「圖謀朝鮮半島獨立的不逞叛徒之魁首」。被看守們視為思想最危險的是一個農校教師，近視眼，對兩三個學生講自己的疑問：報紙和

廣播總說勝了勝了，可友人一個接一個戰死，打了八年都沒能制服中國，因為缺少那個實力，那就更不打過美國或英國。看守所的所長要求犯人每天至少做一條「改悛標語」，一塊大黑板就寫上了：

月在東，日在西，天皇陛下在當中（這是套用蕪村的俳句）；

B29 是惡魔的傑作，零戰是神的傑作（零戰是零式艦上戰鬥機的通稱，日本海軍的主力戰鬥機，動畫片《起風了》演的就是設計者的故事）；

鬼畜美英呀，你的胳膊跟日本打架太短啦。

書裏還寫了一些戰時氾濫的「高，實在是高」的高招：夜戰的話，日本兵比美國兵厲害。因為美國兵白淨，容易用槍打。日本兵皮膚有顏色，溶入黑暗裏，美國兵不知往哪裏開槍。空戰的話，日本斷然有利。敵我雙方的飛機駕駛艙都窄小，日本人恰好短腿，而且每天早上蹲廁所，窄小也勝任愉快。白人腿太長，不能長時間坐在窄小的地方。空戰時這個差別就凸顯出來。

可還是戰敗了。資源短缺，政府在 1945 年 7 月讓全國的窰口燒製五錢的陶幣，圓形，表面是菊花，背面是桃子。有個人去名窰所在的有田偷了一背囊，五千枚，合計二百五十日圓。可是等來等去也不見陶幣上市流通。一打聽，郵局的局長說：戰敗了，好像不用啦。聽說製造了一千五百萬枚，8 月裏

都給破碎了，一枚不剩。把這個賊人氣得痛飲酒精兌水，回家挖出了陶幣，一邊罵一邊扔：為甚麼打敗了，打勝打敗都可以用嘛。

　　或許就是他扔掉的，如今古董市場上有售，五錢的陶幣一枚值幾萬日圓，還有面值一錢、十錢的。前幾年在佐賀縣發現了一塊「造幣局有田辦事處」的牌子。井上廈的細節真的是真的。《吉里吉里人》是他的代表作，但我覺得《東京七玫瑰》更有趣，而且更現實。國破國語在，七個為美國大兵服務的女子奮起抵抗佔領軍及日奸把以漢字為實體的日本語改用假名或羅馬字，這故事題為「東京七釵」更有中國味。

村上寫性

　　有個叫柘植光彥的，幾年前去世，他說過：村上春樹的小說給人留下強烈印象的性描寫很多，聽說在中國甚至被當作色情小說讀。

　　這話說得有意思，看來這位文藝評論家是不以色情小說為然的，中國把村上讀低了檔次。不過，中國並不像日本那樣獨特，將小說截然分成純文學與大眾文學，若專讀那個色勁兒，怕是這村上與被中國讀者命名為色情大師的渡邊淳一差不到哪兒去，殊途同歸，各有千秋。況且中國百姓慣於改朝換代，向來很寬容，可以把在日本大庭廣眾之前不露相的 AV 女優捧為老師，跟我們的國寶級歌手並肩，也可以讓日本紅燈區拉皮條的人登上人民大會堂的講台，雖然道德有點像是沒底線。那麼，村上小說到底色不色呢？上世紀八、九十年代日本女性流行夾着書走路，好似服飾的配件，但即便是鐵粉也羞於夾一本村上，因為色。當然，今非昔比，以前不敢露乳溝，如今連臀溝都露將出來。

近年來我國賣得好的日本作家大概有渡邊淳一、村上春樹、東野圭吾。在國際上，知名度最高的日本作家是誰呢？村上春樹？吉本芭娜娜？還是谷崎潤一郎、川端康成、三島由紀夫、安部公房、大江健三郎？或者明治年間的文豪夏目漱石、森鷗外？有一位比較文學研究者調查美國從 1994 年到 2012 年出版的八種「世界文學選」，統計了日本作家入選的次數，最多的是樋口一葉，入選了七次。川端康成六次，谷崎潤一郎四次，與謝野晶子、芥川龍之介、村上春樹三次，三島由紀夫、大江健三郎二次。日本文學史最推崇的夏目漱石乾脆沒有選。美國的「世界文學選」以西方古典為中心，大半選白人作家，1990 年代以降才較為積極地選取亞非拉。樋口之所以被重視，可能有幾個原因：一，她是近代初期以寫作為業的女作家；二，篇幅短，便於收入選集；三，她幾乎未受到西方文學的影響，而森鷗外等作家盲目地模仿法國、俄國的西方現實主義。

單說村上春樹，最熱鬧的話題是他與諾貝爾文學獎，這話題與其說是文學的，不如說是社會的，甚至是娛樂的。2006年村上獲得捷克的弗蘭茨・卡夫卡獎，此獎有諾獎門檻之稱，從此年年有些人賭他獲諾獎，媒體應時起哄，書店借機推銷，好像已成了日本之秋的一景。有個頗有名的電視藝人說：我討厭的不是村上，而是那些過度狂熱的粉絲。且叫作村粉，又有人說，當村粉是一種病。他們醉心於村上其人其作，不讀其他作家，一廂情願地鬧騰。2015 年又落空，村上「十連敗」，

村粉們又開始「蓄芳待來年」。

　　諾貝爾文學獎為甚麼不給村上春樹呢？某評論家説，因為他寫得太色。柘植光彥也曾説：從全書的平衡來看，不能不説性描寫的份量相當多。隨便翻開哪一本，都是以寫性為能事，中譯本每每做手腳，怕的不就是色情麼？前些日子看到一篇報道，説是美國有十二家出版商合夥抵制中國對翻譯作品的審查。審查的事情我不懂，但以為翻譯也是一種批評，翻譯過程中對原作做一點刪節、改動、加工，有時是基於本國的國情，甚至是出於對作者的愛護，使原作能正確而順暢地獲得另一種語言的擁躉，不得已而為之。英譯本也刪節，甚至比中譯本有過之而無不及。例如《世界的盡頭與無情仙境》，這部長篇小説出版於 1985 年，獲得了谷崎潤一郎獎。書裏有這麼一段：

　　　　姑娘説要看最外邊的那版，我拿下來給她。她想看的好像是報道「喝精液就美容皮膚？」那下面登著通訊「我被關進籠子裏姦污」。我想不出怎樣姦污被關進籠子裏的女人，一定有恰當的高超做法吧，反正會相當費事。我可幹不來。

　　　　「哎，你喜歡被人喝精液？」姑娘問我。

　　　　「無所謂。」我回答。

　　　　「可這裏這樣寫的呀：『一般來説，男人口交時喜歡女人給嚥下精液。男人能以此確認自己被女人接受了。這

是一個儀式，是認證。』

「不大明白。」我說。

「你給人喝下去過？」

「不記得啦，好像沒有。」

……掠過幾頁，又寫到精液的事。這些內容被英譯本刪節了，莫非怕英國讀者把村上當作色情小說，有傷風化？反倒是中譯本統統都翻譯了，大暢其銷。這麼寫的：

「哎，」姑娘把書放在旁邊說，「那個精液，真不想要人喝？」

「現在吧……」我說。

「沒那種心情呀？」

「對。」

「不想和我睡覺呀？」

「現在吧……」

「我胖，所以沒興趣不喜歡？」

「沒那個事兒。」我說。「你的身體挺美的嘛。」

討論了一番道德倫理，女人讓男人拿出其實想跟她上床的證據。「我」就說「已經硬了」。

「給我看看。」姑娘說。

我有點遲疑，最終還是褪下褲子給她看。

這裏中譯本莫名其妙地刪掉一句：「不能認為給 17 歲的女孩子看挺起來的健全陰莖，那就會發展成重大的社會問題。」

這姑娘又要求「摸摸」。男人拒絕了，可能因為他已經約好另一個女人吃飯，而吃了飯，按村上的套數，就該做愛了。果然，後面便寫道：

「我睜開眼睛輕輕把她摟進懷裏，手繞到背後解胸罩的扣。沒有扣。『前面呢。』她說。世界果然在進化。」

中譯本憂患讀者觸目驚心，又刪掉半句：「我們性交了三回之後淋浴，在沙發上一起裹着毯子聽平·克勞斯貝的唱片」，於是變成了「我們沖罷淋浴，一起裹着毛巾被聽克勞斯貝的唱片」，當然，「心情非常好」的後面也沒有了「我的勃起像吉薩金字塔一樣完美」。至於喝精液問題，《挪威的森林》《國境南，太陽西》裏都有描寫。這樣，村上走出日本，走向世界，漢語的或英語的，近乎潔本了。

為甚麼寫性？村上陳述過理由：

「我最初的作品幾乎不搞性描寫。由於這個原因，也有人比現在的東西更喜歡我那個時期的作品。」

「隨着我寫的故事變大變深，我無論如何也不能不帶進關於性和暴力的描寫，因為避開就通不過。」

他夫人叫陽子，聽說這位陽子夫人很厲害，充當着幕後指

揮。她說：

「我丈夫的小說裏性事以各種形式出來，我問他為甚麼，他說：不知道，也沒考慮就出來了。看來性事是甚麼關鍵吧。」

這關鍵就是他「認為性事是把人與人結合起來的重要因素」。而且，「性場面、暴力場面有時不在某種程度上使閱讀的人感到痛苦、不快或彆扭，就不會發揮其意義。」不過，性描寫的深刻意義恐怕都是作者以及評論家在發揮，切實感受現實啦，彼此確認啦，而一般讀者，當然首先是日本讀者，讀得明白的就是性而已，村上小說也得以暢銷。

村上小說一寫到女人，想的就是睡她，而且用不着「穿過大半個中國」那麼遠。《世界的盡頭與無情仙境》一開頭是村上的慣用手法，換一個世界，到地下去，到井裏去，這次是坐電梯下去，也許是上去，人是必須恍惚的。電梯門開了，站着一個胖胖的漂亮女孩子，「我」這個主人公跟着她走，「光是胖那還好。光是胖的女人像空中的雲，她只是飄在那裏，跟我一點不相干。但年輕而漂亮的胖女人就另當別論了，我不得不對她作出某種態度。總之，也許會和她睡覺」。見面就脫，毫不費力地上床，大概是所有男人對女性的夢想。《沒有色彩的多崎作和他的巡禮之年》裏多崎作跟女人約會了三次才上床，讓讀者很有點意外。

村上的小說裏常出現雙胞胎女性，或者衣服尺寸、鞋子號碼相同的女性。他說：「現實地仔細一想，和雙胞胎交往也相

當夠受的。首先花銷大，飯錢是普通約會的兩倍。禮物不能只給一個。不僅費用，總是公平地對待兩個人也非常難。」村上的第一部小説《聽風的歌》裏「沒有小指的女孩」説她是雙胞胎，但妹妹始終沒出現，而第二部長篇小説《1973年的彈子球》就寫了雙胞胎女孩子突然出現，突然消失，兩個人為「我」（主人公）進行性服務。她們像天使一樣，對我沒有任何要求，所以不至於有經濟負擔。看來村上真是「喜歡雙胞胎的狀況，喜歡和雙胞胎在一起這種假設中的自己」。村上自我宣傳為「百分之百的戀愛小説」《挪威的森林》裏直子自殺了，「我」和玲子一晚上做愛四次，然後玲子説：我穿的襯衣是直子的，我們的洋服尺寸差不多一樣，襯衣、褲子、鞋和帽子。

女性主義批評家大都對村上春樹持否定態度，説《挪威的森林》這個小説好像描寫幾個戀愛，其實描寫了戀愛的不可能性，戀愛一點都沒寫，那個「我」對直子極端無理解。但一般讀者畢竟不是女性主義者，據説日本女性喜歡那種討厭女性的作家，村上作品在具有大學文憑的女性當中相當有人氣。

某些評論家肯定《世界的盡頭與無情仙境》以前的作品，否定《挪威的森林》以後的作品，有娛樂讀者的技巧，沒有文學價值。評論家小谷野敦説：我不能容忍村上的理由只有一個，那就是作品裏淨是美人，或者淨是主人公口味的女人，立馬就上床。男主人公們從來不考慮女方拒絕上床的可能性，而且女人完全徹底為男人服務。

芥川獎的光與影

　　提及文學獎，一般日本人脫口而出的是諾貝爾獎和芥川獎。各種諾獎他們可得了不少，但要說盼望，沒有比「村粉」眼巴巴盼望村上春樹得獎更強烈的了。村上也沒得到芥川獎，這成為該獎的一個大傷疤，不時有人出來揭一揭。芥川獎連我們也聽得耳熟，出版人更是關注，搶着引進獲獎作品。譯者也說好不說壞，彷彿這作品數第一他才撥冗迻譯。

　　芥川獎是新人獎。雖然大都需要在獲得某一雜誌新人獎之後，三番五次地入圍，才可能如願，但它也屬於發掘、扶植新作家，是起跑，不是衝刺，無非高了檔次。如果以芥川獎得主及其作品為路標寫一部文學史，那只能是新人新作的青澀的歷史。

　　凡事有兩面。芥川獎也不例外，有光也有影，沒有哪個作品在評選時會全票通過。獲獎作品如太陽升起，人們往往只看見光，不管它還有影。例如 2018 年前期獲獎的是高橋弘希的《送鬼火》，九位評委中五人推舉，二人跟風推舉，二人反對，

女作家高樹信子認為「這種暴力不是文學，應交給警察處治」。再如 2015 年後期，有兩個作品獲獎，其一是本谷有希子的《異類婚姻譚》，四人推舉，一人跟風推舉，三人無可無不可，一人反對。有些評論家認為，這位女作家最好的作品是《不涼不熱的毒》。

　　媒體關心的不是文學，而是話題，能成為話題甚至轟動社會的是小說寫了甚麼，以及各種屬性，如作者的年齡、經歷、家庭。六十多年前，當時讀大四的石原慎太郎以《太陽的季節》獲獎。三人推舉，三人跟風推舉，三人反對。不遺餘力推舉的石川達三說：芥川獎不是獎給完美的作品，而是獎給有優秀素質的新人。老作家佐藤春夫抵死反對，認為這個作品反道德，作為文藝也是最低級的，作者那敏銳的時代感覺也不出做新聞或者搞演出的程度，決不是文學家的。內容驚世駭俗，先抓住了媒體的眼球，一時間報道如潮，引發了一場關於道德風俗的全民大討論。從此以後媒體年年關注芥川獎，習以為常。對此，村上春樹幽幽說：客觀地看，芥川獎完全是獎給初出茅廬水準的作家的，媒體每次都一古腦地像社會活動一樣鬧哄，也是水準有問題。

　　村上春樹的《且聽風吟》入圍芥川獎，十位評委中五人一言不發，五人無可無不可。一有芥川獎就當評委的瀧井孝作說，好像讀了過多外國翻譯小說寫的，一股子趕時髦的黃油味兒。大江健三郎也說，很會模仿當今的美國小說，但那是「無

益的嘗試」。一年後村上的《1973 年的彈子球》又入圍，大江不積極推舉，但説了：能把從別處接受的東西這麼當作自己的工具運用自如，這已經明顯是才能。這個小說的標題讓人想起大江的小説《萬延元年的足球》——大江用的是英語音譯，搞不清到底是不是「足球」，反正用腳踢。

文章好做起名難

周氏兄弟是我最愛讀的，光看他們的書名，我覺得魯迅很像標題黨。你看，周作人的書名平淡無奇，甚麼《自己的園地》《雨天的書》，而魯迅的書名《准風月談》《且介亭雜文》，他不自道一番，真教人有點摸不着頭腦，即便高不到丈二的和尚。

例如《馬上支日記》，他寫道：「前幾天會見小峰，談到自己要在半農所編的副刊上投點稿，那名目是《馬上日記》。小峰憮然曰，回憶歸在《舊事重提》中，目下的雜感就寫進這日記裏面去……政黨會設支部，銀行會開支店，我就不會寫支日記的麼？」原來如此。那麼，「馬上日記」又是怎麼回事呢？原來魯迅也最怕做文章，卻還是有人讓寄稿，「想來想去，覺得感想倒偶爾也有一點的，平時接着一懶，便擱下，忘掉了。如果馬上寫出，恐怕倒也是雜感一類的東西。於是乎我就決計：一想到，就馬上寫下來，馬上寄出去」。於是乎世上就有了一本叫「馬上日記」可讀。

周作人寫《我的雜學》寫到「之二十」，「忽然想到，這篇文章的題目應該題作『愚人的自白』才好，只可惜前文已經發表，來不及再改正了」。他死後編輯《周作人文類編》的人好心，不「可惜前文已經發表」，替他實現了莫須有的「忽然想」，把題目改為「愚人的自白」，目錄上便找不到「我的雜學之二十」，或以為他只寫了十九。

給文章或圖書起一個好題目是人之常情，而編輯為賣書，不能不在書名上絞盡腦汁——語不驚人，死不休，令我這種隨心所欲起書名的人愧疚。倘若周作人活在今天，對於他的標題編輯肯定要大搖其頭，改不勝改。這裏也有潛規則：作者有名賣作者，把名字設計得大大的，書名慘不忍睹也無妨；如果沒名氣，就要靠編輯施展標題黨的本事，讓讀者一搭眼就鍾情，愛不釋手。日本戰敗後不久愛因斯坦的《相對論》走俏，竟然是因為人們誤以為男女相對。當年有各種飢渴，《性生活的智慧》也大暢其銷。作者謝國權三十多歲寫這本書，本世紀才去世，好像日本女人就是被他教「壞」的。謝國權是台灣人，網上有云乃父謝溪秋，華僑詩人，墓在東京的多磨靈園。聽說碑石上刻了一首詩，哪天去尋訪一下。

周作人「覺得天下文章共有兩種，一種是有題目的，一種是沒有題目的。普通做文章大都先有意思，卻沒有一定的題目，等到意思寫出了之後，再把全篇總結一下，將題目補上。這種文章裏邊似乎容易出些佳作，因為能夠比較自由地發表，

雖然後寫題目是一件難事，有時竟比寫本文還要難些。但也有時候，思想散亂不能集中，不知道寫甚麼好，那麼先定下一個題目，再做文章，也未始沒有好處，不過這有點近於賦得，很有做出試帖詩來的危險罷了」。

村上春樹起書名也有這兩種情況，他寫道：「和《挪威森林》不同，《舞舞舞》開始寫之前，先定了題目。這個題目記得好像是取自海灘男孩的曲子，但真正的出處（雖然哪個都可以）是一個叫戴爾的黑人樂隊的舊曲子。」

他說，起書名有時會是件很難的事。小說《挪威森林》當初從「雨中庭院」這個題目開始寫。題目來自德彪西的鋼琴曲集《版畫》中的一曲《雨中庭院》。原稿要交給出版社，還拿不定題目，妻子說：用挪威森林不就挺好嗎？於是披頭士的歌名被拿來當書名。歌名、書名之類沒有著作權。

谷崎潤一郎的長篇小說《細雪》很有名，起初他想名之為「三姊妹」，還想叫「三寒四溫」，但主人公叫「雪子」，自然而然地想到了「細雪」這個題名，字面美，發音也美。也有人說，戰敗後好些人不會念「細雪」這兩個字，書名就難住讀者。

作家起書名往往有自己的偏好。例如女作家水村美苗的幾本小說叫《私小說》《本格小說》《新聞小說》，都是些日本文學的專有名詞。所謂新聞小說，指報紙上連載的小說。夏目漱石辭去大學的教職，專門為《朝日新聞》寫小說，在新聞小

說史上最具代表性。小說《明暗》連載了一百八十八回，病故而未完。水村模仿漱石的文體續寫了這部小說，由此出道。她的作品幾乎都獲獎，但是從我家附近的圖書館借閱數據來看，讀者不算多。

七〇後作家平野啓一郎的特色是喜歡向名作的標題致敬，例如《一月物語》讓人想到江戶年間上田秋成的《雨月物語》。《高瀨川》與森鷗外的《高瀨舟》相近，《最後的變形》與卡夫卡的《變形》相仿。

村上春樹很愛用現成的歌名曲名，令人有一點搭便車的感覺。借音樂的東風也不是他發明，田邊聖子（這位女作家今年90歲了，猶筆耕不輟）有一本小說叫《感傷旅行》，獲得芥川獎，題目是多麗絲·戴1945年唱紅的歌曲。

村上出版了《挪威森林》以後，有人說 Norwegian Wood 不是挪威森林，那是誤譯。他徵詢英美人，有的說那是挪威製的家具，有的說不，那是挪威的森林，莫衷一是。村上多次提及此事，終於寫了一篇〈只見挪威的樹木，不見森林〉表明見解。他認為，從歌詞的脈絡難以確定這個詞組的意思，應該既不是挪威的森林，也不是挪威製家具，曖昧模糊的多義性給聽眾以不可思議的深度，否則就只見樹木，不見森林。

書名若譯作「挪威木材」或「挪威家具」，大煞風景，起碼讓人無法編一本「相約挪威的森林」。日本也有聰明人乾脆用音譯，寫一串假名，讓讀者為難去。村上的書名大都缺乏明

確性，甚至像是開玩笑。不過，把「圍繞羊的冒險」譯作《尋羊冒險記》，未免太像《木偶歷險記》《三千里尋母記》了，儘管村上小說的確很有點童話的味道。「圍繞甚麼的冒險」成為一個慣用型，村上自己就曾和川本三郎合著了一本《圍繞電影的冒險》，總不好譯作「尋電影歷險記」吧。

解説

　　走進書店，不由得感嘆出版的繁榮，首先表現在開本上，基本取向是往大裏做，很顯出大國氣派。相比之下，日本上百年前開創了幾種開本，至今還是老樣子。其一叫「文庫本」，相當於大三十二開的一半，便攜而廉價。日本出版有一個慣例，先出版開本比較大的單行本，三、五年之後改版，印行文庫版，通常加上解說，彷彿讀者隨着書價降低了一個檔次，需要導讀，也就是引導他們閱讀了。書的頁數大抵是十六的倍數，多出來幾頁，一般會印上自家出版的書目。偏巧正文和版權頁湊足了頁數，那就可能不加解說吧。常讀到寫得很差勁兒的解說，大概作者根本沒讀過那個作品，對作家也不了解，真所謂狗尾續貂。有的解說寫得好，甚至本來藏有單行本，也忍不住再買回一本文庫版。

　　解說都是由作者以外的人來寫，據說這也是評論家、書評家者流的一個收入來源。日本戰敗後不久，新潮社要給菊池寬的短篇小說集出文庫版，問他找誰寫解說，菊池說他自己寫，

「如果非第三者寫不可，那就借用吉川英治的名字，我跟他說」。

開頭寫道：「這個集子盡收了菊池早期作品中的歷史佳作。看這些作品也清楚，菊池作為自由主義者很自信，努力憑其創作打破封建思想。這些作品的主題在現代也許不大少見，但這是因為菊池以後很多寫歷史的作家受其影響，使這種主題普及了。三十年前這些主題全都是菊池的想法，獨放異彩。」

最後言道：「大概也可以說，從大正到昭和，很少有像菊池的作品那樣為思想上、文化上啟蒙大眾作出貢獻的作品。不過，文學作品影響社會的力量微乎其微。打了敗仗的今日必須重新叫喊打破封建思想，菊池會覺得遺憾之至吧。」

當然也會有作家不喜歡被解說，這需要他已經是月亮，編輯們眾星捧月。例如村上春樹，簡直是如日當空，文庫版作品幾乎從來不許別人來解說。人們都覺得村上不愛跟媒體打交道，實際上他是最愛自己呱噪自己的小說的，當然也因為讀者總是鬧不清他的小說到底要說些甚麼。

村上很少給人寫解說。前兩年，一個叫杏的女演員紅了，寫隨筆回顧走過來的路。她愛讀書，是一個「歷女」──喜歡歷史的女人，但「歷女」喜好的歷史常是戲說的或漫畫的。要出文庫版，請村上為她解說，過了兩個星期，村上說「讀了，有意思」，真就寫來了。於是，書店推銷這一筐杏，手書告示：村上老師寫了解說！確實，對於讀書人來說，再漂亮的女優也

不如村上春樹那張不生動的臉有魅力，這可是諾獎邊緣級作家的推薦。

　　解說短短的，寫道：「我們見得並不那麼多，所以在人前這麼一口咬定也許不對，但讓我老實說出我想的，那就是，杏基本像一個『極普通的女孩子』。有名的模特啦，女演員啦，這種氛圍——起碼見我時，幾乎是沒有的。」原來他們是認識的，從電視上看，杏確實像一個「極普通的女孩子」。她爸是名優渡邊謙。

叫窮

看到兩條消息。

一條有關我們中國人正拼命追求的汽車。據説近年來日本年輕人傾向於不要汽車了。分析其原因,一是生活方式發生變化,大城市生活用不着;二是買不起。1970 年大學畢業買輛車是月收入的十八倍,1990 年是八倍,2014 年又退回 1970 年代前半的水平。買車的人平均年齡為三十五、六歲,平均月收入為三十萬日圓,買車的費用平均約六個多月的薪水。

另一條有關中國年輕人喜歡得要命的日本動畫片。據 2015 年《動畫片製作者情況調查報告》統計,該行業一個月平均工作時間是二百六十多個小時,平均年收入是三百三十萬日圓。這統計包括導演,導演為六百四十八萬日圓。作畫的年輕人忙得沒時間吃飯,平均年收入才一百一十萬日圓,遠遠低於法定的最低工資。

兩條消息的核心是一個窮字。按國稅廳的數據,民間企業平均年收入大約為四百零八萬日圓。經濟合作與發展組織評

估，在發達國家中，繼以色列、美國之後，日本是排在第三位的窮國。當然，不是餓死人的窮，就日本來說，單身年收入在一百五十萬日圓以下即屬於這種「相對貧窮」，六個人裏有一個。

都是些統計數字，枯燥無味，似乎也看不見窮人在哪裏，但若是作家，就可以白紙黑字地寫出來，例如柳美里。這是一位女作家，將近二十年前獲得芥川獎，書名是《窮神》，副題就叫作《芥川獎得主窮困生活記》。每次看手相都説她一輩子不缺錢，可今年才 47 歲，卻窮得沒有錢檢車，賣掉了藍色帕捷羅。

好像不少中國人都覺得日本人富裕，作家更有錢。寫作為生，美其名曰筆耕，是較為神秘的族類。日本也有人在網上問：芥川獎的獎金一個億嗎？好心人回答：獎一塊懷錶，外加一百萬日圓。聽説出版行業平均年收入為六百一十萬日圓，而作家平均年收入才二百至四百萬。歷來有收入頗豐的編輯看着作家那點可憐巴巴的稿費或版稅，絕了當作家的望。前幾年寫長篇小説《永遠的 0》走紅的百田尚樹也曾這麼説：

　　現今是小説基本賣不掉的時代，賣一萬冊出版社就三呼萬歲了，可賣了一萬冊作家得到的版稅也就一百五十萬日圓，寫它卻花了一年，養家餬口太難了。我碰巧暢銷，這就像中了彩票。持續二十年賣錢的作家才是真正的人氣

作家，我絕對沒希望。

　　單憑一支筆吃不上飯，只好搞副業。當你聽一位作家演講或講課時大可不必肅然起敬，因為他那是不務正業。對於大多數作家來說，或如柳美里所言，「書是墓碑，書店是墓地」。

　　2014 年柳美里寫博客叫窮，一叫驚人。她說，從 2007 年在雜誌《創》上連載隨筆《今天發生的事》，好幾年都不付稿費，她窮得沒錢交水電費。「稿費不是對作者的幫助，而是支付勞動報酬。」她做了個概算，當初口頭說定一張稿紙（四百格）二萬圓，該刊總共拖欠她一千二百一十一萬零一千日圓。主編篠田博之在博客上回應：柳作家的主張是正當的，這幾年《創》赤字纍纍，印製費都籌不出。出版市場萎縮，眼看只剩下半壁江山。柳美里的書過去初版五萬冊，現在跟很多作家一樣頂多一萬冊。她感嘆：能靠寫吃飯的作家究竟有幾個呢？估計純文學作家不超過三十人。像村上春樹、東野圭吾那樣擺進書店就暢銷的作家是例外中的例外。滿車乘客看手機，那景象令她不寒而慄。

　　《創》是月刊，1971 年創刊，1981 年篠田博之當主編，內容轉向媒體批評。所謂挑戰大媒體不能報道的領域，發表在劃一的信息洪水中被排除的異論和少數意見，很有點另類，做事也不免逸出常情，少了點日本所特有的人情味。篠田辯解：「我自作多情，以為你是了解《創》的狀況才幫助我們

的。」吃了上頓沒下頓的柳美里當然不買賬：「我從不為『幫助』或『義務』寫，因為我全靠寫稿養家餬口。」出版社不支付稿費，跟老闆不付給農民工工錢是一回事。最後柳美里妥協，按照《創》的最低標準付酬，一張稿紙四千日圓，總計為一百五十五萬三千零八十日圓。趕緊還上拖欠的各種費用，又將一文不名。

柳美里是日本生日本長的韓國人，上高中時被欺負，念了一年就退學，投身音樂劇，兩年後組織劇社，開始寫劇本，25歲以《魚祭》獲得岸田國士戲曲獎。又寫起小說，29歲獲得芥川獎。有一次，編輯策劃她匿名寫連載，以求轟動，但她很快在博客上露底，或許這正是「私小說」作家的本色吧，況且她還有無賴派遺風。她說過，跟她有事的男人當初就該有被她把事寫出來的準備。四部曲《命》《生》《魂》《聲》改編成電影，印數累計一百萬冊，版稅約一億日圓，扣稅之後到手約六千萬，可她儲蓄為零。雖然有各種藉口，但歸根結底，她不是過日子的人，不會過正常日子。一個小她十五歲的男人跟她同居多年，年紀輕輕的，為甚麼不去打工掙錢？東京法定最低工資為一小時八百五十日圓，一天八小時，每週幹五天，扣除了養老、保險、稅金，月收入十萬日圓。這本《窮神》婆婆媽媽展現了一個女作家的日常。

柳美里為人不合群，「因為不想參加，所以沒參加過」這個會那個會，「承受孤立所帶來的膽怯、寂寞、不安」。一度

想投筆，學當馴犬師，但還得跟狗主打交道，更費話煩心，只好作罷。魯迅有話：「有誰從小康人家而墜入困頓的嗎？我以為在這途路中，大概可以看見世人的真面目。」當柳美里和跟班似的男人典當了一萬四千二百五十日圓之物，高興時隔數週又見到「諭吉」（日本最大面值的萬元鈔票印着福澤諭吉的肖像，坊間呼之為「諭吉」）時，接到自由撰稿人荒井香織來信：「剛剛收到了美里的快信。正好閒錢有一百萬日圓，所以不是五十萬，乾脆一整數，你若能收下這一百萬幸甚至哉。我一個人過日子，生活一身輕，而且上次替人攢的書賣得好，正是經濟上滋潤的時候。絲毫不勉強，萬勿擔心。至於還錢，完全不必急，哪天你的書印十萬冊，轟地大暢銷，立馬還給我如何？那也別有樂趣不是。」這是此書中唯一感動我的故事。

柳美里說，窮神也是神，讓她寫小說的就是這個神。畢竟窮的是作家，寫書叫窮哭窮，叫了不白叫，哭了不白哭，這本書又可以賣錢救窮了。

一億盡白癡

　　大宅壯一不大被日本人記起了。

　　這大概是社會評論家的宿命，猶如食品有「賞味期限」。
大約從 1955 年到 1965 年這十年間他最為活躍，以至那位演講
時遭人刺殺的社會黨領袖淺沼稻次郎說：「即便有烏鴉不叫的
日子，也沒有聽不見大宅壯一的聲音的日子。」社會批評具有
時效性，哪怕戴上了一頂傳媒帝王的帽子，也難免與時代共存
亡。大宅常說他賣的是鮮魚，不賣乾的或鹹的。針對性越強越
容易過時，評論家本人也隨之被日新月異的社會遺忘。

　　忽然想起大宅壯一，是因為聞來讀了一首明治年間日本人
寫的七絕，云：「紛紛上疏各圖功，興學建官論太公，黃口市
童皆賈誼，白頭村叟半文翁。」明治伊始，政府成立待詔局，
任誰都可以上疏建言。言路洞開，一時間街上孩童都變成被漢
文帝問鬼神之事的賈誼，鄉下老叟也半數成為漢景帝年間治蜀
的循吏文翁，爭相為興辦學校、設置官職之類的國家大事獻芹
或獻曝，個個賽「公知」。忍俊不禁，油然聯想大宅說的「一億

盡是評論家」。

日本兩度起飛——明治維新與戰敗後，時隔半個多世紀，而民眾像條河，流過各處的水都不是原先的了，但流到那裏該迴旋還是要迴旋，該激盪還是要激盪。大宅寫道：

> 最近媒體最顯著的現象之一是名為「評論家」的人正在大量生產，範圍廣泛得驚人。以前説評論家，無非政治評論家、經濟評論家、文藝評論家、美術評論家之類，但近來像我這樣一個甚麼都幹的人叫作社會評論家了，其數量非常多。另一方面評論的領域不斷細分化，例如體育評論家當中除了棒球評論家、相撲評論家，又有了乒乓球評論家、柔道評論家、拳擊評論家等。關於衣食住，有建築評論家、服飾評論家、流行評論家，最近還出了菜餚評論家、味道評論家。或許不久將出現烤鰻魚飯評論家、炸豬排飯評論家，以及領帶評論家、內衣評論家、褲衩評論家。

日本放電視始於 1953 年，為時不久，1956 年大宅跳出來批評：

> 電視是現代文化的最高作品，反而使文化倒退，就是説，過於感覺，過於直接，使人喪失智能，也就是白癡化。電視的娛樂節目中某種東西使人們「無知」（白癡）。

電視這種最進步的媒體展開了「一億盡白癡化運動」。

眼看要掀起社會派推理小說熱的松本清張也跟着指責：

看這個架勢，電視普及使日本人的思考力鈍化。孩子丟開學習，青年喪失思索，在電視前傻笑。長此以往，一億日本人很可能盡白癡。

當時日本人口有九千多萬，模仿曾流行一時的詩句「六億神州盡舜堯」，且譯作「一億日本盡白癡」。

所謂白癡化，首先是媒體本身的問題，自癡癡人。大宅說：「近來媒體只瞄準社會底層，光重視收視率。瞄準最底層，所以越來越愚劣，白癡節目非常多，就是說媒體白癡化。有了電視以後，白癡越來越嚴重。」電視這個神器「是 20 世紀後半產生的文化怪獸，是妖魔，難以抓住其正體」。其實大宅已經一把抓住了，怪獸的正體是收視率的「唯量主義」。決定書的價值的，不是銷路，而是書的內容，暢銷書未必是好書。這是人類的傳統良知。電視幾乎被廣告主操控，對於收視率這個怪物的關心遠遠超過節目質量。他們誤以為低俗化就是大眾化。人不再是「思考的蘆葦」，變成「不思考的豬」。從電視到今天的網絡，總有人抵抗，倚仗的是以書本為中心的教養主義世

界觀。讀書是主動的，看了活字在頭腦裏思考、想像，以理解內容，而電視看畫面聽聲音，單方面灌輸，幾乎不容人動腦筋。「一億盡白癡」的另一方面是「一億盡評論家化」。人人參與，誰都可以當評論家，甚麼都可以拿來評論一番，於是乎呈現那首七絕所嘲諷的景象。

社會評論家往往是最識時務的，罵歸罵，自知無力回天，幾年後大宅壯一就給索尼的黑白電視機做起了廣告。他對媒體的批評很有趣，曾這樣說：

> 媒體文化由報刊、出版之類的固體起步，因電影而變成流體，又憑藉廣播、電視的發達普及而轉向氣體化。「沒火的地方不起煙，媒體總是發現火種而煽風。不是有火災而敲鐘，而是因為鐘響所以有火災，這種『新』現象往往媒體是縱火犯。起碼不要去協助滅火，擴大延燒的範圍是媒體的機能。」

又說：

> 活在傳媒世界，都變成傳媒型的人。傳媒型人種的特性各種各樣，特別突出的是自我表現慾很強。近年隨着傳媒領域從活字向電波擴展，這種傾向越來越嚴重。學者、作家、思想家、社會運動家都加入其中，同樣演員化。一

言以蔽之，演員化是喪失羞恥精神。在這一點上，被稱作
政治家的人種多數是天生的演員。

還說過：大眾文學的作用就是給現今制度下受壓迫的無產
階級一味清涼劑和逃避場所。所謂文壇與媒體的關係越來越緊
密，實質是媒體的商業主義對文壇擁有強大的支配力量。

1966 年 6 月中國開始搞文化大革命，大宅壯一和小說家
安部公房對談，說：現在的三種新神器是汽車、彩電、出國旅
行。神器，本來指天皇家的傳國之寶，而老百姓拿來當神器
的，自然是實用的東西。二人對談已過去半個世紀，中國早已
普及了彩電，但對談的題目好像還不算過時——「電視時代的
思想」。（大江健三郎獲得諾貝爾文學獎之後說：如果安部公
房多活幾年，這個獎就是他的。大宅壯一讀東京大學社會學，
拖欠學費，不知甚麼時候被開除了，終歸算大江的老校友。）

9 月，大宅壯一組成大宅考察團訪華，預定三週，但兩個
星期就打道回府，原來大宅「失言」了。那年月毛澤東這個名
字鋪天蓋地，他卻說：「你們一個勁兒毛澤東、毛澤東，可我
們覺得『毛澤山』了。」他在玩諧音，「毛澤山」讀若もうた
くさん，是已經夠多了的意思。這下惹惱了日本出生的中日友
好協會會長廖承志，把大宅一行趕出中國紅海洋。大宅撰文把
紅衛兵造反叫小玩鬧革命，把大串聯叫遊樂革命，批判文化大
革命「尊毛攘夷」。

大宅壯一要是活在當今的網絡時代，一定更如魚得水，圍觀，起哄，說俏皮話，刻薄地奚落，大顯身手。深刻觀察，給社會起一個綽號，流行一時，是社會評論家的本事，他尤擅此道。給谷崎潤一郎的文學命名為「唯色史觀文學」，把小說《太陽的季節》作者石原慎太郎那類人叫作「太陽族」。時過境遷，一些妙語都近乎死語，而「一億日本盡白癡」還活着，仍然是人們議論媒體功過的常用語。模仿這個說法，1970年代出現「一億盡攝影家」，據說那時候在歐美分辨日本人與其他亞洲人就看他脖子上掛沒掛照相機。卡拉OK問世，「一億盡歌手」。1980年代大多數人都覺得自己的生活程度屬於中產階層了，「一億日本盡中流」。2015年安倍內閣向「少子高齡化」的結構性問題挑戰，實施「一億日本盡活躍」計劃，倒未必是模仿大宅壯一，因為這個句式本來是政府的傑作。往遠了說，戰爭年代有「一億玉碎」、「一億盡特攻」的口號，戰敗後總理大臣讓全民「一億盡懺悔」。（1967年日本人口超過一億，1945年為七千二百萬，戰爭期間的一億是加算朝鮮、台灣等殖民地人口。）

　　看透社會現象，歸根結底是看透人。大宅壯一卒於1970年11月22日，未看見中國文化大革命收場。三天後三島由紀夫切腹自殺，很多人遺憾：要是大宅活着，會怎麼評論三島事件呢。他曾說過三島由紀夫，那種芥川龍之介類型的自戀者會自殺吧。

大宅從來不相信宗教，遺囑「死了也不要叫和尚」，但無奈的是，死後被葬在瑞泉寺，每當忌日就得聽和尚給他念經。我去鎌倉看過他的墓，不好説參觀，但也沒祭掃，初衷是去看墓石上鐫刻的手跡：男人的臉是履歷。他還説過，女人的臉是賬單。前幾天陪朋友去鎌倉圓覺寺祭奠小津安二郎，12 月 12 日，正好是他的誕辰和忌日，有甚麼緣份似的，墓碑上卻幽幽刻了一個字：無。1938 年小津出征南京，曾肅然接受從雞鳴寺住持揮毫的「無」字上面「猛烈地吹過的風」。南京陷落，大宅壯一也作為每日新聞準特派員從中山門進城，目睹「發生了相當大規模的屠殺」。

連載之說

我常佩服日本人的有恆。

譬如連載。最近漫畫家秋本治結束了《烏龍派出所》，這個連環畫在《週刊少年JUMP》上連載竟長達四十年，而且一週一回，從未間斷過，令我友邦驚詫。雖然不愛看，卻也樂見它「綿綿無絕期」。

如此漫長的連載並非他蝎子粑粑「獨」（毒）一份。日本的各種報紙，大報小報，日報晚報，幾乎都設有四格漫畫欄，沒完沒了地連載，好像都不信奉見好就收云云。例如漫畫家東海林禎雄，年高七十七，這才把《朝手君》收攤。他畫的是四格漫畫，主人公姓「朝手」，諧音「後天」，寓意明天比今天、後天比明天更美好。在《每日新聞》這份日報上連載四十年，計一萬三千七百四十九回。而《週刊文春》《週刊現代》上還連載着，分別始自 1968 年、1969 年。

不單漫畫，小說更是連載的大宗。例如在中國也大賣一陣子的山岡莊八所著《德川家康》連載十八年，計四千七百回。

池田大作在日報《聖教新聞》上連載小說《新人間革命》將近六千回，猶未有窮期，無疑是日本也可能是世界第一。世界上唯日本最重視連載小說。法國在巴爾札克、歐仁·蘇、大仲馬的年代盛行過，終不如日本持久。聽說日本之外就只有韓國媒體還堅持連載小說，雖然都大不如前。五木寬之自 1975 年在《日刊現代》上連載隨筆，迤邐至今，2008 年以連載八千回列入吉尼斯紀錄。偶爾讀讀，多是沒話找話，自毀名聲而已。

連載是報刊連續性的產物。1871 年日本第一份鉛印日報創刊，不久出現了連載小說。1907 年夏目漱石辭去教職，被朝日新聞社聘去寫連載小說。他說：「通算東京、大阪，我《朝日新聞》購讀者足有幾十萬之多。不知其中有多少人讀我的作品，恐怕大部份不會窺見過文壇的背巷或後院。我想是作為普普通通的人率真地呼吸大自然的空氣，穩妥地生存。我相信能夠在這些受過教育而且平常的人士面前公開作品是自己的幸福。」夏目漱石的長篇作品全都是連載的結果。這種閱讀方式長達一個半世紀，培育了日本人的文學素養，能寫成大半本日本近現代文學史。先在報刊上連載，而後合為單行本出版，可以賺兩份錢（稿費和版稅），村上春樹卻討厭連載。

東海林是個體戶，自稱「超優良企業」。作為一種職業，日復一日，似乎也實屬正常。所謂工匠精神，不就是堅持乃至固執嗎？不過，依我這個中國人看來，難能可貴的是媒體居然用他這麼久。這麼樣連綿不斷，哪裏會抱有無常觀？我們自以

為用持久的戰法打敗了他們，卻只怕游擊精神也浸透骨髓，打一槍換一個地方。中國不缺第一，缺的是後續。長久二字只用來指天發誓。臥薪嘗膽，對於我們來說往往不過是一句成語，而日本常拿來踐行。戰敗後臥薪嘗膽幾十年，大有重整旗鼓之勢，早晚報兩顆原子彈之仇。

《論語》有云：「善人吾不得而見之矣；得見有恆者，斯可矣。」我在日本僑居將三十年，斯可矣，胡不歸？

遺孀們的回想

　　一旦老公先走了，他若是作家，遺孀就可能提筆寫寫他。即使不想寫，往往也經不住編輯死乞白賴的勸誘，說是為文學。江藤淳死了妻，自身腦血栓，決定自我了斷這「形骸」，割腕自殺，留下札記《妻和我》，但看點還是在作家本人，而作家的妻寫先夫，賣點是作家。遠藤周作說：寫東西的人的遺屬應該不談其人生前的回憶之類謙虛謹慎地度日。但他死了一年多，妻遠藤順子寫了《丈夫留的作業》。被宮崎駿借用題名《起風了》，堀辰雄在我國也名聲鵲起，他死了之後，妻堀多惠子寫他寫了半個多世紀。

　　日本這類書不少，我讀過幾種，例如太宰治之妻津島美知子的回想。

　　美知子生於 1912 年，比太宰治小三歲，東京女子高等師範學校（今御茶水女子大學）畢業，在山梨縣立都留高等女學校執教。父親是地質學家，寫過山梨縣名勝，如《富士山的自然界》，太宰治創作《富嶽百景》參照了此書。1938 年井伏

鱒二把太宰叫到山梨，給他介紹對象——大齡女青年美知子。當時太宰治還是個賣不出去的作家，多次自殺未遂，而且藥物中毒，對這樁婚事親戚們予以阻撓，但美知子不理。她讀過太宰治的作品，「沒見之前就被他的天份迷惑」，卻也覺得像他這樣淨寫些自己的事，簡直是自己啄自己。二人一見鍾情，太宰也表示重新做人，特地給井伏鱒二寫了一紙結婚保證書，意思是今後好好過日子，不再搞自殺。雖然家裏是青森縣的大地主，但不願管這個不肖子孫，太宰治為錢犯愁，美知子家不計較。下了二十日圓聘禮，美知子家退還一半，他大為高興，殊不知此乃當地的風習。

婚後太宰治發表的《富嶽百景》後半部份、《跑來傾訴》等作品都是夫說婦記的。美知子回想：蠶吐絲一般口述全文，不停頓，不重說。她還回想：太宰治喜歡用毛筆寫東西，自詡我的字不是學來的，完全是自己的字。年輕人來家，他喝醉了，不管人家請不請，「拿紙來，研磨！」得到墨寶的人也醉了，可能就丟在車站的長椅上。他流傳後世的書畫全都是醉草。

太宰治把井伏鱒二當老師，卻在遺書上寫下井伏是壞蛋。莫非怨恨這位先生多事，給他牽線成婚，以致他心裏畢竟有了家累。據說太宰治死前說：我把稿費都喝掉了，讓家屬遭罪，如果出全集，我死了就可以給家屬。八雲書店出版太宰治的第一個全集，兩個月後太宰和情人投河，中野好夫說他「就在夫

人家鼻子底和別的女人抱着漂起來，醜得不能再醜了」。託朝鮮戰爭的福，日本經濟迅速恢復並發展，創藝社又出版《太宰治全集》十六卷，美知子為各卷撰寫後記。於是世人得知太宰的《女學生》是根據「某年輕的陌生粉絲」寄來的日記創作的，被太宰罵作大壞蛋的川端康成對這篇短篇小說讚賞有加。「女學生」叫有明淑，太宰把發表此作的雜誌送給她，以示感謝。1996年青森縣近代文學館公開了有明淑日記，某教授考證《女學生》九成是「抄襲」。

小三出書

　　想知道一點向田邦子的事，讀了久世光彥的隨筆。久世是向田寫電視劇的師傅，還作為導演，二人合作好幾部耐看的電視連續劇，向田死於飛機失事後久世寫了兩冊關於她的隨筆。又順便讀了久世朋子的隨筆，這位是久世光彥的夫人，丈夫病故五年後出版《和久世光彥的日子》。寫道：「孩子出生之前，年末一起散步時，久世看見店頭擺着正月用具，那時節街上到處都有的極普通的陶瓷器，便停下腳步，買了三段重疊的食盒。外側漆黑，畫着幾隻鶴在松上展翅飛的喜慶圖案，內側是朱紅色，不是那麼值錢的東西，但買了過年用的食盒，彷彿讓我看見了今後我們的前程，心裏很高興。」

　　我驀地想到樹木希林。

　　上世紀六〇、七〇年代久世光彥很風光，甚至被稱作「電視劇天皇」。1979 年 1 月，中美建交，久世拍完了電視連續劇，聚會慶賀。有劇組人員，還有廣告主、電視台主管和記者們一、二百人。女演員樹木希林騰到最後一個發言，先說了一

句：我下面説的事情，請不要報道。然後揭露：朋子懷孕八個月了，父親是久世。希望朋子也加油，今後和夫人搞好關係。叫朋子的女演員出道不久，21歲。久世光彥44歲。場內騷然。其實一些女演員和服裝師早知道了。久世的好友澤田研二跳出來大罵：八格牙路，閉嘴！身穿晚禮服的久世手握話筒應對：剛才樹木女士説的是事實，全都是我缺德所致，但我是非常認真的，不是胡來。唯恐天下不亂的記者們當然不會聽樹木希林的，第二天大肆報道這醜聞。當年樹木希林36歲。

久世光彥辭職，公司出錢為他辦了一間子公司。買了紅黑兩色的食盒之後，孩子生下來，妻子不容忍認領，久世離婚，和朋子重組家庭。他寫了大量的隨筆，只是在回憶向田邦子時涉筆了一下這件事。朋子也不曾提及，但我覺得她心裏應該很感謝樹木希林，不然，她就是個小三而已。

有個叫山口果林的女演員，電視上常見，在安部公房病故二十年後出版了一本《安部公房和我》，自爆長達二十三年的情人關係。好像安部也想過和她終成眷侶，但傳聞可能得諾貝爾文學獎，出版社反對他離婚。山口寫道：安部公房死後，遺屬沒來過一點聯繫，把我置於蚊帳之外，是世上的空氣，好像根本不存在，這期間被從安部公房的人生中抹掉的「山口果林」獨自活着。

還有一位大塚英子，出版過一本《暗室》，説她就是吉行淳之介的小説《暗室》的模特，「隱藏在深深的洞穴」裏。吉

行的公認情人是歌手兼演員宮城真理子，所以大塚的小三名副其實。她還寫了一本《夜的文壇博物志》，八卦她當酒吧女郎時哪些作家騷擾她，字裏行間隱隱有得意之色。

　　據說樹木希林常保護那些大腕要叫去房間裏教演技的女演員。女作家森茉莉不喜歡她，説她名字的發音像一串「鬼鬼鬼」。

年齡與文學獎

　　三島由紀夫獎 2016 年獎給了小說《伯爵夫人》，作者蓮實重彥不樂於接受，在記者會上甩臉子，說評委們把這個獎給他是暴舉。

　　此話說得有點過，記者們當場大有被壓倒之勢，但幾個作家不買賬，在網上起而攻之：既然不願要，當初出版社問你要不要的時候你為甚麼不說不要？

　　蓮實理虧，但我還是要替他辯護一下：當初他同意拿獎，可能因為獎是對於作品的肯定，如町田康代表評委會講評：這個作品描寫了一個時代完結的世界。但一覺醒來，又覺得此舉對於日本文化來說是很可嘆的事情，不是該獎勵更年輕的嗎？例如石井真志，已六次候選三島獎，2016 年入圍的作品是《惡聲》。此人也夠神，忽然想嘗嘗那種有活化石之稱的腔棘魚「刺身」，就請假去科摩羅，回來出版了旅行日記，頗有銷路，於是辭職當作家。蓮實重彥呢，已年高八十，孔子都不曾給這個年紀編排個說法。

也有人說，蓮實的意思是別把他當作家。蓮實當過東京大學的校長，以評論電影著名，對於這次甩臉子事件，北野武點讚，恐怕是因為蓮實對他的導演曾讚賞有加。蓮實寫過一本《遠離小說》，評論 1980 年代的重要作品，有村上春樹的《圍繞羊的冒險》、井上廈的《吉里吉里人》、丸谷才一的《假嗓唱國歌》、村上龍的《投幣寄存箱嬰兒》、大江健三郎的《同時代遊戲》、中上健次的《枯木灘》。大概既成文藝批評難以對付村上春樹，一些老評論家尤其討厭他，蓮實甚至說「村上春樹作品是結婚欺詐」。

三島獎以小說、評論、詩歌、戲曲為對象，獎勵開拓文學前途的新銳作品。就是說，為新手而設。年齡並沒有規定，但通常認為新作家就該是年輕人。似乎上了歲數就不可以興之所至寫寫小說甚麼的了，古來社會有形無形地給老年人規定了好些矩，不可逾，逾則為老不尊。

日本的主要文學獎多數由出版社創辦並運作，固然是出版經營的一環，卻也形成了傳統，擔負着文學責任，並體現出版良心。編輯不止於推薦作品，而且協助甚至指導新秀製造作品去獲獎，既為文學開拓前途，又在背後掌控文壇秩序，左右文學史。文學獎多是新人獎，不是給老作家錦上添花，而是發掘新作家，「扶助新作家出道」（菊池寬語）。以出版漫畫聞名的集英社也設有四種文學獎，其中「昴文學獎」、「小說昴新人獎」是獎勵新人的，另兩種不問新老，以作品取勝。與健康

類、商務類圖書相比，如今小說不大有銷路，但是寫小說的人有增無減。「小說昴新人獎」1988年開募有意思的長篇小說，一年一度，應徵最少的年份為九百一十二部，2016年為一千三百三十三部。

屬於純文學的新人獎由五家出版社的文藝刊物操辦，即文藝春秋的文學界新人獎、講談社的群像新人文學獎、河出書房新社的文藝獎、新潮社的新潮新人獎、集英社的昴文學獎。而文藝春秋的芥川獎、講談社的野間文藝新人獎、新潮社的三島獎則是純文學新人獎的三大獎，素有「登龍門」（鯉魚跳龍門）之稱。當年文壇大佬菊池寬為了自己想寫甚麼就可以發表甚麼，創辦雜誌《文藝春秋》，接着又辦起文藝春秋社，於1935年創設芥川獎和直木獎，這就是出版社文學獎的濫觴。1987年老牌文藝出版社創辦三島由紀夫獎和山本周五郎獎，不無與之抗衡之意。年深月久，各種獎項也自成序列：先摘取某雜誌新人獎，再進軍三大獎，特別是芥川獎，最後是大江健三郎主張廢除的藝術院會員。吉村昭四度入圍芥川獎，終於接到了獲獎通知，驅車趕了去，獲獎的卻是他夫人津村節子。這時節比他年輕的石原慎太郎、大江健三郎都早已先後斬獲芥川獎，不由得焦躁。正好築摩書房創設太宰治獎，便投了兩篇應募，可算獲得新人獎。後來連連獲獎，但拒絕了司馬遼太郎獎，又先於妻子當上藝術院會員。

評獎的過程都差不多。以芥川獎為例，先請三百五十人推

薦作品，以此為參考，社內評選部門篩選出六、七十部作品，找二十來個職工，四、五個人一組，分頭閱讀這些作品，反覆討論，最後剩下五至七部作品，提交評委會評議。三島由紀夫當年「也曾是二三文學獎的評委，其一以長篇小說為主，必須讀七八部作者們嘔心瀝血的長篇。不得了的重量感，不得了的精神負擔。如果情緒是被動的，就不能讀到最後。因此我注意使心境如水，流入作品之中，於是能除去大部份偏見，不論自己多麼討厭的作家，也能虛心地尋覓他苦心經營的蹤跡。為此怎麼也搭時間，不願搭時間的話，帶上偏見的有色眼鏡讀就行了」。

新聞媒體的關注使文學獎變成社會活動甚至事件，有益於文學與出版，但也時常綁架文學獎，造成社會效應的不是文學，而是附加在獎項上的東西，如性別、年齡。前些年炒作的是少女獲獎，近兩年似乎又轉向老人。退休後寫作有點成風，大概有的人本來是文學青年，後來卻幹了別的營生，老後才得閒，重溫舊夢。例如黑田夏子 74 歲獲得早稻田文學新人獎，緊接着獲得芥川獎，成為該獎歷史上年齡最大的得主，不過，她倒不是退休後援筆，而是婚也不結，孜孜不懈地寫了七十年。

《伯爵夫人》是蓮實重彥的第三部小說，距上一部作品時隔二十年，以致被當作新作家處理，令他大為不快。可能也自知在記者會上失態，頒獎儀式上致辭，他說：「在聽眾面前拿

起麥克風就不知信口說些甚麼，所以請允許我嚴肅地宣讀事先
準備好的文章。」通篇還是在「老」字上做文章，並覺得這個
頒獎儀式好像是別人的事。

病入文學

　　還記得《血疑》，上世紀 80 年代這部日本電視連續劇把中國看得街上無賊。照原文直譯，叫「赤的疑惑」；山口百惠扮演的幸子得了白血病，慘慘戚戚，賺足了中國人眼淚——可惜這淚水沒流成友好之河，只掀起一波又一波搶購日貨的狂潮。2005 年重拍，石原聰美的幸子，像山口一樣有動人的嘴唇；舒淇厚了點兒，安吉麗娜·朱莉就近乎外翻了。

　　美國作家埃里奇·西格爾 1970 年出版的《愛情故事》有點像陳腐的童話故事，然而用白血病感動世界。日本也有白血病小說，片山恭一於 2001 年出版的《在世界中心呼喊愛》可算作高峰，單行本印數超過村上春樹的《挪威森林》上卷。正統推理小說需要封閉性，出事時全都在場，人人有作案動機，而愛情小說需要時間性，凡事天長地久是人的本能性願望，短暫就釀成悲劇。白血病必死無疑，為故事備好了時間限定。世上並沒有超越時間的生和愛。像幸子那樣，眼看着只有一年半載的活頭兒，與其說是與病鬥，不如說趕着時間活，抓緊時間

愛，連趕帶抓出「純愛」。這種愛有一點懵懂的俠義，還有點柏拉圖式，甚而乾脆讓幸子跟相愛的光夫是血緣的兄妹，先就排除性，愛得才更純。渡邊淳一的「淳愛」是中年人厭煩了家累的婚外戀，完全建立在肉體關係上，或許有衝破倫理的純粹，卻觸犯道德的純潔。

白血病是製造愛以及純愛的裝置，它之前是肺結核。也寫小說的文藝評論家蘇珊·桑塔格（美）在隨筆《疾病的隱喻》中指出：18世紀中葉西歐已經把結核跟羅曼蒂克聯想在一起。林黛玉咯血也就是那時候吧。桑塔格認為，患者對致死的忐忑空想，醫生的熱情探索，藝術和社會等制度編造的神話，把疾病變成了「隱喻」。結核的隱喻首先被用來描寫愛，但浪漫主義以後，結核被當作戀愛病的一個形式。健康倒成了平凡的，乃至卑俗的。明治年間正岡子規寫隨筆《病床六尺》記述患肺病之苦，號子規，也就是啼血的杜鵑，又叫不如歸。日本從西方拿來近代文學，也搬演結核神話，德富蘆花的《不如歸》堪為第一作。當時還處於普及結核這種傳染病知識的階段，使女主人公與世界產生距離，以致死亡的，不是周圍的壞人，而是結核病。肺結核文學的典範是堀辰雄的《起風了》。不治之症，甚至被稱作亡國病，卻是一種「美麗的病」，蒼白的臉頰泛着紅暈，扶起嬌無力。堀和未婚妻都身患結核，到長野縣的高原療養所療治，他有所好轉，未婚妻死去，這段經歷便寫成《起風了》。

宮崎駿的動畫片《起風了》借用堀的兩個代表作《菜穗子》和《起風了》為一個設計飛機的人立傳，將七、八十年前的肺結核故事像落葉一樣颳起來。鏈霉素發明，肺結核不是非死不可的了，喪失了「隱喻」作用。文學轉向癌，但唯有白血病（血癌）「最美麗」。桑塔格說，白血病是「白的」、與結核相似的病，跟胃癌、乳癌不同，不必考慮外科切除。源於生活，1964年暢銷的《凝視愛與死》彙編一個大學生和身患癌症的戀人三年間的通信，始作俑純愛故事，但手術失去半邊臉，畢竟不大好拍電影。如蘇珊·桑塔格所言，結核是兩義的隱喻，一方面是災禍，另一方面象徵纖細；癌只被視為災禍，隱喻地說，它只是內部的野蠻人。圍繞癌的神話會繼續下去，像結核一樣，直到哪一天找出其原因並發現有效的治療方法。

有些病不能隨便拿來寫故事，例如麻風病，松本清張的《砂器》藉以批判社會，反而被批判為歧視。筒井康隆的《無人警察》幻想機器人交警檢測「有發作癲癇之虞的人在開車」，遭到抗議，乃至投筆好多年，但近年來連續發生多起駕駛中癲癇發作致人死傷的事件。把事實加工成文學，往往要美化，人們一旦把文學還原為現實，事實就被歪曲了，文學甚至會變成一種暴力。如今誰還拿白血病說事，難免第三個是蠢材之譏。大概最可以被作家操作的是精神病，變化多端。村上春樹小說的人物特別是女人都有點精神不正常，例如《挪威森林》裏直子患有精神病，順其自然地自殺。美化自殺是日本的傳統。

小説教室

聽説一位八〇後女作家上學去了。

倘若在日本，像她這麼有名的作家可能早就被大學請去當教授，教教寫作甚麼的。日本作家也有休筆上學的，例如五木寬之，曾休筆兩年到大學旁聽佛教史，後來寫蓮如、親鸞等和尚，年高八十幾，儼然有了點教祖模樣。連城三紀彥得度之後也休筆過一年，聽佛教學教授的課。一個人寫了好些作品，忽而回爐學寫作，或許讀他多年的粉絲們不由得懷疑自己的法眼。作家要有思想，但不必用理論武裝自己，按圖索驥。有理論的作家大概適合當先生，日本有不少供他們用武的「教室」。

「教室」——學珠算叫算盤教室，學英語叫英語教室，還有茶道教室、書法教室甚麼的，想要當作家去上小説教室。據説日本有五百萬人想要當作家，並沒有哪個協會認定，通常獲個甚麼獎就算是出道，好在大大小小的文學獎項三百多，每年有三、五百人獲獎。宮部美幸愛讀推理小説，讀着讀着自己也想寫，23 歲開始上講談社辦的「娛樂小説作法教室」夜間班，

一年有半，投稿「萬有讀物推理小說新人獎」，第三回入圍，第四回獲獎。篠田節子也上過這間學校，35歲獲得「小說昴新人獎」。她說：「我起初上講談社的娛樂小說教室是平成元年，昭和天皇駕崩的日子。上課第一天發了小冊子《從我們教室輩出了這些作家》，啪地翻開，最先看見了宮部的照片。」這兩位女作家先後獲得直木獎，都早已是大眾文學之重鎮。

這種小說教室像工匠的作坊，師徒相授。名師出高徒。村田沙耶香2016年以《便利店人》獲得芥川獎，每當介紹她就會說她在橫濱文學學校跟宮原昭夫學過。宮原得過芥川獎，沙耶香在校寫的第二篇作品獲得「群像新人獎」。山田洋次導演的喜劇片《家庭有難》裏老婆就是上這種小說教室，場景是學生提出作品，集體討論，老師講評。老頭退了休，問老婆過生日想要甚麼，她遞過來一張離婚書請老頭簽字。

大阪也有文學學校，創辦於1954年，學生累計約一萬三千人，老作家田邊聖子也讀過。朝井makate（祖母是沖繩人，朝井用她的名字當筆名，卻不知是甚麼意思）畢業於文學系國文學專業，47歲上大阪文學學校，49歲獲得「小說現代長篇新人獎」，55歲以《戀歌》獲得大眾文學的最高獎項直木獎。以前還出過一位芥川獎得主玄月，朝鮮裔日本小説家。他也辦了小說教室，叫「玄月之窟」，還開了一間文學吧，取名「讀書人」。

朝日新聞社1973年開辦「朝日文化中心」，各種教室遍

佈各地，中國文學研究家駒田信二曾主持小說教室，把重兼芳子由主婦培養成芥川獎得主，轟動一時。「娛樂小說作法教室」停辦後，當過推理作家協會理事長的山村正夫自辦「小說家入門‧山村教室」。他一生培養出好多作家，足以留名文學史。

　　五木寬之發出疑問：「嘗試寫小說時，加入這種教室，有寫作的夥伴和前輩好，還是像我這樣孤狼一般地幹好呢？」

流浪記

又上演《流浪記》了。原作是女作家林芙美子近乎自傳的小說，也就是演她。原先這齣劇是森光子的拿手好戲，半個世紀演了兩千多場，80歲還在台上翻跟斗，遺憾三年前去世。這回由仲間由紀惠扮演，看客卻抱怨：無論怎麼恭維，林芙美子也不美。劇中就有人叫她醜八怪，可由紀惠那麼漂亮，怎麼看怎麼彆扭。唉，都是漂亮惹的禍。

林芙美子有志於文學，卻沒有時間寫，便記記雜記似的日記。「把十六歲到二十二、三歲的日記隔三差五地摘錄而成的東西就是這流浪記」。交給讀賣新聞社記者，被丟在抽屜裏。三上於菟吉在記者處看見，覺得有意思，推薦給長谷川時雨。時雨是日本近代第一位女劇作家，和小她十二歲的三上再婚。三上寫大眾小說，賺了錢給妻買鑽戒，但時雨說：有那個錢，不如給我辦一本女性雜誌。芙美子趕上《女性藝術》1928年創刊，登載了一篇獲好評，便連載二十回。芙美子狂喜，森光子在台上用翻跟斗來表現，由紀惠改為側手翻，也翻得挺帶勁兒。

芙美子繼父是行商，她跟着父母在九州一帶到處轉，四年裏七度轉學。19歲來東京，貧窮中不斷換工作，換住處，換男人。作家有窮的，但沒有比她更窮的。有編輯去林家約稿，芙美子連一件「浴衣」都沒有，身穿紅色游泳衣。《流浪記》是芙美子文學的起點，恐怕一些記憶也像惡夢。開頭有兩句名言：「我命中注定是流浪者，我沒有故鄉。」當初這是她的青春故事，成名後加以修改，幾乎變成了成功人士的傳記。放下當詩人的理想，又寫了《續流浪記》《流浪記第三部》。

1930年《流浪記》結集出版，一夜成名，揣起版稅去中國旅行，經西伯利亞去巴黎。這樣旅遊當年在女作家裏很罕見，大概是行商練出來的本事。1937年12月日軍攻陷南京，她擔當某報從軍特派員，作為女流之輩第一個進城。1938年10月參加筆桿子部隊進入武漢，又是紅一點。生活在社會最低層的女人，像狂歡一樣充當戰爭的吹鼓手，而且正因為出自低層，她才能跟上士兵的行軍吧。戰爭使芙美子成為時代的寵兒，但她不曾寫小說，戰敗之後把1942年在東南亞的戰爭體驗寫成長篇小說《浮雲》，浮雕了戰敗後日本人的虛無感和當時的混亂世態，被視為反戰作品。

對於林芙美子的搖身一變，給她寫過一部「評傳劇」《敲鼓吹笛子》的井上廈是這麼看的：「林芙美子的『轉向』也是有意思的思想問題。從日中戰爭到太平洋戰爭，她作為軍國主義宣傳的女郎曾大肆活躍，戰後卻搖身一變，寫了很多所謂的

『反戰小說』。只看這一點，她就是個見風使舵的女人，然而她的『轉向』有一種凜然的覺悟。徹底追究了自己當宣傳女郎時代的責任，這就與其他的平庸作家不同。我們誰都會犯錯，但是她清楚地凝視自己的過錯，戰後寫了確實很好的作品。」

高倉健拉練

　　想念雪。於是乘新幹線北上，去青森縣的八甲田山，久聞山上樹掛很壯觀。八甲田山是十幾座火山的總稱，據說因山形如「冑」而得名，卻誤作了「甲」。其間的田茂范嶽一千三百多米，在日本並不算高，有纜車登頂。車裏擠滿滑雪人，多是從歐美來的，人高馬大。亞洲長相大都樂在用手機拍照，來去匆匆。何止樹，整座山都掛滿雪。

　　就在這八甲田山，發生過世界山嶽史上最為慘烈的事件。

　　那是 1902 年 1 月，清政府和八國聯軍議和，我們的西太后回京，同樣侵略了中國的日本設想俄國揮師南下，積極備戰，一支二百一十人的部隊在八甲田山進行雪中拉練，指揮官是神成大尉。1895 年這支部隊從山東半島東端的榮城登陸，進攻威海衛，那時神成是特務曹長。事前準備不充份，天氣驟變，更加上指揮不當，不久就迷失在風雪中，彷徨不知何往。神成哀號：老天不要我們啦。同時拉練的另一支隊伍發現了友鄰部隊遭難，卻置之不理。結果一百九十九人凍死，得救的也

只活下來五人。

1971 年新田次郎把這個事件寫成小說《八甲田山死亡的彷徨》。1980 年代我做編輯時聽說日本有「三郎」，即司馬遼太郎、新田次郎、城山三郎，大概當今讀者只知道寫歷史小說的太郎了。次郎寫山嶽小說，三郎寫經濟小說，各樹一幟。1977 年改編成電影《八甲田山》，主演之一高倉健。

日本戰敗七十年，高倉健應《文藝春秋》雜誌之約回顧自己的電影生涯，2014 年 11 月 6 日交稿，四天後病故，被稱作「最後的手記」。他寫道：「在漫長的演員生涯中，如果問哪一部電影改變我，那是 1977 年上映的《八甲田山》。」高倉健一生出演二百零五部電影，《八甲田山》拍攝三年，一百八十五天在雪中拍攝。「如今自衛隊也在八甲田山雪中拉練，但他們是現代裝備，而我們穿的是明治時代的服裝。」這是日本攝影史上最嚴酷的外景拍攝，甚至有數名演員逃之夭夭，連參加演出的自衛隊員也驚嘆拍電影這麼苦。八甲田山不是影片的背景，它也是主角，甚至是領銜的。

事件被當局歸因於寒流和暴風雪，不了了之。出事的責任到底在哪裏？正好給作家的想像力以用武之地。新田次郎之前已經有記者小笠原孤酒長年進行了調查，找到一個幸存的士兵，年高八十五，打破六十多年的沉默，說出了當時的真相。小笠原自費出版《暴風雪的慘劇》第一部。他還把材料提供給新田次郎。然而，新田的小說暢銷，小笠原的非虛構作品讀者

寥寥。本打算寫五部，但後來只刊行第二部。小說以及電影使八甲田山的慘劇廣為人知，但文學創作也在很大程度上埋葬了真實。

下榻八甲田酒店，房屋用一根根巨木搭建，掛了很多青森縣出身的版畫家棟方志功的作品。附近有「酸湯溫泉」，澡塘大得出名，但朋友探頭看了看，裏面黑乎乎，說：還是喝酒吧，聽說青森的清酒叫「田酒」的很不錯。

東海林

　　東海林禎雄是漫畫家，也是隨筆家。他的四格漫畫被叫作上班族漫畫，據說他畫出上班族的哀愁，得過日本漫畫家協會大賞，但他好像從沒上過班。説實話，我不愛看，雖然人物畫得像快要乾渴死的大口魚，看着就逗樂。我喜歡他的隨筆。例如《這也想吃、那也想吃》，自1987年在《週刊朝日》上連載，已經有一千四百回，結集三十七冊，其中《啃頭豬》獲得講談社隨筆獎。給《all讀物》（文藝春秋出版社刊行的娛樂文學月刊，與純文學雜誌《文學界》配對）寫《男人分別學》也長達三十六年了，最近寫的是《初體驗入院日記》，身體終於出毛病。他生於1937年。

　　可能中國沒出版過東海林隨筆，那可如何誇讚是好呢？有個搞中國語言文學的，隨筆寫得好，叫高島俊男，這樣一言以蔽之：「要是讓我舉出一個20世紀日本的文章天才，我毫不躊躇地回答『太宰治』，次之大概是東海林禎雄。」我們都知道太宰治，東海林的座位就排在他後面吧。不過，我固然愛讀，

但是就當代文章來說，覺得能排在東海林之前的作家可不少，如丸谷才一、出久根達郎，也包括這個高島俊男。但這種事，隨人所好，未必有一定之規。

與「孤獨美食家」相比，東海林寫的大都是「B級美食」，也就是「深夜食堂」那樣的。而且自掏腰包，二十年裏編輯部只給他付過十次錢，不是像村上龍那樣為人做廣告。娓娓道來，有一種平民百姓的樂趣，不見孤獨。行文的特點是一句一改行，或許那就有他說的「漢詩一般美的節奏」。請讀者嘗鼎一臠，但我把文字攏在了一起，反正中國稿費論字不論行。只見他寫道：

　　　　剛捕來撲楞撲楞地跳來跳去的魚就在眼前，多半人都想：「把牠做刺身吃。」不限於魚，章魚、烏賊有點動彈就想弄刺身吃。蝦、貝有點動彈，就會「弄刺身……」對動彈誰都寄予異常的關心，就叫它日本人的「動彈就想弄刺身吃症候群」。多半日本人都得了。在日本旅館等，吃飯端上來船型容器，擺滿了鯛魚，尾巴一抽動，就大為高興：「啊哈，動了，動了。」說貝殼中的鮑魚扭動了，大為高興。不動甚至用筷子捅牠動，高興地說動了，動了。鱗介類動彈，由此發現不得了的價值。那極致的情形在水族館。看見轉圈游的竹莢魚或鰹魚必有人嘀咕：「做刺身很好吃吧。」有「活蹦亂跳吃」的說法。並不是人一邊活

蹦亂跳一邊吃，銀魚才是活蹦亂跳的主兒。這類就達到刺身的極致。絕對沒有更屬害的刺身。這樣得了「動彈就想弄刺身吃症候群」的日本人動彈也一點不想弄刺身吃的魚只有一種。鰻魚。

接着寫日本其實也有生吃鰻魚的店，請哪家出版社翻譯給諸位看吧，以免我引用超限。記得二十多年前剛來日本那會兒，觀光皇居，見濠中群鯉從容，不由得想到紅燒。中國人也愛吃活蹦亂跳的，但服務員把魚蝦撈來給食客確認之後就是店家的事了，古訓云：見其生不忍見其死，君子也。

童謠

　　金子美鈴是「童謠詩人」。

　　1903 年，日本紀年為明治三十六年，美鈴出生在山口縣的仙崎。那裏是瀕臨日本海的漁港小城。

　　山口也是日本第一任首相伊藤博文的故鄉。1895 年大清國慘敗，李鴻章出使，就是在山口縣的下關割地賠款。中國人的血汗讓日本一下子富起來，到了大正年間思潮及文化呈現自由化，美其名曰「大正浪漫」。1918 年（大正七年）鈴木三重吉為掀起創作童話童謠的文學運動而創刊《赤鳥》，芥川龍之介的〈蜘蛛絲〉〈杜子春〉都發表在這本兒童雜誌上。童謠自古有之，為區別於民間傳承，新興童謠也叫作「創作童謠」。

　　美鈴家在仙崎開書店。她 17 歲讀完中學，20 歲移居下關，在繼父的書店做工。美鈴 20 歲是大正十二年（1923 年），《童話》《金星》等四種雜誌刊登她創作的五首童謠詩，閃亮登場。著名詩人西條八十予以鼓勵，說「她的作品富有不遜於英國女詩人克里斯蒂娜‧羅塞蒂的華麗幻想」。美鈴 23 歲結婚，丈

夫不許她寫詩，不許她跟詩友通信。「大家不一樣，做自己就好」，這是她的心願，但與其說是歌吟，不如說是吶喊。她甚至幻想：我要是個男孩／就去當那海盜／以世界的海為家／船塗成海的顏色／掛起天空顏色的帆／在哪裏也不會被誰發現。大正只有短短十五年，「浪漫」不過是夾縫裏的狂歡，隨着軍國色彩漸濃，沒有戰鬥性的童謠被排斥，1929 年（昭和四年）《赤鳥》《金星》等雜誌停刊。或許女性獨有的敏銳與細膩使金子美鈴像芥川龍之介一樣對將來漠然不安。在現實中做不成自己，但不泯天性。

美鈴的詩心完全在於天性。她發現美，也到處發現悲哀。總是從事物的一面看見另一面，看見光明背後的陰暗。例如《大漁》，魚滿艙的歡喜卻讓她想像海中同類的哀悼。又如《積雪》，現實的積雪被她空想為三層，上層被冰月照得冷，下層被眾人踩得重，而中間一層看不見天、看不見地，一定很寂寞。奇思妙想，那麼自然地想到寂寞與悲哀。因為她內心滿是孤獨，對小花小草小動物的慈愛也像是出自這種孤獨。「我孤獨時佛祖孤獨嗎」？人離不開社會，但孤獨永恆，心弦一旦被撥動，讀過就不忘。詩中也時時流露對母親的眷戀，反過來，這也是母親對女兒的寵愛。26 歲離婚，丈夫搶走女兒，她以死抗爭，在書店裏自殺。詩人生涯僅僅六年有半。

1926 年新潮社出版《日本童謠集》收入美鈴的兩首詩《大漁》和《魚》，1957 年岩波書店出版《日本童謠集》收入她

一首《大漁》，此後美鈴彷彿被遺忘。1984年遺稿被人找出來，原來她死前把詩稿整理成三冊，取名《美麗的小鎮》《寂寞的公主》《天上的母親》，謄清兩部，一部送西條八十，一部交弟弟收藏。生前發表作品五十六首，而遺作多達五百一十二首，這顆「年輕童謠詩人中的巨星」離世半個多世紀之後赫然重現。

如今金子美鈴已成為故鄉的金字招牌，她生活二十年的「金子文英堂」書店被復原，闢為金子美鈴紀念館。從下關到仙崎沿海跑着觀光列車，叫「美鈴潮彩」，不消説，她活着的時候還沒有這條山陰鐵道線。

鐵路上的推理

1830 年英國的利物浦與曼徹斯特之間開始跑火車。

坐上了火車，興奮過後，就需要消磨時間，讀書再好不過了，於是火車促銷了書。

美國埃德加·愛倫·坡 1841 年創作的短篇小說〈莫格街謀殺案〉濫觴了推理小說。1887 年英國柯南·道爾發表中篇小說〈血字的研究〉，塑造了福爾摩斯的偵探形象，一系列作品使推理小說飛躍發展。雖然倫敦已經有了地鐵，但福爾摩斯在市內主要用馬車代步，1898 年的〈消失的臨時列車〉整個故事與鐵路有關，那裏沒有福爾摩斯，此前他已被寫死。以鐵路為舞台或主題的推理小說，日本叫鐵路推理小說，這個短篇小說堪為嚆矢。

1872 年日本由英國援助技術與資金修建的鐵路（東京至橫濱）開通。

一個叫神田孝平的人 1877 年翻譯荷蘭作家的《楊牙兒之奇獄》，乃日本引進歐美推理小說之始。從原創來說，日本推

理小説史的起點是 1921 年橫溝正史的短篇小説〈可怕的愚人節傻瓜〉和兩年後江戸川亂步的短篇小説〈二錢銅幣〉，從此，除了戰爭期間有十來年空白，推理小説經久不衰。〈二錢銅幣〉之後亂步又寫了一個短篇〈一張車票〉，可算是鐵路推理小説。

　　日本有旅行傳統，對鐵路也特別有親切感，鐵路推理小説常寫常新。1950 年發生朝鮮戰爭，日本借機復興。1956 年政府宣佈「不再是戰後」，經濟前所未有地景氣，火車提速，幹線開始電氣化。戰敗後第一趟夜行特快列車「晨風」號開始運行，從東京到博多（福岡）。翌年松本清張拿它編故事。在福岡市海邊發現兩具屍體，認定為服毒情死，然而老刑警起疑。他們乘坐的「晨風」從東京站十五號線發車，有熟人從十三號線站台看見了這對男女。東京站大概是世界上最繁忙的車站，列車不斷地進出十四號線，一天裏只有四分鐘的空檔能夠從十三號線那邊看到「晨風」身影，目擊者偏偏就望見了。應月刊《旅》之約，松本創作這部長篇小説《點和線》，連載一年，1958 年出版單行本。他三年前獲得純文學的芥川獎，卻是憑大眾文學一炮打響，掀起社會派推理小説熱。用的是慣常的倒敘手法，嫌犯早早被亮了出來，讀者跟作者在製造不在現場假象與破解不在現場真相上鬥智。

　　英國火車起初像是把幾個馬車的車廂連起來，互不相通，又多是包間，開起來乘客好似被關進牢籠，推理小説家就利用這種密室性。日本車廂卻大都開放，臥鋪車很少，一般除了廁

所、乘務員室，不具有密室性，除非把整節車廂設定為密室，否則是難以作案的。《點和線》的推理整個建立在火車正點上。日本火車正點運行堪稱世界之最。英國不準時，以致有這樣的笑談：某日分秒不差地進站，令人驚奇，原來是昨天的車才到。雖然火車時刻表是1839年英國最早發行，但他們作案不能像日本犯人那樣信賴火車時刻表。或許鐵路推理小說也培養了日本人的時間感覺以及守時習慣。

中國鐵路大發展，也可能為鐵路推理小說提供素材，那麼，小說家筆下的故事多是英國式，還是日本式呢？

不難看的死法

西部邁自殺了，死得卻不夠厚道。

似乎我們中國人就厚道多了，例如渡邊淳一在故國被譏為下半身作家，越海到我國哄然被捧為情色大師。他可是貨真價實的醫學博士，投手術刀而當小說家，經常寫自殺，尤其是情死。他推薦的死法是煤氣中毒，即川端康成式，或者在冰天雪地裏凍死，他的小說《死在阿寒》描寫了一個少女吃下安眠藥酣然凍死在北海道的阿寒湖畔，這兩種死法不至於把外貌死得太難看。

怎麼說也足夠下流的渡邊淳一寫過一篇短篇小說〈自殺之勸〉（福澤諭吉的《學問之勸》太有名，常有人模仿這個標題），言道：「煤氣自殺的話，死後臉頰微泛玫瑰色，是血中一氧化碳濃度升高的緣故。還是個可愛的少女，用這個方法死了特別美。淡掃緋紅的臉上輕蹙眉頭，甚至像有點喘吁吁、汗津津，又像被淫蕩的大叔開導了性的痛和隱約的愉悅之後。但那種美也隨着時間喪失。那種美保持不了兩小時。只有死後立

刻發現的人能看見那種美。要是有把握死後馬上被喜歡的男人發現，這種死法很值得推薦。」

像太宰治那樣投河，六天後被打撈上來，沒有了人樣，死法最難看。日本把淹死叫「土佐衛門」，一說是江戶年間有個大相撲力士叫成瀨川土佐衛門，又白又胖，拿他的名字嘲弄被泡脹的屍體。太宰治和情人山崎富榮一塊兒死，女方喝了個飽，而太宰沒喝多少水，有人便懷疑富榮先弄死太宰，然後把他和自己捆在一條帶子上，太宰治屬於他殺。若確然如此，太宰治五次自殺就少了一次。此外，第一次也許是不小心把藥吃多了，並非有意找死，而那次去鎌倉八幡宮後山上吊只是他自己說的，空口無憑，後來和老婆自殺，又雙去雙回，那麼，說不定他就不會變成傳奇，《人間失格》《維榮的妻子》等作品當時也未必暢銷。

日本人愛泡澡，在澡盆裏溺水身亡的人相當多，甚至超過交通事故，似不如中國的泡腳文化來得安全。據說，投水（江河湖海）的死亡率很低。十多年前沖繩縣一男子從船上跳下去，卻踩水三十個小時，最終被漁船救起，可能也因為趕上 6 月好天氣。名古屋還有老女人跳河，漂流四個半小時，自己爬上岸。想來人垂死時都要不由自主地掙扎，而最有工夫掙扎就是在水中。屍體沉入水底，腐敗而產生的二氧化碳足以浮起幾十公斤重，這重量將死之人搬不動，所以水死也難以做到不露痕跡。

西部邁卻謀劃投水。從方法論來說，這不是明智的選擇。

不知何故，我向來覺得左派愛自殺，因為他們太理想，愛衝動，而保守的人冷靜得多。西部邁屬於保守派，還是領風騷的人物。江藤淳也保守，1999 年自殺。用的是少女的常套手法，在浴室裏割腕，汩汩地流血，想來要看好一會兒。寫了大半輩子的大作《漱石及其時代》還差一點兒就寫完，莫非無論如何也活不下去了，抑或一旦決定死，甚麼都無所謂。西部邁撰文追悼：「更坦率地說，我覺得他的文章裏感情過多，對於總想要抑制自己這種感情不安穩地動搖的天生氣質的我來說，那就被當作不能簡單地靠近的對象。我所思的保守性思想不是那種性質的東西。在這個意義上，江藤淳未必是保守的。」江藤淳感情用事，竟然連保守也「失格」。可是，西部邁和他卻同病相憐，都是妻患了絕症，先丈夫而去。本人都有病在身，都寫了關於妻的書，而且書名都一樣，叫「妻和我」（但日語的「我」有多種說法，好比一個譯作「妻和我」，一個譯作「妻和俺」），最後都自殺。

同為保守的論客，西部邁並不把江藤淳當戰友。他寫過一件小事，說是有個記者去拜訪，晚了一小時，便趕上江家的飯點兒，江藤淳接電話說：我家要吃飯了，沒準備你那份兒，所以過一個小時再來吧。對於江藤淳的為人西部邁是不滿的，可我覺得這樣的不通人情倒像是文化人的通病。關於三島由紀夫，西部邁說過這種話：「不打算說採取了那種死法的壞話，

但對於欠缺平衡的極度純粹性和文學性修飾的邏輯飛躍有違和感。」他拉作大旗的是保守論壇上孤立的福田恆存，所以也儼然一旗手。

西部邁生於 1939 年，北海道人，1958 年考上東京大學經濟系。據所著《六〇年安保 感傷旅行》（1986 年），進校就投身於學生運動，成為造反派頭頭，六〇年安保鬥爭中被捕。運動失敗，組織解散，脫離了左翼過激派。七年裏一邊出庭，一邊讀完本科又讀研，專攻理論經濟學，無心學習也可想而知。畢業後轉向社會經濟學，綜合各種學問和思想解讀經濟現象。政治思想則是從左翼轉向保守，逐漸站穩了保守主義立場，成為保守思想家。《走進海市蜃樓 遲來的美國體驗》（1979 年）一書對轉向有詳盡記述。西部邁很愛把保守掛在嘴上，唯恐世上不知道他保守似的，這可能是轉向者的特點，或許也有點「新參者」對保守論壇的羨慕嫉妒恨。也有人說他算不上思想家，不過是一個活動家罷了。哲學家、文藝評論家柄谷行人比西部邁小兩歲，同樣讀東京大學經濟系，同屬於「六〇年安保世代」。中國的文革一代比他們晚了幾年，那時候四海翻騰、五洲震盪，中國也深受世界的影響，只是中國人做起事來無所不用其極，反而領先於世界。學生運動時柄谷只是個群眾，後來也沒有轉向，至今自認為左翼，主心骨仍然是馬克思。許是有一種「天然的」親切感，容易讀得懂，柄谷行人格外受中國學人的追捧。

西部邁說：常說近年日本「保守化」，但細看其內容，大都是「反左翼」，論說保守思想的邏輯或理想的東西不多見。那麼，西部邁所思的保守是怎樣的呢？他在《思想的英雄們》（1996 年）中寫道：「保守思想討厭狂熱，因為這種心性是激進主義所特有的東西。激進主義者把人類社會幾何學式地簡單化，而且為自己付出過度簡單化的代價所達到的明晰度而自我感動，狂熱於立即實地應用幼稚的知識。高唱革命、維新、改革的，確實要納入這樣的部類。保守思想應避免這種狂熱，甚至厭惡把自己叫保守『主義』。主義者會陷入常見的孩子氣的興奮。埃德蒙·伯克也把自己為自己的狂熱模樣而興奮的革命派知識人叫作『可惡的大眾』，瞧他們不起。」西部邁 1983 年出版《造大眾的反》（讓人不禁聯想起奧爾特加·加塞特的《大眾造反》），名聲大振。他認為人是不完美的，不能靠理性建構進步的社會。批判大眾是他的思想核心。對於大眾（群眾），不少人都窩了一肚子火。歷史慣壞了大眾，讓他們以為歷史真是自己創造或推動的。但西部邁的死與大眾無關，不是被大眾氣的。

2018 年 1 月 21 日西部邁按計劃在多摩川投水。

「自死」，不是自己殺死自己，而是自己設計並實行自己的死，聽來不那麼血腥。西部邁悼念江藤淳時說過，江藤淳陷入了活則衰頹，不想衰頹就只有死的極限狀態，這時選擇自死，在精神層面來說，不就是自然的死法嗎？「自死是精神的

自然」。西部邁説得很冷靜。當年三島由紀夫死得有板有眼，簡直像登台表演一樣，江藤淳和西部邁也都經過了深思熟慮，導演兼演員。然而，西部邁並非自死，而是找了兩個人幫忙。這就不厚道了。難道他忘了太宰治？太宰治首次情死，女方死掉了，他卻得救，警察追究他「幫助自殺罪」。幸虧家裏是青森縣的大地主，哥哥還當着縣議員，一番奔走便得以緩期起訴。太宰治這個人看似無賴，甚麼都敢寫，誰人都敢罵，卻從來不寫他哥哥，寫也是説好話。其實，西部邁也該知道幫人自殺是犯法。妻在瀕死階段求他「殺死我，殺死我，殺死我」（西部邁在 2015 年出版的《生與死 那非凡的平凡》一書中用漢字、平假名、片假名三種寫法來表現這句話，漢語卻無此功能），但他拒絕了。他覺得可以答應妻的央求，犯下殺人罪坐牢也可以，但年將 75 歲的老爺子殺妻，那可太不好聽了。

事實比小説更離奇。赴死的前夕，西部邁和為他筆錄口述的女兒在新宿的酒吧喝了酒，然後打發女兒先回去。凌晨西部邁給女兒打來電話，因為他平時不用手機，而且沒留下信息，女兒立刻報了警，顯然家人對他早有戒備。死者被捆住雙手，身體卻用繩子繫在樹上，以免順流漂走。警察再傻也要懷疑他殺，或者是有人幫助自殺。一個多月後逮捕二人，供認不諱。之所以相助，一個説尊重西部先生的生死觀，另一個説跟了先生二十多年，不能不幫忙。去年夏天就開始幫他準備用具，探查路線，毒藥是西部邁自備。他不使用文字處理機，一人給打

印了遺書。和女兒分手後，二人租了一輛車載他到不見燈光的自殺現場，幫着用繩索甚麼的裝備起來。或許還看着他一步步走進水裏，掙扎而沉沒。關於生與死以及自殺，西部邁生前說了太多的話，甚至讓人覺得不是在說教，而是給自己壯膽。最終卻託人協助，可能到底不敢一個人去死，甚至當時還需要出言鼓勵，「這下有決心了吧」。

西部邁說過：「如果確定無疑活着對周圍的貢獻低於給周圍帶來的麻煩，那就是該死的時候到了。」死後不久遺著《保守的遺言》（2018 年）問世，後記是死前六天寫的。他說他從三十二年前（那時應該還不到 60 歲）就大致決定了自死，後來曾三次認真地準備，連具體的細節也敲定了。去年打算實施，卻趕上眾議院選舉，考慮警察和區政府大忙，就不給添亂了，於是作罷。這真是體現了日本人的不給別人添麻煩的美德，然而，說到做不到，還是給兩個追隨者及其家人添了大麻煩，演出了一場鬧劇。生死事大，說卻的是假話，令人對他那二百多本著作也不由得疑慮。真打算「盡量少給社會添麻煩」，最好就是在家裏上吊，次之則跳樓，當然要注意別砸到無辜。跳下去，「昭倉不是跳下去了嗎」，或許能體會鳥一樣的飛翔。自殺是需要社會付出成本的。特別是臥軌，造成交通停運，認真的日本人沒有幾個小時是恢復不了的。乘客們匆匆另尋通途，看似不動聲色，甚至一臉的同情，心裏卻在罵八格牙魯。好多年前見過一本書，書名就是叫《自殺的成本》。有人失蹤

了，電視上播映人們成群結夥，上窮碧落下黃泉地排查，工本費看着就不低。非死不可的話，上吊自縊和跳樓摔死不僅成功率高，成本也比較低。日本不承認安樂死，不許自絕於國家，可能會造成自死要趁早，一旦不能動了，可就只有等死，任人擺佈。

西部邁變成保守派以後就變得堅定了，但也強調平衡性，具有靈活性，和左翼也能説上話。他認為保守必須是自由主義的，保守思想的根本在於懷疑性的人性觀。懷疑的矛頭也指向自己，深刻認識自己的不完美性，傾聽他人的見解，重視達成共識。他和左翼名人佐高信（貶斥渡邊淳一是下半身作家的就是他）坐到一起搞對談，在《電影藝術》雜誌上「鬥論」了六年。不僅談電影，還談暢銷書，談到了村上春樹、內田樹、鹽野七生、稻盛和夫。佐高信對於把這些沒有內容的書搞暢銷的日本人抱有近乎憎惡的情緒，西部邁則説：歸根結底大眾就是那種東西。西部邁死後，佐高信説他倆畢竟不一樣。佐高信是崇仰魯迅的。

西部邁去世，找來幾本他的書讀了讀，就算在我這兒給他蓋棺了，尚饗。

向田她家

　　高島俊男寫過《李白與杜甫》《水滸傳與日本人》，這不奇怪，因為大學讀的是經濟，但讀研轉到中國文學，研究唐詩、水滸傳甚麼的；寫過《喜歡書，更喜歡說壞話》，大概也符合他長年在野的孤傲性格；寫過一系列《您的說法……》，講解詞語的來源及用法，這是其隨筆的精彩所在，我最愛讀了。然而，還寫了一本《童話誕生》，「追尋向田邦子」（此書的副題），讓我不由得友邦驚詫。向田邦子寫電視劇腳本有大名，可在我的想像裏高島俊男那樣的人應該是不看電視的。果然，翻閱一過，他幾乎只是談向田邦子的文章——隨筆以及小說。

　　高島說：「向田邦子的文章是男人的文章。一個個句子很短，乾脆利落。說完了不留餘韻。沒有餘音裊裊啦，情緒纏綿啦，有意識地摒棄這種腔調。故而稱之為男人的文章。」中國也翻譯了向田邦子的書，例如《父親的道歉信》，不知讀來有沒有這種感覺。

用隨筆家、編輯家山本夏彥的説法，「向田邦子突然出現就幾乎是名人」。這個突然出現就是她在《銀座百點》上寫隨筆連載，人到中年，寫起了自己的事情。銀座是東京的繁華去處，如今滿大街走着中國遊客，大包小裹，高談闊論，若猶有餘興，不妨隨手在哪間商店拿一冊《銀座百點》。這是銀座的商店行會「銀座百店會」製作的宣傳雜誌，始於 1955 年，月刊，內容基本是廣告，聽説現在由四位女性打理。1976 年向田邦子應約給它寫隨筆，回憶小時候的吃食。原定寫六回，但獲得好評，那就繼續寫下去，總計二十四回。被叫好的不是各種吃食，而是襯托吃的家裏人，特別是父親。

　　向田家那樣的父親是日本直到向美軍投降都家家可見的「大黑柱」（頂樑柱），養家餬口，説一句「告訴你爸喲」就足以把孩子嚇住。這麼普普通通討生活的父親不可能登上日本文學的舞台。向田邦子寫的是吃，作為陪襯人物不需要父親多麼不一般，但三、四十年過去，那種父親形象在日常中幾乎不見了。和向田同代的讀者覺得她筆下的父親才真是自己當年的父親，回憶總是美好的，親切感油然而生，文學也變得美好。於是，向田邦子筆下的主題逐漸轉向了昭和十年代（1935-1944）以父親為中心的家庭故事。出版單行本時乾坤大挪移，連載第十七回的〈冬天的玄關〉改題〈父親的道歉信〉放到第一篇，並作為書名。連載第一回〈我人生的「炸魚肉餅」〉，標題是模仿電影《我青春的瑪麗安妮（*MARIANNE DE MA*

JEUNESSE）》，改為〈炸魚肉餅〉挪在倒數第二篇。連載第二回的標題〈東山三十六峰靜靜吃的咖喱飯〉是模仿無聲電影解說員的腔調「東山三十六峰靜靜睡的丑三時」，改為〈昔日咖喱〉，連載第三回〈零食交響樂〉乃模仿莫扎特〈玩具交響樂〉，改為〈零食時間〉，篇名從簡，統統往後搬，給父親當陪襯與餘韻。面貌一新，《父親的道歉信》把四十年前的工薪族家庭變成了童話。

　　向田邦子的隨筆大致是她的自傳。《父親的道歉信》骨架真實，血肉則是她憑才氣創作的，讀來很有趣。她記憶力極好，清楚地記得小時候家裏的東西和事情，並且準確地描寫出來。高島俊男卻喝破，向田邦子不知道作為背景的當時日本社會和她自己家在那個社會中的位置，小時候固然不知道，長大以後也不知道。戰前日本的工薪族是社會精英，而戰敗後凡是在公司上班的人都成了工薪族。向田以為自己小時候的家庭是工薪族，所以和戰敗後遍佈全日本的最普通的工薪族家庭是一回事。這鴨頭不是那丫頭，都叫工薪族，但社會地位不一樣，向田邦子把她家當作極普通的庶民家庭了。經過復興與發展，日本人的生活水準大大地提高，平均起來比昭和十年代向田家那樣的富裕階層高得多，但讀者不是把向田家和當時平均的東京家庭比較，而是和現在的自家比較，認為與向田家同一水平而同感，從而產生了向田誤解和讀者誤解的幸福的共振。

《父親的道歉信》出版之後，向田邦子給有名的《週刊文春》雜誌寫隨筆連載，這些隨筆更像是小說。兩年後，「隨筆不能寫的寫小說」，創作了第一個短篇小說〈蘋果皮〉。她喜歡夏目漱石。漱石一直執拗地寫原因不明的悔恨。當然不明是對於讀者而言，卻只怕作家本人也未必十分明。向田的悔恨是甚麼呢？是沒有結婚？還是沒有家庭？高島俊男寫道：「我讀向田邦子寫的書感到她常覺得自己是失敗者。而且，好像被一有機會就糾纏上來的失敗感折磨，可能的話，想早點兒死。」這樣的想死，日語叫「希死念慮」──沒有具體的理由，驀然想死。

　　向田邦子死後電視劇腳本文庫版出版了很多，高島覺得怪，莫非因為她那麼死的嗎？把她留下的隨筆、小說全都劃拉到一塊兒也沒有多少。本來電視劇腳本好似蓋房子的圖紙，房子蓋起來就沒用了，電視劇拍完，大概導演和演員就都把腳本丟掉。要是她搭乘的台灣飛機沒發生凌空解體，平安地回到日本，繼續寫隨筆和小說──獲得了大眾文學的直木獎，也需要繼續寫，就不會把電視劇腳本搬弄出來吧。完全是她寫的嗎？還是被人改寫成小說似的東西當作她的作品賣？同樣是《如同阿修羅》，新潮文庫與文春文庫的內容有所不同。向田邦子的本業是電視劇腳本，而且有大名，隨筆和小說是業餘。高島為了寫書只好向朋友借來兩個邦子劇的錄像看，也評說了幾句，算不上好話。

高島俊男寫《童話誕生》時已經六十多歲了，據說為侍奉寡母而終身未娶。他說，實際上有點不知道是寫向田邦子呢，還是寫他自己。生於 1937 年，已年過八十，為先生壽。

作家與和尚

和尚當作家，在日本不足為怪。例如玄侑宗久。

明治維新後政府要打擊寺廟，獨尊神道，使出一絕招，就是讓和尚娶媳婦，吃肉喝酒，髮型也隨便。從此和尚這行當大都變成了世襲，無須「出家」。玄侑是僧家的長子，讀過慶應義塾大學中國文學科，也曾自費到台灣留學，27歲進京都天龍寺專門道場修行三年，雲遊之後繼承家業——福島縣三春町的福聚寺。三春町有一株三春瀧櫻，是日本三巨櫻之一。每次為死人超度都覺得像是寫小說，年過四十終於拿起筆。日本出版社通常不接自來稿，但進來一位大和尚，編輯不由得接下稿子。接連發表了三篇，出道還不到一年，打破先獲得雜誌新人獎墊腳的常規，直接拿下芥川獎。主題多是生與死。好像我國翻譯出版了他談禪，不曾譯小說，雖然用芥川獎得主打廣告。

作家當和尚，也不足為怪。

例如今東光，1920年代曾跟着川端康成等人興起新感覺派文學運動，後來受芥川龍之介自殺的刺激，32歲出家，法

名春聽。還有瀨戶內寂聽，年輕時和丈夫的學生偷情，丟下 3 歲的女娃出走，有此前科，好多寺廟都不接受她出家。51 歲在中尊寺得春聽法師剃度，法名寂聽，也終於和女兒和解。對出軌持肯定態度，經常聲援偷情的男人們。年高九十多，不忌葷酒，活得很瀟灑。粉絲淨是些大媽，這讓她有點不爽。

這位尼僧作家和幾個人對談，結集為《瀨戶內寂聽和男人們》，對手之一是連城三紀彥。他是寫推理小說起家，轉而寫愛情小說，剛剛以短篇〈情書〉獲得直木獎。他善於用推理的筆致描寫戀愛心理，撥開美麗的層層外表，露出人深藏在內心的醜陋。寂聽說：你寫的那種無償的愛，無私奉獻，不是人的愛，那是神或佛的愛。你寫的是佛教的，回歸佛門吧。原來連城家在岐阜縣有一座長延寺，但祖母把它丟給了別人，進城開旅館。乃父當然也不願回山溝裏守廟。因遺產問題，連城這才聽母親述說了家史，方知身上流着和尚的血液，怪不得從小喜好念珠佛壇。或許被寂聽開導，對談後不久，年將不惑，連城在淨土真宗的京都東本願寺剃度，法名智順。此前他還到大學旁聽了一年佛教。可以說，他出家不是出於對佛門的憧憬，而是順其自然。

似乎一旦為僧，就可以大談人生。連城也不能免俗，在女性雜誌上回答夫婦、婆媳關係之類的塵世問題。日本佛教中惟有淨土真宗當初就允許結婚，但連城終身未娶。雜誌請他來答疑解惑，只怕是因為他的愛情小說非常多女粉。且不說我佛慈

悲，倒是顯示了他「推理」諮詢者內心的法眼。

當和尚並不影響寫小說，連城三紀彥的小說大部份是出家後寫的。有一本《公牛的嫩肉》，寫幾個落魄的男人相繼拜倒在美女的黑袈裟下，她是壞女人，還是救世主呢？

遠離小說的邱永漢

朋友問到邱永漢。

華裔在日本當作家的，我們知道陳舜臣，似不大曉得陳舜臣之前，外國人第一個獲得大眾文學直木獎的是邱永漢。朋友問：邱永漢後來為甚麼不寫小説了呢？我告之邱永漢本人的説法。這是他寫在《侍日本》一書的前言裏，如下：

> 我獲得直木獎的小説《香港》中沒出現一個日本人。其前後寫的小説，由於舞台或者是台灣，或者是大陸、東南亞的關係，也幾乎沒有日本人上場。儘管如此，直木獎審查委員會也接受了，所以不是不能説「文學沒有國境」。可是，與獲獎後稿約如潮的作家相比，我這裏幾乎無人光顧。讓檀一雄説來，「日本人歸根結底只是對日本人的事情感興趣，所以報刊主編對你敬而遠之，你只能活在純文學的世界。」或許如他所言，那就當不成專業作家。深思熟慮得出了一個結論：為了跟日本讀者有共通的接點，可

以寫日本人論、日本的文明批評吧。後來賺錢、中華菜餚這些越過國境的題目成為我的領域，我本身遠離了小說。

邱永漢出生在日本霸佔下的台南，母親是日本人，畢業於東京帝國大學經濟系。1948年從台灣亡命香港，為戰敗後一片廢墟的日本做起了海外代購，可能他就是這個行當的祖師爺。大發其財後從事寫作，1955年以小說《香港》獲得直木獎。我知道大名時，他早已被供奉為賺錢之神，但我對股票、理財、金錢學以及哲學等了無興趣，愛讀他的日本人論以及飲食隨筆。

《侍日本》出版於1959年，過去一甲子，讀來能感受當下我身在其間的日本半個世紀以來的變遷，別有樂趣。他還寫過《狂日本》，這兩本書是戰敗後日本論熱潮的先聲。竟能在日本成為財神爺，指導日本人發財，足見邱永漢對日本其國其民的了解。他自信滿滿，說：「讓我說來，日本人對美國人或歐洲人寫的日本人論佩服得五體投地，但好像太不通曉日本人思考方式和實際情況的外國人片面的、驢唇不對馬嘴的日本人論過多。與之相比，還是我的文章好喲——這樣自吹中國嗤之為老王賣瓜，謹慎為妙。」這話很像是針對當時紅極一時的《菊與刀》，美國人寫的。

其實周作人早在1928年也說過這個意思：「西洋人看東洋總是有點浪漫的，他們的詆毀與讚歎都不甚可靠，這彷彿是

對於一種熱帶植物的失望與滿意，沒有甚麼清白的理解，有名如小泉八雲也還不免有點如此。」

《侍日本》中的見解非常有意思，例如：「世界上有定評的東西常會是日本的東西，定評發生動搖就毫不躊躇地棄牛騎馬。所以，日本人在流行界的德比馬賽中總是騎第二的馬，追前頭的騎手。」了解日本彷彿是我們中國人的一個情結，非要了解一二的話，不妨讀一讀邱永漢的隨筆。陳舜臣也寫日本人論，似乎不如邱靈動。

司馬遼太郎紀念館

　　夏天的時候和幾位僑居日本的文友去大阪參觀司馬遼太郎紀念館。從新大阪站下了新幹線，換車，再走路。天有點熱，寫詩的帥哥幫着拉行囊，寫評論的美女便怡然撐起陽傘，遮擋紫外線。當地友人為前導，一行走得興高采烈。

　　紀念館是安藤忠雄的設計，不消說，看過去就是一堵混凝土壁立。我估計司馬遼太郎不會喜歡，因為混凝土也屬於讓他失望的新建材。隨筆《街道行》裏寫道：「京都或奈良正在被現代墓地似的混凝土風景硬邦邦地固定的今天，近江一帶還留着那種情趣，雨天是雨的故鄉，下細雪的日子連河和湖都是細雪的故鄉。北小松人家的房檐低低的，鐵丹格子舊了，連廁所門也塗了鐵丹，那紅色好像須田國太郎的色調。它清晰地映在細雪上，覺得這樣的漁村如果是故鄉該多麼令人懷念啊。我非常喜歡近江。」

　　館內從地下直通三層的一面牆設計成書架佈滿書籍，多是各種版本的司馬作品。據說司馬家藏書六萬冊，這裏只裝飾一

萬多冊。司馬遼太郎有「國民作家」之譽，被舉為第一的作品是《坂上的雲》，然而請他開出一個代表作，他沉思三分鐘，說：舉兩個吧，一個是《燃燒吧劍》，另一個是《空海的風景》。

在館裏買了一本書，叫《上班族的新論語》，五十年前寫的，用的是本名福田定一。那時他還是報紙記者，五年後小說《梟城》獲得直木獎，退職專事寫作。同為關西人的文藝評論家谷澤永一有這樣的評價：由於司馬遼太郎的出現，日本對於人，才有了最成熟的理解。大概這本書就是他看人的原型。

書的內容是引用古今東西的名言妙語，開導上班族怎麼活。例如，先引用一句蕭伯納語錄：「鳥籠對於鸚哥來說不是自然，同樣，我們所理解的家庭生活對於我們不是自然的東西。」然後司馬曰：上班族只是為建造快樂的家庭而晝夜忙碌，把家庭置之度外，上班族的人生哪裏還有重點。不要忘記，上班族是以家庭為圓心畫圓的。蕭伯納、紀德卻不是，他們的人生目的是藝術，家庭不過是他們為藝術的一個生活手段。既然是優秀的藝術家，當然家庭就從屬於藝術。和上班族人生不一樣，鷺鷥模仿烏鴉沒有用。巢的形態、意義因鳥的種類而各不相同。他們豁出一生創造藝術，而上班族造出家庭這個作品。可學的是他們創造藝術懊惱辛苦，上班族也同樣地創造好家庭。

記者，既是言論人，又是上班族（公司職員），這個職業

性矛盾常教人尷尬。但當了歷史小說家以後，司馬遼太郎的主題卻是給上班族、經營者打氣，使他們犧牲家庭為公司拼命一輩子，到頭來得到的可能是老婆的一紙離婚書。

司馬遼太郎卒於 1996 年。他從現代日本感受到精神的荒廢，宮崎駿甚至說，他早死了好，免得看見不像樣子的日本。

參觀了司馬遼太郎紀念館，歸途在司馬生前常去的咖啡館用快餐。輪流在他坐過的椅子上坐了坐，用手機拍照留念，都想坐一屁股文氣回去。

谷崎和鮑以及周

　　距今六十年前的 1957 年，谷崎潤一郎還活得好好的，中央公論社出版《谷崎潤一郎全集》三十卷——活着出全集，這是日本出版的一大特色。谷崎於 1965 年病故，翌年中央公論社出版《谷崎潤一郎全集》二十八卷；1981 年重編改版，增補了兩卷《書簡》，又成三十卷。中央公論社經營不善，被讀賣新聞社收購，改名中央公論新社，2015 年紀念谷崎逝世五十年第三回出版《谷崎潤一郎全集》，雖然打上「決定版」標籤，卻去掉書簡等，瘦身為二十六卷——全集不全，乃是日本出版的另一特色。

　　谷崎很喜歡寫信，給他的「創作源泉」第三妻松子的，給松子前夫之子的女兒渡邊千萬子的，給出版社社長的，就有上千封。谷崎把老婆轉讓給同為作家的佐藤春夫，女兒鮎子也隨娘去也，不久前發現谷崎寫給愛女的二百二十五封信。閒來比較幾套全集編纂的異同，順便翻了翻書簡。又漠然想起嘗聽說周作人和谷崎潤一郎的交往，便查找他倆通信，結果一封也

沒有。1954年11月谷崎曾寫道：「周作人先生和錢稻孫先生戰爭期間來日本時見過兩三回，算不上親密。他們屬於汪兆銘一方，日本戰敗後陷入了怎樣的命運，雖然事不關己，卻也惦念。……中國人如此通曉日本文學的人不多，錢、周二人要是有個萬一，我們不用說，對於中國也會是難以彌補的損失。戰爭過後曾聽說二人被人在脊背上大寫『漢奸』二字遊街，我甚為憂心。」算不上親密，那種平和而誠懇的關心令人感動。我尤其敬佩谷崎潤一郎對於中國的態度從不隨時局而變，始終如一。

周作人致信鮑耀明，寫道：「得卅一日手書誦悉，知谷崎君忽歸道山，不勝悼惜。我對於明治時代文學者佩服夏目與森鷗外，大正以外則有谷崎君與永井荷風，今已全變為古人了，至於現代文學因為看不到，所以不知道，其實恐怕看了也不懂得也。谷崎君年紀原來還比我小，這更使我出驚的事了。」周作人比谷崎大一歲，生於1885年。谷崎的話幾成讖語，周作人趕上文化大革命，也就非死不可，比谷崎晚兩年。不清楚年齡，可見算不上親密。大概周作人也忘了以前他撰文還說過谷崎比永井荷風小七歲。

1906年周作人赴日本留學，那時谷崎潤一郎剛考上一高（第一高等學校，學制三年，住校，畢業後多數上東京帝國大學），校長是撰寫《武士道》名揚天下的新渡戶稻造。魯迅和周作人翻譯《現代日本小說集》沒有選谷崎，那時候他們看重

的是明治文學第一代，如森鷗外、夏目漱石，最晚到第二代的永井荷風。差不多同時，周作人和谷崎潤一郎都受到歐洲 19 世紀末靄理士等人的性心理學之類新知識影響，谷崎將其與江戶時代以來的頹廢性庶民文化相結合，創作《刺青》《癡人之愛》等異常心理的性愛故事，而周作人是理性的，借重靄理士的「廣闊的心與緻密的腦」批判儒教道德偽善性，否定傳統女性觀。

　　谷崎潤一郎的小說與隨筆幾乎判若兩人；這一點，村上春樹有些相似。周作人在〈日本近三十年小說之發達〉一文中有言：「谷崎潤一郎是東京大學出身。也同永井荷風一派，更帶點頹廢派氣息。《刺青》《惡魔》等都是名篇，可以看出他的特色。」這番話完全是文學史式評價，無關乎個人好惡取向。周作人也寫到谷崎的小說《武州公秘話》，說：「谷崎的意思是在寫武州公的性的他虐狂，這裏只是說他那變態的起源，但是我看了卻是覺得另外有意思，因為我所注意的是裝飾首級中的文化。」原來周作人把小說當隨筆讀，從中看出了「武士之情」，即國民文化之一部份表現。他愛讀谷崎隨筆，說：「關於文章我們外國人不好多嘴，在思想上總是有一種超俗的地方，這是我最為可喜的。」周作人從未沉溺於谷崎那種「頹廢氣息」。固然認為永井、谷崎的文章與思想「都極好」，卻終歸把他們當作異國的同代作家，未必像後世研究者那樣高看「外國的」一眼。

又因了周作人的關係也查了一下鮑耀明，自 1955 年 3 月 2 日至 1965 年 6 月 12 日，谷崎潤一郎給鮑耀明寫了三十三封信。有些是秘書伊吹和子代筆，她在回憶錄《谷崎潤一郎最後十二年》中說她問過鮑，鮑說因父親在橫濱的英國貿易公司任職，他出生在橫濱，中學時爆發戰爭，舉家遷回香港。二次大戰後和當地文化人交往，結識周作人。後作為香港《工商日報》特派員來日本，拿着周作人的介紹信採訪谷崎潤一郎。上網看到鮑耀明撰寫的〈周作人、谷崎潤一郎與我〉，原載於 2010 年第九期《魯迅研究月刊》，好像挺學術的。文中寫道：「谷崎與我的關係，乃始於戰後我任香港報社駐日特派員時代，我受報社委託翻譯他的一篇叫《卍》字的小說，並代表報社與出版該小說的日本中央公論社交涉，由該社社長島中鵬二斡旋」。谷崎跟鮑第一次通問是他人代筆的明信片，寫道：「見面也可以，但是請大體告知何事。打電話最方便，電話盡可能午前。」4 月 1 日的信函接着說「金額十萬元也，考慮將來對其他作家也會有影響，島中社長決定了，所以不能以我個人的想法改變」。看來確是為翻譯而聯絡，伊吹和子的周作人引薦之說不對頭，或許鮑耀明見她時隨口一說。

1960 年 1 月 20 日鮑耀明來信，說在北京見到周作人，偶然談及谷崎及日本文壇，周作人即興揮毫，寫了兩首舊作，託他轉呈，以紀念故人。上款為「谷崎先生大雅之屬」，兩首詩是民國二十七年（1928 年）所作，先是：粥飯鐘魚非本色，

劈柴挑擔亦隨緣，有時擲鉢飛空谷，東郭門頭看月圓。後是：禹跡寺前春草生，沈周遺蹟千分明，偶然拄杖橋頭望，流水斜陽太有情。谷崎等人不辨字跡，「去」誤作「谷」，「沈園」誤作「沈周」，以為是明代畫家沈周，即「吳門四家」之一，於是推想詩是在蘇州作的吧。「粥飯」也讓谷崎犯難，到底粥和飯？還是粥的飯？寫信向友人求教：「諸橋的大漢和辭典裏『粥飯』是『粥和飯』，但或許是『粥的飯』吧。因為說起這種事，我想起以前旅行南方時在江蘇、浙江一帶有叫『xifan』的東西。有很像日本烏龍麵店的店，在那裏吃了這種叫 xifan 的東西，和日本的粥一樣，熱的，很好吃，我還記得常去吃。正確的音不知怎麼說，那地方的音發音 xifan。」

谷崎一輩子出過兩次國，一次是去中國，另一次還是去中國。第一次是周作人最初翻譯日本小說《小小的一個人》（江馬修著）的 1918 年，由北往南，兩個月走了很多地方，彷彿看見了一個古代的中國，充滿「支那趣味」。1926 年第二次去，只在上海逗留一個多月，幾乎是文學之旅，被田漢、郭沫若、歐陽予倩等中國作家盛情接待喝到吐，也了解到中國社會苦於殖民地化的現實。回國後不再寫「支那趣味」，代之以大寫日本的東方風情。

1 月 26 日由伊吹代筆回信：跟周作人久疏音問，收到他的詩更其懷念。想直接給他寫信致謝，但不知道住址，請鮑耀明示知，並請他轉致問候。當時谷崎在熱海養病，立刻從京都

叫來裝裱店佐佐木墨彩堂（今猶存）店主，裝裱周作人的詩。後來給周作人寫了信，但泥牛入海。

1960年3月1日谷崎發病，7日給鮑耀明寫信，說中國人把玩核桃，預防高血壓，他也想試試。但日本核桃小，沒有用，請鮑饋贈中國核桃。不到一個月，鮑寄來三、四十個雲南產核桃，個頭兒趕上高爾夫球。谷崎拿起兩個把弄，忽而想：這麼多，分送給住院的攝影家土門拳等人。土門拳大為感激，寫信說：日本核桃不好使，所以他一直用網球的軟球，得到這麼「怪奇巨大」的中國核桃，要永遠珍愛。谷崎從早到晚用一隻手轉弄兩個核桃，咔咔作響，在響聲中口述《瘋癲老人日記》，把護士的記錄也寫了進去。這時外務省來電話告知谷崎潤一郎入圍諾貝爾文學獎。

鮑耀明又來信，說周作人老了，突然思念日本友人，日本味也久違，尤其懷念鹽烤餅、七福神醬菜，但香港買不到鹽烤餅，所以請谷崎從東京惠寄。正好1960年7月日中文化交流協會的中島見藏會長訪問北京，谷崎作為該協會顧問託他捎上給田漢的信和近照、給錢稻孫的書、給周作人的鹽烤餅。錢稻孫寄信感謝，周作人則是託鮑耀明轉致謝意，附有手書複印件，鈐「知堂問訊」。

鮑耀明在〈周作人、谷崎潤一郎與我〉中寫道：「谷崎想得到一方銅印，老人（按，知堂老人）在市面找不到適合貨色，甚至不惜將自己一顆愛用的刻着『浴禪堂』三字的小銅章，

磨去文字，託篆刻家金禹民（號彝齋）奏刀，改刻為谷崎的名章。」大概此事可以和 1961 年 12 月 6 日谷崎函對號，有云：「手示拜悉。那真是遺憾，北京的銅印之事就算了。但如今日本沒有優秀的鐵筆家，所以不是銅的也可以。台灣有沒有鐵筆家？我寄去印材也可以，如何？」似乎鮑耀明不明白「鐵筆家」為何物，12 月 19 日谷崎覆信：「所謂鐵筆家，指篆刻家。鐵筆這個詞我以為從中國傳來，中國人不知道，頗感意外。不是銅的，石材也可以，想請台灣人刻。日本現在沒有好的篆刻家，叫人為難。」鮑耀明給谷崎寄來了壽山石的印章，可能和香奈兒香水包在一起，谷崎起初沒發現，後來驚見，12 月 31 日致信：「壽山石過去也舶來日本，但沒見過如此漂亮的石頭。『谷崎潤一郎』幾個字也好看。」

鮑耀明寫道：「谷崎晚年自稱瘋癲老人，並有小說《瘋癲老人日記》問世，該書的版印（貼書內封底的版稅印）擬用『瘋癲』兩字，託我去信就商老人」。大概相應的是谷崎 1962 年 7 月 6 日寫的信，如下：「想請你那邊哪位合適的篆刻家用白文雕『瘋癲老人日記』的『瘋癲』二字，拜託。估計印材也你那邊有合適的東西，所以請你選擇就行。印材及篆刻家的酬謝請告知，萬勿客氣。」其實，四天前谷崎覺得「瘋癲」二字的字面也有意思，先託了鈴木信太郎治印，「瘋癲」或者「瘋癲老人」，不要朱文，要白文。鮑耀明轉託周作人，令谷崎驚喜。

鮑耀明先後給谷崎寄來「齊白石詩文篆刻集、榮寶齋印譜用空白冊」和「作人先生的印譜集和兩本空白冊」，但因為忙，好像谷崎終於沒給他捺印，不了了之，很有點遺憾。

鮑耀明在文中說「1970 年代」他向谷崎求助，谷崎自日本託運了一批日本和服過來，使《蝴蝶夫人》在香港的演出達成使命，恐怕是「1960 年代」之誤，不然，谷崎已死去五年，木將拱矣。不過，盧景文導演、江樺主唱的《蝴蝶夫人》確實在 1977 年重演。

1964 年 5 月 30 日谷崎回信感謝鮑耀明寄來「宣統皇帝自傳《我的前半生》，這漢文太難讀，打算慢慢讀」。錢稻孫翻譯近松淨琉璃，寫信抱怨其難，谷崎馬上給他寄來有關江戶時代語彙的參考書。收到回信，谷崎大驚國際航空郵簡的「郵簡」二字變了模樣，相見不相識。

1965 年 6 月 12 日谷崎給鮑耀明發出最後一張明信片，只寫了「多謝屢屢惠寄藏書印，眼下來在東京，打算月末回湯河原」。

7 月 30 日谷崎潤一郎病故。

鮑耀明說，中央公論社為編輯谷崎潤一郎全集，記錄谷崎給他的信共九十九封。我覺得這兩卷《書簡》所收的信件內容很連貫，不大像中間缺失六十六封。似乎鮑耀明未見過《谷崎潤一郎全集》，因為書簡是編年，沒有他說的「『致鮑耀明信』項下」甚麼的。

今昔百物語

聽人講鬼故事，有一種明知山有虎偏向虎山行的樂趣。

我生於民國三十八年。在大陸就屬於跟共和國一起成長的一代，即一路伴隨共和國的篳路藍縷或柳暗花明，諸如除四害、大煉鋼鐵、三年自然災害、文革，上山下鄉。我下到吉林省的山裏。民居是對面炕，一間屋子裏睡了兩炕「知識青年」，未讀完高中或初中的。夏天，勞累了一天也難以入睡，尤其月黑天，吹滅煤油燈真個是伸手不見五指，有人便提議講嚇死人的故事。煙頭的光忽明忽暗地照亮吸煙人的臉，滿臉的鬼氣。開車不暈車，談鬼不怕鬼，「如語者」吸一口煙，聽眾的心就被提起來一下。好些鬧鬼的傳說是紅海洋似的城市裏流行的，若採編「文革鬼故事」說不定也蠻有趣，但當年聽了，出一身冷汗，酣然入睡。

日本也是愛夏天裏談鬼，當作「風物詩」。時值溽暑，電視播放怪談節目，影院上演恐怖電影，遊樂園開設妖怪屋。2011 年發生東日本地震，引發大海嘯，造成核電站事故，全

社會呼籲節電，更有人鼓吹「用怪談消暑」。

「鬼」這個漢字最早出現在733年成書的《出雲國風土記》中，該鬼一隻眼，吃人。平安朝（8世紀末至12世紀末）鬧「怨靈」，皇家貴族乃至平民百姓都不得安生，那就是我們所說的厲鬼。日本鬼的造型是頭上長角，手持鐵棒，繫一條虎皮兜襠布。陰陽道的鬼出入鬼門，位於丑寅方向，丑牛寅虎，所以鬼的模樣是牛頭虎軀，後來從簡，只剩下牛的兩隻或一隻角和虎的一小塊皮。神、鬼、精、妖，統稱為怪，神被人好生供奉，人死變鬼，其他東西則修煉成精，不明不白的歸為妖。德川家康以下四代幕府將軍的侍講林羅山從中國《搜神記》等志怪、傳奇書籍摘編《怪談全書》，於1698年刊行，「志」、「傳」變為「談」。天下太平，人們就想法自己嚇唬自己，江戶年間尤盛行怪談，就是鬼故事。如今我們把怪談這說法拿了來，鬼故事也大大地（東）洋氣。

日本人有聚堆兒的習性，聚在一起吟連歌或連句，聚在一起修茶道，下班不回家聚在一起喝酒，當經濟大發展時就叫作團隊精神被大加讚揚。聚在一起開故事會，講鬼故事，叫「百物語」。關於百物語的起源有種種説法，其一説是用來試武士等年輕人的膽量，膽大包天或膽小如鼠。實際上能否讓人聽得毛骨悚然，也得看主講的口才。為甚麼叫百物語，怎麼個開法呢？

1666年刊行的《伽婢子》（「伽婢子」的詞義是驅鬼護

身的布娃娃）説到百物語：古來講鬼故事，講到滿一百個，鬼就出現了。明治文豪森鷗外寫過一篇短篇小説〈百物語〉，言道：「聽説百物語就是很多人聚集，豎一百根蠟燭，一人講一個鬼故事就滅掉一根蠟燭。」可一屋子人，再豎起蠟燭上百根，這説法令人起疑。果不其然，杉浦日向子做了一番考證，寫在了〈怪談〉這篇隨筆裏：「在裝滿油的碟子裏放上一百根燈芯，呈放射狀，罩上燈罩，把一百根燈芯全部點燃。」講一個故事拔去一根燈芯，當第一百根燈芯熄滅時鬼就在黑暗中出來了。

有畫為證。河鍋曉齋畫的「百鬼畫談」（1889 年刊行）起首是百物語的場景，只見一燭高擎，一人像公鴨一樣張大了嘴，比比劃劃，周圍老少男女做驚恐狀，又一人爬去拔油燈的燈芯，看來到蠟炬成灰，燈芯也拔得所剩無幾。不過，這卷畫的結尾是紅日高照，鬼們作鳥獸散。

畫百鬼容易，畫一人難。日本自古有畫鬼的傳統，漫畫也算是畫鬼起家。最古老漫畫《鳥獸人物戲畫》（國寶）用擬人化手法畫兔、蛙、猴嬉戲，已經是動物成精的意思。12 世紀的《餓鬼草紙》（國寶）用平安時代末葉的六道輪迴思想畫餓鬼慘狀。京都真珠庵所藏《百鬼夜行繪卷》是室町時代的 16 世紀製作的，各種傢伙什兒成精作怪，縷縷行行。喜多川歌麻呂的師傅鳥山石燕 1776 年刊行《畫圖百鬼夜行》，墨色，説明寥寥，這類妖怪圖鑒不大有故事性，而大阪浮世繪師竹原春

泉 1841 年刊行《繪本百物語》，套色印刷，有桃花山人撰寫的詳細解說，以致通稱為「桃山人夜話」。圖文並茂，但不知先有文後配圖，還是先有圖後配文，杉浦日向子繼承了這個流脈，而圖與文都出自她一人之手。

浮世繪大師葛飾北齋畫過「百物語」，惜乎僅五幅傳世。漫畫家杉浦日向子的《百物語》在雜誌《小說新潮》上自 1986 年連載八年。她也是江戶社會和江戶文化的研究家，讀一冊江戶年間的通俗讀物需要一個月，為把時間用在這上面，只好放棄畫漫畫，所以《百物語》是日向子最後的漫畫作品。刊登在文學雜誌上，不消說，這個漫畫作品具有文學性，或許譯作「連環畫」更符合我們中國人的傳統感覺。

把百物語怪談記下來，彙編成書，濫觴於 1677 年刊行的《諸國百物語》。一犬吠影，百犬吠聲，《御伽百物語》《太平百物語》《新選百物語》《怪談百物語》等紛紛上市，風潮與江戶時代相始終，在日本文學史上定型為近世怪談。講鬼故事，起初講一些從中國舶來的東山狼、狐狸精。京都本性寺住持淺井了意將明人瞿佑《剪燈新話》、李昌祺《剪燈餘話》改編成《伽婢子》，是為中國志怪系統的怪談的嚆矢，對後世影響甚巨，而百物語怪談可算是國貨。除了《諸國百物語》，以及近代彙編的《古今實說幽靈一百題》和《古今怪異百物語》，其他輯錄沒有收足一百個故事的。畢竟都怕鬼，百物語講到九十九個就收場，亮着一根燈芯，不許鬼出來，人們去夢裏自

編第一百個故事。杉浦日向子的百物語怪談多數從江戶時代的怪談隨筆中選材改編，也是九十九為止。看畫讀文字，日向子《百物語》似倒行逆施，固然有點害怕，卻也有點笑人，彷彿聽完一段便點亮一根蠟燭，最後心裏亮堂堂。

創辦《文藝春秋》雜誌的文壇大老菊池寬 1927 年召集柳田國男、芥川龍之介等人開座談會，柳田主談，悠然道：「近來東京的怪談是僅僅一百年以來的發明。和以前怪談的類型不同。怪談這東西不是逐步發展，好像有時代的地層，劃段落地變化。就是說，好像怪談的天才不出來，怪談就一點也不會漸漸地驚人。」杉浦日向子是製造當代怪談熱的天才之一。莫非受柳田這番話啟發，東雅夫寫了一本《為甚麼怪談每百年流行一回》，說妖魔鬼怪橫行，其實這種現象不僅是平成的現代，戰前、更往前的江戶時代也有過，每隔一百年便出現非常相似的時代，可真是奇妙。

上一波怪談熱是明治三十年代到大正時代的十幾年間，大約 1897 年至 1912 年。作家寫，畫家畫，藝人演，而且當作了一門學問悉心研究，成果有柳田國男的《遠野物語》，井上圓了的《妖怪學講義》等著作。據說柳田國男寫《遠野物語》是受了怪談熱的刺激，與其說是民間傳說集或者民俗學的書，不如說是怪談采風錄，但後來他被立為民俗學鼻祖，人們有意無意地避開怪談之「俗」。三島由紀夫從怪奇幻想文學的角度讚賞過《遠野物語》，或許問題在於民俗「傳說」與文學「怪談」

的歸屬。更早些的有小泉八雲的《怪談》，幾乎成為怪談代名詞。泉鏡花的《怪談會》、內田百閒的《冥途》以及岡本綺堂的《青蛙堂鬼談》等，文化人談鬼說怪，一時間蔚為大觀。

關於怪談與文學，三島由紀夫在評論內田百閒的文學時這樣說過：「英國詩人阿瑟·西蒙斯說：『文學裏最容易的技術是讓讀者流淚，和引起猥褻感。』把這句話和佐藤春夫的『文學的精粹在於怪談』之說對照，就明白百閒的文學質量甚麼樣。即，百閒文學不讓人流淚，不引起猥褻感，而是暗示人生最深處的真實，另一方面鬼氣的表現很高超。這意味着當代頭一號反骨文學家全部摒棄了文學的捷徑，求取最難事，而且成功了。」

再上一波怪談熱是在德川幕府第十一代將軍的治世，19世紀初葉的二十多年。怪談讀本有山東京傳的《櫻姬全傳曙草紙》、曲亭馬琴的《南總里見八犬傳》、鶴屋南北的《東海道四谷怪談》，而上田秋成的《雨月物語》被譽為「整個日本文學史上最優秀的怪異小說」。

講鬼故事需要黑暗或背靜的配合，谷崎潤一郎從陰翳看出美，但通常人們只覺得鬼影幢幢。恐怖的快感造成暫時的忘我，使人從日常中解放，幾乎是其他娛樂難以取代的。夏夜宜講鬼，那麼，斗轉星移，到了漫長的冬夜呢？吉林農村到了大地一片白茫茫的寒冬就要「貓冬」，炕頭熱烘烘，我們的遣悶就是聽老農講故事。女生佯作沒聽，講的人卻不時拿眼瞄她

們，並不回答男生似懂非懂的問話，好像樂在講給女人們聽。不是鬼故事，而是「性」，完全不用「情」來遮遮掩掩，對於我們這些看見驢發情大叫驢腸子掉下來了的「知青」來說，那真是學校裏不曾學到的「再教育」。

依樣畫葫蘆

常說日本人善於模仿，似乎有一點言下之意：我們是善於
創造的，模仿則等而下之。普世以獨創為好，甚至連父母也訓
斥孩子不要學人家。模仿就是學，學而時習之，有甚麼不好
呢？似我者死、模仿是自殺，生生把模仿跟創造弄成了一對矛
盾。模仿是創造的第一步。沒有模仿做基礎，憑空創造，結果
可能是捏造。

關於日本人的模仿，清末黃遵憲早就看出來，寫道：「日
本最善仿造，形似而用便，藝精而價廉。西人論商務者，咸妒
其能，畏其攘奪云。」還寫詩說他們「不過依樣畫葫蘆」，但
「鏤金刻木總能工」，關鍵則在於「頗費三年刻楮功」。

民國年間文學家郁達夫這樣說：「日本的文化，雖則缺乏
獨創性，但她的模仿，卻是富有創造的意義的；禮教仿中國，
政治法律軍事以及教育等設施法德國，生產事業泛效歐美，
而以她固有的那種輕生愛國、耐勞持久的國民性做了中心的支
柱。根底雖則不深，可枝葉張得極茂，發明發見等創舉雖則絕

無，而進步卻來得很快。」

說日本絕無發明發見恐怕不大確，味素就是他們發見的，還有乾電池，後來又發明方便麵、卡拉 OK 甚麼的。人是模仿的動物，我是土豪，要有土豪的樣子，從這一刻起你就開始模仿了。模仿（學習）與繼承（記憶）是人的基本能力，沒有這個能力，人就不好生存。模仿與創造的反覆是人類進步的足跡，既不能像低級動物那樣一味地模仿，也不能止步於創造，如中國至今猶沾沾自喜的四大發明。凡事講傳統，講規範，就具有模仿性。19 世紀末的印象派以前，西方美術強調的不是創造性，藝術創作是模仿。日本浮世繪更以模仿為能事，鈴木春信的仕女圖風靡，繪師都模仿他的小手小腳，鳥居清長創作出獨自的仕女圖，又都轉向模仿他的美人其頎。暢銷以及流行就是由模仿造成的現象，所以僱主不允許繪師自由作畫。模仿心理作怪，便形成大量生產、大量消費。人們愛用比喻，不也是一種模仿心理麼？

陶瓷的歷史是典型的模仿史。1600 年荷蘭人把中國青花瓷帶回國，歐洲貴族間掀起 China 熱，家裏擺一個中國瓷器是地位高貴的象徵。1620 年死了明萬曆皇帝，瓷器也停止出口，於是荷蘭人在代爾夫特仿造，後來成就了代爾夫特瓷。萬曆年間豐臣秀吉出兵朝鮮，抓回來百工，1616 年陶工李參平等人開始在有田燒製，1650 年代荷蘭東印度公司讓那裏生產景德鎮瓷的代用品，從伊萬里裝船出洋，就叫作伊萬里瓷。起初仿

造青花瓷，漸變為日本風格，被歐洲追捧。1684年景德鎮重振出口，就得仿造伊萬里瓷了。

本來日本人對自己的模仿本事頗有點得意，但1970年代以後要科技立國，創造性問題憂上心頭。1945年戰敗後軍需產業瓦解，生產飛機的剩餘資源轉向各種機械工業，例如摩托車，一時間出現兩百多廠家。起初單純地模仿德國、英國、意大利，也就是盜版。為時不久，照葫蘆畫瓢的廠家紛紛落敗，而不止於模仿，憑藉技術力量加以改良，畫出自己的習作，這樣的廠家才可能有所發展。更有些廠家努力再創作，研製出別有魅力的商品。經過三級跳似的淘汰，到了1960年代前半，摩托車市場只剩下四家——本田、雅馬哈、鈴木、川崎。創辦本田企業的本田宗一郎說：「法國畫家馬蒂斯也是從模仿出發，脫出模仿而達到個性的高度的。」日本的工業產品也曾有便宜沒好貨的時代。草創日本工業設計的榮久庵憲司1980年在悉尼機場遭遇記者問：日本近代以來的產品沒有原創吧，比如摩托車，不也是模仿西方嗎？他爽快地回答：你們歐美人好像只不過把零件組合了，那確實是蠻不錯的機械，但怎麼發現它的意義，對於人來說是甚麼，日本有日本的獨創看法。把日本近代以來的產品看作機器，如你所言，大都是歐美仿造品，但發現其意義，開發服務於人的方法，在這一點上日本的創造性注入了所有的東西。這些話看似強詞奪理，卻道出讓好些中國人讚不絕口的日本產品所具有的

人情味，亦即人性化。

　　黃遵憲說博覽會是「模形列價，以縱人模擬」，那年月仿造不算事，但歷史發展，時代進步，現而今模仿被著作權、專利權、知識產權之類規制，不可以為所欲為。明治時代日本要廢除不平等的領事裁判權，被迫先加入凡爾納條約，雖毫無保護著作權意識，也不得不以德國、比利時為範本，1899 年制定著作權法。此法唯有利於歐美從文化上入侵日本。日本本來以文化後進性為由，主張翻譯歐美出版物自由，卻轉身就越過國境對甲午戰爭中一敗塗地的中國索取著作物權益。1900 年善鄰譯書館獲得《大日本維新史》《國家學》《日本警察新法》《戰法學》等書的中國版權，讓上海、蘇州、杭州、天津、漢口、福州、廈門、重慶等地的領事公告，不許中國人翻刻這些書。這是外國人最初在中國得到版權所有的特權。那時候中國還不知版權為何物，例如 1898 年黃遵憲刊行《日本雜事詩》，說：「此乃定稿，有續刻者，當依此為據，其他皆拉雜摧燒之可也。」日本某雜誌刊登了一篇〈對清國著作權問題〉的論文，說二千年來學習中國文物的日本如今反過來教他們了，好不痛快，同時要知道責任不輕吧。中國唯有悔不千百年前給世界制定規則，那日本就不知猴年馬月才能維新了。

　　中國人也善於模仿，甚至比日本有過之而無不及。看他們拿了那麼多諾獎，未來人們說日本人善於創造而中國人善於模仿亦未可知。把模仿叫山寨，落草為寇，似乎先就自我貶低

了。中國經濟大發展沒趕上原始積累的野蠻年代，模仿也成了偷盜。雖然不過是五十步笑百步的事，但沒有搶上槽，也只能自艾自怨，惡搞就是要出一口怨氣。

一 工成匠代代傳

　　差不多半個世紀了，那是上世紀七、八十年代，國人好原裝，大到電視機，小到打火機，以日本原裝為好。不消說，買得到、買得起的人家少之又少，絕大多數只有眼饞的份兒。現而今瘋買日貨就是當年得的病大發了吧。那時我初入編輯行，讀到城山三郎的小說，叫經濟小說，例如《天天星期日》。開卷有益，知道了「商社」這個詞，以為日本人就是滿世界做買賣，哪裏有飛機掉下來，都少不了他們的人。還有「綜合商社」一詞，據說從拉麵到飛機，沒有這種商號或公司不推銷的。後來東飛到日本，90年代初翻閱「賺錢之神」邱永漢的書，他說日本人是匠人，中國人才是商人。起初大惑，漸漸住久了，體認日本真是個島國，江戶時代繫上兜襠布從將軍腳下的江戶跑到天皇賦閒的京都，其間五十三個旅次，都畫在了歌川廣重的浮世繪上，總計一百二十四日里（日本一里約為中國八里），幹倒爺也不能與中國同日而語。他們拿手的是做東西，也就是製造。不僅僅手巧，而且長年生活在榻榻米上，幹活兒也能像

猴子一樣四肢並用，腳的靈活足以讓外國人瞠目。

我們說匠人或工匠，他們叫「職人」。有人喜歡照搬日語漢字詞，看得人似懂非懂，那事物便像是日本所獨。江戶末年的《守貞漫稿》有云：「工匠，江戶、京都、大阪都叫匠，又呼為職人。木匠、瓦匠等主要去別處做事的叫出職，在家裏做事的叫居職。」又據《廣辭苑》解釋：「職人」用手工技術做東西，以此為業。可見，「職人」並不是特指技藝精湛者，讓他們躋身於「達人」、「名人」之列，不過是誤解。我覺得恰如其分的叫法是手藝人。世界上哪裏都有手藝人，意大利的鞋匠，瑞士的鐘錶匠，法國的釀酒匠……匠人技藝的高低與國之大小無關，大國工匠未必好，小國也有大工匠。

前些天讀了一本中國小說《匠人》，描述了十五種民間手藝的行家，說是作者家鄉事。大概除了不把教書先生歸為匠，那些行當我在日本的大城小鎮也多有見識。離東京不遠的川越（屬於埼玉縣）有小江戶之稱，意思是殘留着江戶時代的風貌，那裏有一座喜多院，藏有《匠人全圖》，推測為 17 世紀末葉的遺物，精確描繪了二十五種手工作坊的勞作情景。弓師、矢師、甲冑師之類，想來我國明清年間也不少，而傘師、筆師、扇師如今仍然在南方討生活。「師」，這倒是我們如今時興的稱呼，如美容師、園藝師，逢人叫老師。《匠人》中的雕匠用柞木雕了個土地奶奶，類似日本的佛師，但後來他只雕骨灰盒營生，而日本裝骨灰多是用陶瓷的「骨壺」。木匠是匠人之王，

《匠人全圖》裏有一幅木工圖，畫的那個工具我在東北務農時看見過，像一把短小的鋤頭，神氣十足的木匠給我們從城裏來接受貧下中農再教育的學生蓋房子，就用它砍削木料，使之初具規模，好像叫刨鏟。

日本多神，多達八百萬，山川草木，神無處不在，這種信仰使他們覺得自己手造的東西也宿着神或魂，不由得生出敬物之心。入行為匠，久而久之便養成一種脾氣，日本叫「職人氣質」。《廣辭苑》解釋：對自己的技術有自信，倔強而老實。小作坊幾十年如故，可能就有點匠人脾氣，看重的是物，追求質。若看重錢，追求量，廣開連鎖店，無疑是商人氣質。匠人以「平生一工匠」為榮，自許非我做不來，僅此一家，別無分店。如魯迅所言：「我以為許多事是做的人必須有這一門特長的，這才做得好。譬如，標點只能讓汪原放，做序只能推胡適之，出版只能由亞東圖書館；劉半農，李小峰，我，皆非其選也。」三百六十行，行行出狀元，狀元在現代日本就成為「人間國寶」。匠人有專長，也不無短處，通常來說缺少創造性。小說家被稱作故事匠，這「匠」字就帶有貶義。從歷史進程來看，江戶年間手工業最為發達，匠人氣質定型，及於民族性，那就是認真二字。這種認真的態度用在服務上，中國遊客被感動得涕零，真當了一把上帝。

我相信史有徐福其人，如司馬遷所記，他詐騙秦始皇，攜帶男女、五穀、百工東渡，過太平日子去也。有五穀活命，有

男女繁衍，而百工應該是當時世界最先進的，後來便成為日本各行各業的始祖。技藝傳承，北宋歐陽修吟道：其先徐福詐秦民，採藥淹留卝童老，百工五種與之居，至今器玩皆精巧。大陸的生活文化又進步，到了明代，日本也發展到戰國時代，嗜殺成性，豐臣秀吉出兵朝鮮半島，掠回來很多工匠。今天的陶器，這個「燒」那個「燒」，大都是朝鮮匠人創始的。德川家康稱霸後武士當上領導階級，庶民有住在農村的，名為「百姓」，有住在城市的，名為「町人」（市人）。町人又分成商人與工匠，得勢的是商人。江戶末年按儒家思想把士農工商四民論定為等級秩序。物以類聚，鍛冶町那裏住的多是打鐵造農具兵器的工匠，類似我們説的甚麼一條街。人以群分，武家聚居之地叫武家町（侍町），寺廟林立之地叫寺町，現在很多地方遺留着此類地名，舊跡殘存就變成景點。

　　手藝人重視模仿。傳授與學習、掌握某種知識，似乎西方人用頭腦，東方人的傳統方法用的是身體，也就是模仿，甚至有偷藝之説，這個偷具有探求的意義。師傅批評：不對！不好！至於怎麼不對，哪裏不好，卻不予細説，其實他胸中也沒有明確的審美標準。師傅怒喝一聲：用心！徒弟一激靈，用心地模仿，美其名曰悟。這樣的模仿過程近乎摸索與創造，過後易於產生改良。把師傅的技藝模仿到手，出徒後不斷地重複自己，以致純熟，甚或多少形成自己的風格。進而有離經叛道的意思，突破自己，某種程度上突破傳統，有所創造，那就有望

當國寶。藝術品通常由一個人從頭做到尾，而工匠分工合作。一個工匠負責某個部份或某項程序，自然做得細。技藝還需要執着，幾代相傳便成為傳統。日本企業百分之九十九點七是不可能上市的中小企業。有調查統計，創業百年以上的企業有二萬一千零六十六家，其中八家是千年老店。傳承技藝，守護傳統，自不免保守。淨琉璃傳承的與其說是藝術，不如說是製作與操縱偶人的技能。相撲算不上體育，藝伎算不上文藝，都不過有娛人之工，這些近乎病態的玩意兒統統被官方當作傳統文化，看來真的找不出別的來了。

評論家加藤周一說：

　　日本的儒家、國學家一般不大關心外在的世界秩序，但朱子學在中國是形而上學體系，把整個自然和整個人類社會、歷史和倫理都納入一個體系之中。在日本，簡單說來，失落了形而上學。口頭都說上兩句，而真正的關心集中在更具體的倫理問題啦醫學啦這樣的事情上。一部份人後來搞經濟學等，對形而上學不那麼熱心。朱子沒說那麼簡單的事情，被大大簡單化，那就湊合了。希望能詳詳細細說得更具體的，就是日本儒家對朱子學的反應，然而這種簡單化傾向極強。所以，對具體的實用的技術方面有興趣，對形而上學的宇宙的整個秩序不那麼有興趣。有興趣的是編曆法的實用天文學。航海術也是對根據星座的測量

技術等荷蘭系統的東西感興趣。特徵很明顯。還有消遣。有這樣一面，即博物學之類有趣，所以搞。未必實用，但有趣就可以。日本傳統算數盛行，也是因其作為消遣的樂趣。希臘人認為宇宙秩序是數學的，那是一種世界觀，日本則和世界觀毫無關係。

這些話說到了日本人熱衷於手藝的根子。德川幕府掌控三百多諸侯，很擔心他們增強了經濟力量起兵造反，禁止生產機械化。大概機械化程度最高的是「絡繰」（活動偶人），我們古人要說它奇技淫巧，現在也時見展示偶人寫毛筆字。明治維新後追求近代化，機械取代人力，手工業生產被否定。大正（1912-1926）末年柳宗悅造了一個詞「民藝」（民間工藝），倡導民藝運動，在日常生活中發現「用之美」，粗笨的陶器與清脆的瓷器擺在了一起。另一方面，燒陶者汲汲以求藝術性，製品變成了普通民眾買不起的藝術作品。匠人有別於藝術家，他們在生活中用傳統的技法、工具與修煉默默地製造實用的東西。他們的製品被批評為沒有個性，沒有自我主張，等而下之，但實際上他們的主張在製品的實用性之中，在結實性之中。

戰敗後 1956 年政府提出技術革新，手工業愈益式微。在大量生產、大量消費的商品社會裏匠人難以存活。1970 年舉辦大阪博覽會，對近代以來的技術文明進行反思，重新評價

並鼓勵手工業。1974 年施行《關於振興傳統工藝品產業的法律》，挽頹波於既倒，卻也使一些匠人大談現代美，忽視實用性，每每做藝術家狀。幸而勃興旅遊熱，遊客們總要買一點土特產，尤其工藝品，有助於傳統產業的振興。孰料西鄰也改革開放，中國造便宜得洪水氾濫，曾席捲世界的日貨在價格上失敗。於是有人主張不要執迷於價格競爭，要轉向價值競爭，以「做東西，做出好東西」取勝。電視上常有介紹日本傳統工藝及匠人的節目，盛讚匠人技藝之餘，總是在嘆息衰敗，手藝人日見其少。有一位世界知名的日本設計家認為，日本的工匠制度及精神遠不如意大利。恐怕我們也不要太誇日本，以免它擋住我們看世界的眼光。

越前竹人形

　　最初讀水上勉的小說《越前竹人形》是三十多年前，那時當編輯，讀的是譯稿。當年不用花錢買版權，倒像幫人家原作者走向世界。記得是東北師範大學的老師翻譯的，此刻想起了兩位，説不清到底哪位了。改革開放後一些本來搞中國文學或蘇聯文學的人轉向搞日本文學，乘勢而起，後來有人成大名，有人卻不知所終。

　　打算去越前旅遊，買來一本文庫本，標題的五個日本漢字跟中國現行漢字長得一樣：越前竹人形。竹人形，用竹子做的偶人。越前是古代的國名，今福井縣東部。川端康成穿過國境上長長的隧道進入的雪國在越後，今屬新潟縣。越前和越後當中有越中（今富山縣），三國沿日本海鄰接。竹人形是越前的鄉土工藝品。水上勉的父親是木匠，用木材的邊角餘料製做小玩意兒，被他拿來寫小説。

　　水上出生在福井縣西部，古時那裏是若狹國，也叫若州，所以他在家鄉建立的兼具紀念館、圖書館、劇場、畫廊的文化

設施叫「若州一滴文庫」。「一滴」，則出自六祖惠能的「曹源一滴水」。他家窮，9歲被送進京都的臨濟宗寺廟當小和尚，日後撰寫了《良寬》《一休》《澤庵》等禪僧評傳。中學畢業後離開寺廟，做過各種營生。在倒賣服裝的路上讀了松本清張的小說《點與線》，天生我才難自棄，便寫了《霧與影》，一炮而紅。寫《越前竹人形》自然也捉摸怎麼樣殺人，女編輯卻說，這麼美好的故事為甚麼偏要搞出血案呢？終於沒有寫殺人，就是要寫人。

谷崎潤一郎讀了《越前竹人形》很是感動，撰文稱讚，說他如此興趣盎然讀完年輕人的作品，上次是深澤七郎的《楢山節考》。此文分三回刊登，水上讀了第一回，立馬乘車到報社讀了尚未發表的原稿。

這個小說讓谷崎聯想到古典的《竹取物語》世界，而我油然聯想到谷崎的小說。故事很簡單：父親死後，手藝人喜助迎娶父親生前關照過的娼妓玉枝，卻覺得她帶有母親的面影，連手也不要摸。他埋頭做竹人形，把對於玉枝的感情變成了形狀，巧奪天工。喜助外出，崎山從京都來採購，他是玉枝的老相識。玉枝懷了孕，找崎山解決，卻慘遭打擊。在渡船上生下孩子，被看透原委的船夫丟進水裏。玉枝回來兩個月後死去。

谷崎批評：「雖說起承轉結，但結的部份也有時不需要。」小說的第十七章最後一句是「船夫匆匆搖櫓而去」，就這麼結束，不要十八章，或許會更有餘韻。對此水上說：我不像谷崎

先生那麼了不起，小說很拙劣，所以「起承轉」不行呀，非寫到「結」不可。

玉枝死後，喜助不再做竹人形。現實裏小說暢銷，本來只做些生活用品的手藝人做起了竹人形。所以說，先有水上勉的小說，後有越前竹人形。這種沒有多少年歷史的民間傳統在日本到處可見。參觀「越前竹人形之鄉」展示或出售的作品着實招人愛。一段略有點歪扭的竹筒，就勢做成了婀娜的體形，竹絲為髮，極簡的眉眼，活脫脫一個日本美人。

新綠伊香保

　　我喜愛春天的山，準確地說，是喜愛滿山新綠。東山魁夷「只用從青到青綠、綠、黃綠的系統把色彩統一」畫出來，深深淺淺，層層疊疊，而且靜靜的。

　　冬天裏煙熏塵蒙，北方街邊的松樹是黑的。驀地有一天新葉從煤堆似的樹叢脫穎而出，那才叫亮眼。正當新綠時，讀谷崎潤一郎的隨筆：「聽熟知伊香保四季的人說，還是新綠時景色最好。伊香保的新綠確是說不出來的美觀。」美得連寫出名篇《陰翳禮讚》的大作家也說不出來，應該趁時去看看。

　　也入住千明，谷崎說他住着「首先是舒坦」。房間裏放了一本《不如歸》，如某些酒店備置《聖經》，原來這本使德富蘆花一舉成名的小說劈頭就出現該旅館——「上州伊香保千明的紙屏敞開，女人眺望黃昏景色」。旅館說明沒有提谷崎；文學且當作遊玩的起興，況且溫泉泡得好，何須多管這種事。

　　德富蘆花是熊本人，生來膽小愛哭愛生氣，11歲時，年長五歲的哥哥德富蘇峰說服父母，讓他跟自己到京都讀書。幾

年後蘇峰成立民友社，創辦《國民之友》月刊和《國民新聞》報，蘆花也入社，做筆譯，寫雜文。他說過：「我的嗜好一開始就在文藝，我的力量在宗教，對政治沒有多大興趣。」苦熬了十年，偶然聽人講了一個「再也不要生為女人」的故事，興起寫成《不如歸》，風靡世間。蘇峰當初立足於平民主義，但日本打敗大清後居然被俄、法、德三國逼着退還了清朝割讓的遼東半島，使他轉向國家主義。《國民新聞》變為政府的御用報紙，蘆花憤而寫〈告別辭〉，跟哥哥分道揚鑣。他寫道：「我從很久以前就發覺我們的傾向不同。」怎麼不同呢？「就是在經世的手段上也是你置重於國力膨脹，執帝國主義，我汲取雨果、托爾斯泰、左拉諸大人的源流，執人道大義，執自家的社會主義。」所以，「真理之山多峰」，咱們就各立一峰吧。這篇絕緣書在世上捲起大波，人們總覺得文字底下必另有隱情，競相索解。托爾斯泰給辜鴻銘回信的 1906 年，蘆花要去俄國拜訪他，寫信說本人「職業是頗為拙劣的小說家，而社會信條是社會主義信徒，但不贊同其他社會主義者的非戰論，徹底主張征討俄國」。

　　二人寫名字，德富蘇峰（取自熊本的阿蘇山）的富是寶字蓋兒，而德冨蘆花（愛蘆花沒甚麼看頭）的冨是禿寶字蓋兒，似乎也宣示兄弟失和。十五年過後，蘆花在伊香保養病，叫來了蘇峰託付後事，半天後病故於千明旅館。除了葬禮，蘇峰從來不談不寫弟弟的事。他去世四十年的 1997 年，孫子發現了

一份遺稿，是戰敗後蘇峰被指為戰犯，蟄居草庵口述筆錄的，「不為公之於世，世上對於我兄弟有誤解，所以為子孫回憶，留記錄於茲」。付梓問世，蘆花已去世七十年。蘇峰所寫當然是一面之詞，卻也是對歷史的交代，省得後世像和尚解結一樣費猜想。

伊香保那裏有德富蘆花紀念文學館，石上刻了一首蘇峰悼念蘆花的七絕：牢騷湖海少知音，想到當時淚滿襟，花木成蔭人不見，九泉唯合識斯心。

村上若不來東京，或許不會寫小說

　　記得三十年前，東渡不久，喝酒聊天時日本編輯行的朋友問我想讀甚麼書，我説「くがいじょうど」——苦海淨土。

　　這是一本揭露、控訴水俁病的書。熊本縣水俁一帶，工廠向海裏排放的廢水裏含有水銀，造成公害，爆發水俁病。患者手腳麻痹，語言障礙，不是衰弱至死，就是留下後遺症。

　　作者石牟禮道子本來是一個家庭主婦，在醫院裏遇見了這種「奇病」的患者，不禁關注，以探病的方式進行採訪。用四十年時間寫完三部曲，90歲去世。幾年前有個叫池澤夏樹的文學家以個人之力編輯了一套《世界文學全集》，河出書房新社出版，唯一從日本文學選收了《苦海淨土》。池澤認為，這個作品是「戰後日本文學的第一傑作」。

　　朋友正好是熊本人，聽説我想讀此書，面露驚疑之色，説：那本書可不好讀。我以為他指的是有關工業及污染的知識，可他不知道：出國之前，我對所謂「公害小説」比較感興趣——説來中國的環境保護起步並不晚，上世紀70年代各地紛紛成

立環保局、環保研究所和監測站，但是很可惜，只是多了大鍋，多了交椅，環境狀況卻每況愈下，以至於今。後來從圖書館借來，一看傻了眼——本來日語水平就不高，這本書全是用方言土語。那時候還不像現在，可以上網查一查，但現在上網查，能查到的也多是大阪或京都的詞語，而《苦海淨土》是九州島那邊的地方語言，在網上也不易查到。

我們讀日本文學，特別是小說，不大會遇見方言。這不是日本作家們不使用方言，而是我們的譯者把它給抹殺了。方言不好譯，首先就難在譯成哪裏的方言。日本的古文也被譯成現代中國語，例如《源氏物語》，一千年前的作品，據説是世界第一部長篇小説，日本人已經讀不懂，一百多年來不時有作家把它譯成現代日本語，也就是白話文。最早的譯者是女歌人與謝野晶子，後來有谷崎潤一郎，這二位都譯了三次。此後有十幾人翻譯，多數是女作家。川端康成也想過翻譯。最近女作家角田光代又翻譯。日本年輕人讀的基本是這些人翻譯的「現代小説」，而我們中國人讀的是原典，因為譯者都説是據原典翻譯的。小説不單講故事，而且是語言的藝術，但譯文往往只剩下故事。古文也好，方言也好，統統被翻譯成現代中國語。日本在中譯本裏被統一。

我們讀夏目漱石的小説，曉白如話，一點都沒有一百年以前的外國的感覺，這是拜譯者之賜。當今日本人讀夏目漱石，難度可能不亞於中國年輕人讀魯迅。夏目漱石的文體屬於漢文

系統，某文藝評論家推薦漢字入門書，列舉了夏目漱石的《虞美人草》。他寫《草枕》之前重讀了《楚辭》，滿紙漢字詞，如珠如璣，我們傻看都會有美感，卻難為了假名橫行的日本年輕人。夏目漱石是美文家，魯迅說他「以想像豐富，文辭精美見稱」，我們從譯本或許能領略想像的豐富，文辭精美就走味了。

日本文學有一個特點，那就是東京出身的作家非常多。例如，夏目漱石、芥川龍之介、谷崎潤一郎、三島由紀夫，這些我們耳熟能詳的作家都是東京人。外地出生的人，如川端康成（大阪）、大江健三郎（四國愛媛縣）、村上春樹（生在京都，長在兵庫縣），也薈萃東京。以前有些文學家住在鎌倉，離東京不遠。當年自然主義派的人物大都來自地方，學歷也不高。例如正宗白鳥，是岡山縣出身，讀的是東京專門學校，夏目漱石曾一邊讀東京帝國大學一邊在這所學校執教。田山花袋是群馬縣出身，沒有在東京讀過書。島崎藤村是岐阜縣出身，在東京讀過明治學院（後來的明治學院大學）。非自然主義派的夏目漱石、芥川龍之介、谷崎潤一郎都是東京帝國大學畢業。森鷗外雖然生在島根縣，但 10 歲隨父親進東京，畢業於東京帝國大學醫學系。永井荷風讀的是官立高等商業學校附屬外國語學校清語科。所以，自然主義文學似乎有地方色彩。

歷史小說家司馬遼太郎一直住在大阪，這樣的作家不算多。女作家田邊聖子是大阪人，用大阪話創作方言文學，近年

來也有川上未映子用大阪話寫作。清水義範是名古屋人，擅長諧仿文，得過「把名古屋話推向全國之會」的功勞賞。但除了京都、大阪，其他地方的文化勢力太弱，基本形不成地方文學。文學倒像是東京的地方產業。說來我們中國不僅北京，哪裏都作家成群，例如上海，或者香港、台北，幾乎能抗衡北京作家群。北京土生土長的作家似不可謂多，尤其是一流作家。

村上春樹是關西人，如果他 18 歲沒有來東京讀早稻田大學，而是一直在關西（京都、大阪、神戶一帶）悠然度日，或許就不要寫小說。關西生，關西長，說的是關西話，但來到東京說東京話，使用雙語，自然而然地意識語言問題，頭腦多層化。這樣在東京生活七、八年，驀地想，不能用第二語言（東京話）寫小說嗎？大概這是他在東京的神宮球場看棒球時想的。

村上春樹的小說使用標準語，幾乎感受不到地域性，人們自然要問他：怎麼不說關西話？

2014 年村上春樹把六篇短篇小說輯在一起，出版了《沒有女人的男人們》。其中有一篇〈昨天〉，這個題目取自披頭士的歌名。借用現成的標題是村上春樹的一貫伎倆，不免有取巧之嫌。小說中的「我」姓谷村，關西人，到東京讀早稻田大學文學系，完全不說關西話，這正是村上的經歷。大二時谷村在打工的地方認識了木樽，二人同是 20 歲。木樽是東京人，卻能說一口完美得過份的關西腔，泡澡時愛用關西腔調唱披頭

士的歌《明天》，但歌詞是他自己胡編的，甚麼「昨天 / 是明天的前天 / 前天的明天」。最後，小說的「我」暗想：明天會做甚麼樣的夢，誰也不知道。我們就好好活着吧。翻看了海峽兩岸出版的譯本，哪邊都沒有翻譯木樽說話的關西腔。

《明天》裏討論了關西話問題，譬如，關西人到了東京說東京話是常識，很正常，但東京人在東京說關西腔是偏執，會招人討厭。這是一種文化歧視。文化應該是價值相等的，東京話並不比關西話高貴。木樽的漂亮女友反駁：「價值或許相等，但明治維新以來，東京語言大體上成為日語表現的基準喲。那個證據，例如沙林傑的《法蘭妮和卓伊》，不就沒有出關西話翻譯嗎？」

小說中的「我」，也就是村上春樹本人，為甚麼不說關西話呢？

他寫道：

　　我來到東京，完全不說關西話了，有幾個理由。我到高中畢業一直用關西話，一次都沒講過東京的言語。但是到東京一個來月，就發現自己很自然、很流暢地講着這種新言語，吃了一驚。我（自己也沒有發現）或許本來是變色龍的性格。也可能語言的音感比人好。總之，說自己是關西人，周圍也沒有誰相信。還有，就是想變成和以前不同的人，這是我不用關西話的一大理由。……

把一切一筆勾銷，作為一個倍兒新的人在東京開始新生活。在這裏嘗試做自己的新可能性。而且就我來說，拋棄關西話掌握新語言，是為此的實際的（同時又是象徵的）手段。

　　要在東京造就一個全新的自己，或許像我們的「北漂」，不管明確地意識與否，都懷抱藉環境改變自己的意圖或理想。所謂環境，不僅是地理的，也是語言的。村上春樹從小在神戶跟着父親當關西棒球隊的粉絲，但來到東京，就變成東京棒球隊的粉絲，這樣的變色龍也許就是「接地氣」。我們的「北漂」有戶口問題，不容易落地生根。

　　作家使用關西話，也就是方言，地域被限定，也就限定了讀者的範圍。村上翻譯過美國作家沙林傑的小說，老早以前也閃過用關西話翻譯《法蘭妮和卓伊》的念頭，可不知能否被接受。這裏說的使用方言，不是指那種點綴式的，偶爾用三言兩語。川上未映子獲得芥川文學獎的小說《乳和卵》是用關西話寫的。2017 年她和村上春樹出了一本書，一問一答，叫《貓頭鷹黃昏起飛》。其中也談到《刺殺騎士團長》，自然是一番解說。小說家需要像當代藝術家那樣絮絮叨叨地解說自己的作品，有點怪怪的。

　　村上春樹還寫過一篇隨筆〈關於關西話〉，大致是這樣的意思：

我是關西生，關西長。父親是京都和尚的兒子，母親是大阪商家的女兒，所以大概也可以說是百分之百的關西種。當然用關西話過日子，其他語言都屬於異端，用標準語的人裏沒好的，接受了這種很民族主義的教育。來到東京最驚訝的是，我使用的語言一週內幾乎完全變成標準語，也就是東京話。同時來東京的朋友責怪：不要說傻瓜的話。但我認為，語言是像空氣一樣的東西。去那裏的土地就有那裏的空氣，有在那空氣裏的語言這東西，難以違抗它。首先口音變，然後詞彙變。這個順序要是反了，語言就很難掌握。詞彙是理性的，口音是感性的。我總覺得在關西不好寫小說，這是因為在關西怎麼也得用關西話思考。關西話裏有關西話獨自的思考系統，陷入這個系統中，在東京寫的文章，質量、節奏、構思就都變了，甚至連我寫的小說風格也一下子變了。我覺得，我要是一直住在關西寫小說，就會寫感覺和現在大不一樣的小說。如果有人說那不挺好嗎，可就難堪了。

日本文學出現大江健三郎、村上春樹，改變了以往只是以日本讀者為對象的地方文學式的創作態度，轉而以全世界的讀者為對象。這種文學態度也促使語言不能局限於地方，必須使用標準語，進而翻譯成通行世界的語言，走向世界。

村上春樹從高中時讀英語書，養成用英語讀書的習慣。從

關西話到東京話，再到英語，多層化語言環境造就了他的文學風格。有一個左翼評論家，叫佐高信，批判村上春樹，說過這樣一段他自以為得意的話：「有『類、種、個』的概念。個人之上有種族，種族之上有人類，但村上春樹的小說裏不出現『種』，不出現民族或者國家的問題，也可以換一個說法，那就是政治和社會。避開這種麻煩的問題，他飛上人類。往來於個人與人類之間度日。大概離開日本住在美國也是因為不必考慮難纏的種的問題。他居然罕見地有關於地鐵沙林事件的現場採訪，卻幾乎像高中生的觀察筆記。」這個批判充滿了惡意，但「類、種、個」倒是相當於村上的語言結構，有三個層次，那就是某個地域使用的「方言」，這是自生自滅的語言；作為一國通用的「標準語」，具有規範性；還有全球性普遍語言「世界語」。近代以來，先是英國，後是美國，用武力和經濟力量使英語成為普遍的世界語。但近代以前，起碼在東亞，世界語是漢語漢文。

華裔日本作家陳舜臣的語言生活是這樣的：在家裏平常說福建話，而通用語言是北京官話，和左鄰右舍說關西話，寫小說使用非常有邏輯性的標準日語。

日本從中國傳入了漢字，當初未必是拿來的，可能是大陸人帶來的。假如日本離中國再遠點兒，作為太平洋上的島嶼，說不定更長的時間裏不會有文字文化。日本與中國相隔的距離恰到好處，既能拿來漢字的文字文化，又有一段距離，使它不

至於被漢文化淹沒。中國鴉片戰爭以後，日本也沒有成為歐洲列強的殖民地，不曾被強加某種語言作為國語。反倒是它，一度佔據了朝鮮、台灣，用日語取代當地語言。

　　江戶時代日本人讀左傳、漢書，熟記在心，以此訓練寫文章。對於日本人來說，漢文不是說的語言，而是寫文章的語言。出生在武士家，5歲左右開始跟着父兄讀孝經和四書五經，是素讀，不管意思，大聲地誦讀，乃至背下來。現在到處開朗讀會，也可說是復古，從音讀到默讀，又返回音讀，但好像主要是一種社交活動。素讀兩三年，然後進藩校（各地諸侯開辦的學校）或學塾，繼續讀漢籍。例如福澤諭吉在他的《福翁自傳》裏說他十四、五歲的時候，發現左鄰右舍都讀書，只有他不讀，名聲不好聽，於是志於學，特別是左傳，通讀十一遍，有趣之處能暗誦。不過，這位啓蒙思想家沒讀過《萬葉集》《枕草子》等日本古典。倒是我們中國近來不僅翻譯他的《學問之勸》，還翻譯了《萬葉集》《枕草子》等，或許從中能讀出一個兩個啓蒙家來。

　　江戶時代上層知識人、貴族、僧侶使用純正的漢文。中層的人（公務員）做實事，他們是武士、農工商的上層，用的是被改造的或者說沒學好的漢文，寫出的文章叫「侯文」。下層民眾沒有文化，只能說當地的固有語言，也就是日語。日本從古到一百多年前沒有用本國語言的標準性文章。所謂標準性文章，指那個國家的知識人普遍使用、長期穩定、國內到處行得

通的文章。中國有這種標準性文章，那就是所謂「文言」，至晚在漢代就成型了，相對穩定地沿用到 20 世紀初，全國各地哪裏都通用。各地有各地的方言，日常語言不斷地變化，而文言作為國語是語言的精粹。標準語經常由於統治者的意志而變化，方言被封閉在一地，變化比較少，卻也可能被標準語消滅。

日本用荷蘭語研究西方學問，叫蘭學，蘭學家們翻譯西方解剖書，用的是純正的漢文。江戶時代末，對英語的重要性最早做出反應的是那些具有漢文素養的人。司馬遼太郎説過，明治維新之際，志士們來自五湖四海，各操方言，那時候的通用語言是漢文，於是青鳥殷勤，相距咫尺也必須用書信進行溝通。明治維新時日本人製造了很多漢字詞語，我們中國人現在也用着，這要歸功於江戶時代的漢文教養。江戶時代末年，提倡門戶開放也好，主張攘外也好，志士都愛讀漢籍，也就是中國典籍，所以明治年間普及的文體是漢文訓讀體。漢文漢學是明治維新的動力，但對於近代國家的形成，國語是重要的，對於全球化，具有普遍性的英語是重要的，因而漢語漢文不再被當回事。標準語，日本對內叫國語，對外叫日本語。這種語言基本是明治初年發生的言文一致運動製造出來的，強行統一了語言。它是書寫語言，與文學特別是小説有很深的關係。就是説，村上春樹用來寫小説的標準語，即國語，只有百餘年的歷史。

日本人常自詡國家不曾被外族佔領過，沒當過殖民地，但實際上，歷史不長的國語也出現過危機。那是戰敗後，1948年8月，佔領了日本（佔領不好聽，日本官方叫進駐）的美國人給日本洗心革面，其一是語言。他們認為使用漢字使日本人識字率低，識字率低就阻礙民主主義的發展，企圖把日語改為羅馬字，或者只使用假名，於是命令文部省進行全國普查。出乎意外，得不出漢字使識字率低的結論，文盲只佔調查對象的百分之二點一。美國人難以置信，要求實施調查的日本學者修改調查結果，但這位學者雖然主張把日語改為羅馬字，卻予以拒絕。幸而美國人也不堅持，日語逃過這一劫。不過，在國語審議會裏，主張改革日語的人佔多數，仍然議論羅馬字化，表音文字化。直到1966年，文部大臣表態：國語當然用漢字和假名相混的表記。

　　由於拿來、照搬的習性——可以說，這習性是旁邊有一個那麼先進的中國文化給日本養成的——，戰敗以來大舉拿來所謂外來語，該拿不該拿都統統拿來。例如便所，谷崎潤一郎曾禮讚過的，它還有好些別名，有的非常雅，但拿來外來語，而且給縮短了（toilet room變成トイレ），這種和製英語，歐美人根本聽不懂。幾乎喪失了明治維新時期的造語能力，實在是日本人、日本文化的悲哀。

　　夏目漱石從英國留學了兩年回國，接替小泉八雲，成為東京帝國大學第一個教英文學的日本人。這時學生的語言能力比

以前更衰了，但夏目漱石認為，這是正常的現象，不足為怪，而且是日本教育進步的證據。但英語到底是手段還是目的，是教養還是實用，長年困擾着日本這個民族。

據說從出生到 9 歲至 12 歲灌輸的語言會成為母語。江戶時代知識人的指針是漢文知識，明治伊始，舉國轉向西方學問。戰敗了，孩子圍着美國大兵要巧克力，大人死乞白賴要香煙，人們重新撿起了戰爭年代的鬼畜語言，都能說幾句洋涇浜英語。

明治過去二十年，1887 年二葉亭四迷創作小說《浮雲》，這是第一個言文一致體的小說。「言」，指口語，當時的明治時代語言；「文」，指書面語，是古代的語言。但真正使言文一致體（白話文）成功的是夏目漱石，原因當然也在於他比二葉亭四迷晚了二十年，其間很多人付出了努力，但還有一個原因，那就是二葉亭四迷試圖使「文」跟「言」一致，「文」要將就「言」，而夏目漱石讓「言」和「文」相向而行，相輔相成地創造新文體。九十年前（1928 年）周作人說過這樣的話：「以口語為基本，再加上歐化語、古文、方言等分子，雜糅調和，適宜地或各齊地安排起來，有知識與趣味的兩重統制，才可以造出有雅致的俗語文來。」現今讀夏目漱石也不陳舊，因為他在荒原上前行，後來的作家都沿着他的腳印走，形成了一條路。

作家是一國的語言教師。文學教育是審美教育，也是道德

教育。當文學教育變成培養讀寫能力的文章教育時，夏目漱石的作品就過時了。

夏目漱石是文豪。他的小說《少爺》寫一個青年到四國的中學當教師，《三四郎》寫一個青年從九州進東京上學。用當今日本的眼光來看，《少爺》是一本有問題的小說，那就是東京人看不起鄉下和鄉下人，輕蔑、謾罵、賣弄優越感構成全書的基本色調。《三四郎》的主人公是純真的青年，頭一次坐火車從九州島上東京。途經濱松站，停車時間長，他看見洋人在站台上散步，有一對像是夫婦，要知道，三四郎出生至今只見過五、六個洋人。他甚至想到，如果自己放洋出國，身處這樣的人當中，一定會自慚形穢。

這正是夏目漱石留學英國的體驗，那種自卑感幾乎把他打垮，以致有人向日本政府報告，夏目漱石瘋了。不僅是面對西方，而且，從地方來到大城市東京也會感到自卑，尤其在語言上。掌握當地的語言是融入當地社會的第一個條件。小說家、劇作家井上廈從山形縣來到東京，起初說不好標準語，對方言抱有劣等感，投影在很多作品中，例如《花石物語》描寫劣等感變成自尊心的故事。加藤周一說：井上廈對日語的感覺是一種天才。井上廈在描寫東北人鬧獨立的小說《吉里吉里人》裏大談方言論。

太宰治出生在青森縣的津輕，遠離中央，生存環境惡劣，方言和標準語大不相同，幾乎沒有所謂寂（さび）之類的日本

式性格。流傳的民謠、民間故事、咒術性習俗，以至棟方志功那樣的版畫，具有一種原色的生命力。另一方面，有開朗的性格，從生活中滲出來嘻笑和幽默。在漫長的冬夜圍着火爐嘮嗑講故事的敍述方式、嘻笑、幽默成為太宰文學的突出特徵。對中央文化抱有深刻的情結，同時也追求時髦，偏又自覺津輕人的血，有強烈的反骨精神。太宰治說過：小學、中學用標準語作文就像是用外語寫文章。井上廈也有着太宰治的語言感覺，那種語言遊戲似的表現和嘻笑，但與其說受了太宰治的影響，不如說，這是北方語言的血脈。

作家井上靖有一篇小說〈翌檜的故事〉，所謂「翌檜」是一種常綠喬木，這名字的意思是明天會變成檜樹，其實永遠也變不成，寓意可悲的宿命。小說用翌檜作象徵，描寫一個少年，也就是井上靖本人的心靈成長。他在《我的自我形成史》中說過：「由於成長在這樣的伊豆山村，我從小對城市、對住在那裏的男女少年抱有城市孩子們無法想像的自卑感。而且，這種自卑感變換種種形式控制我這個人，直到很久以後。」

和中國作家相比，我常覺得日本作家有太多的自卑，劣等感或者自我嫌惡，好像他們很愛解剖自己，反省人生。相比之下，中國作家大都自我感覺良好，不厭惡自己，更多的是更無情面地解剖別人。有時也自卑，但多是替國家自卑。

2008 年，水村美苗出版了一本書，叫《日語滅亡時》，

認為由於劣等感，自卑，日本人不重視日語，不是要用羅馬字取代，就是要用英語當公用語。沒必要全民懂英語，只要有精通兩種語言的少數人翻譯就行了。學生應該把用在英語上的時間用來學日語。

村上春樹說：「說起來我本身也是被樂園關西驅逐了。」如果他是被驅逐，那麼，谷崎潤一郎就是亡命關西。

谷崎說：「要說變化，大正末年我移住關西之地以後，我的作品明顯和那以前有區別，極而言之，那以前的東西有很多不想認作自己的作品。」可見，關西以前和關西以後是谷崎文學的分水嶺。

谷崎居住在東京、橫濱時，羨慕歐美的生活方式，吃的是西餐，住的是沒有榻榻米的洋式房屋，腳上從早到晚穿着皮鞋，以此為傲。那時候他可不禮讚陰翳。芥川龍之介的小說《鼻子》得到夏目漱石的賞識，一舉成名，而谷崎潤一郎的《刺青》得到永井荷風的青眼，鵲起文壇。他的風格是唯美的，醜陋也看作美，被稱作「惡魔派」，讓當時佔據文學史的自然主義文學很不爽。具有思想性的作品往往被時代局限，而唯美的作品永葆文學性。搬到關西以後，谷崎發現了東京已經喪失殆盡的日本。關西不像東京西化得那麼嚴重，處處能見到他小時候熟悉的東西，生活的回憶變成了文學的回歸，審美發生了巨變。

移居關西，谷崎的感覺最受到強烈刺激的是聽覺，他說：「我首先在他們說話的『聲音』上強烈地感覺到大阪人和東京

人的性情不同。」谷崎尤其愛聽大阪、神戶女性的語言，對男性的話語不大感興趣。

他本來對言文一致（白話文）頗為不滿，於是從古典和關西方言吸取語言，豐富了國語。方言，不僅是語言，還有產生這種語言的風土世俗，以及傳統。谷崎不單單為了寫關西的人物而使用關西方言，而且接受了關西所保留的文化傳統與審美，並寫進文學裏，創作了《春琴抄》《刈蘆》《陰翳禮讚》等，特別是長篇小說《細雪》，以至被譽為「大谷崎」。《細雪》使用了關西方言，著名的日本文學研究家唐納德·金來日本留學之前讀它，讀得一頭霧水。

大約從 1930 年前後，日本人很愛說「回歸日本」，大概最先這麼說的是詩人萩原朔太郎。意思是一些文學家年輕時醉心於西方文學，深受其影響，到了中年以後，醒悟了本國傳統，追求日本美。萩原朔太郎從世界末頹廢回心轉意，重新評價蕪村和王朝和歌。谷崎潤一郎也是一個代表人物。

不過，文學家關心本國的古典文學是正常的，像村上春樹那樣表示不讀日本文學才不正常。日本人遇見西方是 19 世紀，於是割斷歷史和傳統，猛撲了上去。對於他們來說，所謂西方，就是 19 世紀的西方，即便是夏目漱石把英文學和中國古典對立，那也是西方的一百年和中國的悠久歷史相對。西方 19 世紀文學基本是寫實主義、個人主義、反傳統主義等，盛極一時，到了世紀末，出現了反動和挑戰，總其成的就

是現代主義文學。日本現代主義文學，初期的主要作家有橫光利一、川端康成。

方言的表現裏具有特殊的心理學。谷崎用大阪話釀造出特殊的氛圍，增添了用標準語不可能表現的色彩和趣味，呈現了一個完全別樣的世界。方言的表記也得益於假名，因為方言與標準語的不同常常表現在發音上。他是東京人，想來不會像村上小説中的人物木樽那樣把關西話學到家，需要費很大的勁兒傾聽關西人的發音，然後在稿紙上模仿。他用大阪方言寫《細雪》，被土生土長的夫人松子把稿子改得一塌糊塗。不僅是夫人，還僱來女學生，住在家裏當方言顧問。谷崎説：我想寫的不是以前的大阪話，而是現在活着的大阪話，你們有文化的人之間日常交流的。不過，谷崎有惡魔派的名聲，在報紙上連載《癡人之愛》也被叫停，學校對這位作家很警戒。事實上最初被谷崎在家裏招待的五個女學生就有一個後來成了他第二個妻子，叫古川丁未子。

谷崎潤一郎因右手麻痹，使用口述筆錄，他稱之為口授。例如《夢的浮橋》中的會話是京都方言，他是這麼寫的：先用標準語口述，秘書記下來。這位秘書叫伊吹和子，京都人，是出版社出錢給谷崎僱的，她把紀錄改寫成符合人物身份的京都話，讀給谷崎聽，由他採納。京都話很有點複雜，有名門大戶説的，花街柳巷説的，市人工匠説的，各不相同。谷崎自知不懂，全都交給這位祖祖輩輩京都人的秘書處理。不過，谷崎只

喜好京都女性説話，不喜好男性的京都話，所以小説中男人説話比較接近標準語。伊吹後來作為編輯又幫助過水上勉。谷崎讀了水上勉的《越前竹偶》，發現京都話風格跟自己的《夢的浮橋》相似。

關西對於谷崎潤一郎來說如此重要，但他去關西是一個偶然。

1923 年 9 月 1 日，傍中午，發生關東大地震，火災四起，燒掉了半個東京。當時谷崎在箱根，正坐在巴士上。本來攜家眷到這裏避暑，女兒要開學，他把家人送回橫濱，又獨自返回來，在旅館裏寫作。擔心家人，谷崎趕緊乘火車到大阪，再從神戶坐船到橫濱，十二天後終於和妻兒團聚，然後帶她們坐船逃往關西。當時到關西避難的作家很不少，但不再回東京的只有谷崎一個。

夏目漱石的《少爺》裏對話也使用松山的方言，由松山出生的高濱虛子幫他校正。高濱是正岡子規的弟子，辦雜誌《杜鵑》，就是他勸動夏目漱石寫小説，以休養身體，調劑精神。而且，《我是貓》這個題目也是高濱虛子給改的，起初叫「貓傳」。

三島由紀夫説關西不是日本，特討厭關西話，特討厭方言。他的小説會話和戲劇台詞除了特別的場合，用的是大正時代東京山手的上流階級語言。東京的山手地方住的是富人和文化人，下町住的是商人工匠等平民。關東大地震使下町毀壞，

江戶庶民文化受到決定性打擊，東京文化變成以山手為代表。今天標準語很多是大正、昭和初期的山手語言。芥川龍之介、堀辰雄等作家是下町出身，作品表現出對於山手有教養的女性的憧憬。三島由紀夫、北杜夫是山手人，他們叫「お父さま、お母さま」，但昭和八年（1933年）文部省的國語教科書上出現下町話「お父さん、お母さん」。三島一輩子堅持東京山手的文化教養，小說基本不使用方言，好像只有《絹和明察》大概考慮不用當地語言就表現不出近江商人的真實感。因為三島用理念寫小說，最合適表現「理」的語言是標準語，也可以避免使用方言而產生多餘的「情」。《金閣寺》幾乎都是用標準語，而水上勉同樣寫火燒金閣事件的《金閣炎上》會話全部用方言。

作家使用方言也會進行加工，文學裏的方言是人工方言。例如大江健三郎是四國的愛媛縣人，他寫四國的森林，家鄉的故事，不可能不用到方言。他在小說中使用的愛媛方言做過處理，使讀者容易懂。大江獲得諾貝爾文學獎的理由有一條：詩一般的語言，能對抗現代標準日語的東京方言。

京都需要讀

　　梅棹忠夫說：不下些功夫學習是欣賞不了京都的。

　　京都學者熱衷寫京都，他們若非京都出生，至少是京都大學畢業，深愛京都，也毫不掩飾跟東京的對比與抗衡。東京的學者及作家則少見寫東京，可能多是外來戶，終究和這個大都會隔肚皮，況且弄不好就有劉姥姥進大觀園之嫌。寫京都的書多如牛毛，如林屋辰三郎的《京都》、奈良本辰也的《京都散策》、梅原猛的《京都發現》、鷲田清一《京都的體溫》。1987 年梅棹忠夫也寫過《京都導遊》；看一看那年的暢銷書排行榜，有俵萬智的短歌集《沙拉紀念日》、石森章太郎的漫畫《日本經濟入門》、村上春樹的小說《挪威森林》、渡邊淳一的小說《為何不分手》等，或許可以對當時的日本有一點想像。

　　梅棹忠夫生於 1920 年，家族移居京都已四代，從幼兒園到研究生院整個受京都教育，在這種民俗學背景下形成他的知識與意識。死後頭銜有生態學家、民族學家、信息學家、未來

學家，被譽為「智慧的巨人」。除了《京都導遊》，1987 年還出版了《京都精神》和《日本三都論──東京、大阪、京都》。《京都導遊》以介紹京都為主，比起死的歷史，他更關心活的歷史。《京都精神》從理論上把《京都導遊》的章節「京都的性格」加以深化，若不嫌厚，可以合為一書。梅棹也住過東京，後半生長住大阪，《日本三都論》考察了江戶時代的經濟之都大阪和明治維新以後的政治之都東京，出發點則是與京都比較。這三本書構成京都文化論三部曲。雖然是冷眼觀察這座古典城市的命運，但對於故鄉誰的筆下能不帶有傾向呢，感情的，思想的？他指出：

「京都被尊重，當然是因為它代表日本的古典文化，但不要錯以為那文化整個是這島上帝國獨一無二的固有與獨創。它是亞洲還在締造一個文化圈的時候，絢爛的大陸文化化作多少重浪潮流入而形成的文化。」日本有很多城鎮自詡小京都，但京都的這份文化到底是難以模擬的。京都大量傳入了大陸文化，甚至發音也受到漢語四聲的影響。對於京都人來説，只有京都話字正腔圓，其他地方一張嘴都是鄉下話，這種意識和心態是一種「京都中華思想」。《京都精神》中寫道：「日本頗少見，京都人心中潛藏着難以去掉的中華思想。所謂中華思想，就是以自己的文化為基準看世界的想法。也許『化外之民』的人們對這種想法有時要驚愕，有時甚至覺得很滑稽，但京都確實有這種思想傳統。從這個立場來看，京都以外是夷

狄、野蠻之地。但是像中國一樣，中華思想在京都也絕不是排他的，適應這種文化的東西全採納。在這個意義上，中華思想跟愛鄉心或者誇耀家鄉好屬於完全不同的層次。」

日本各地都跟着東京把繁華街區叫銀座，唯有京都偏不叫，而是叫京極。京都知識人沒有凡事要經由東京考慮的習慣，從來直接跟世界連起來思考。梅棹走遍全國，痛感自己不知道日本，只知道京都，因為「日本這個國家是京都與非京都的對立構造。各地都以無限地接近京都文化為目標，卻全部反京都。」他感受到其他地方對京都抱有非常厲害的反感，不由得脊背發涼。爭口氣給京都看似乎是日本人的一個動力。中華思想使人保持自立性，也造成保守性。梅棹把京都人性情歸結為十六個字：「優柔不斷，保守退嬰，頑迷固陋，因循姑息。」京都沒有被美軍 B52 轟炸，這種僥幸也使它背上了保存傳統的包袱，跟其他變成廢墟的城市相比，顯示其健在，卻喪失活力。梅棹寫京都既為外地人提供入門知識，也是要煽動京都人振作市民精神，不過，十八年過去，他覺得保守的京都市民們好像沒有動，也幾乎沒感到京都有顯著的變化，簡直是一座「時間不走的城市」。京都的「革新常常不採取反傳統的立場，而是建立在與傳統的微妙平衡上」。「京都常擁有那種猛烈的同化能力，這就是永遠之都——京都文化的強大」。很多城市變化得令人眼花繚亂，京都這座古城卻恰恰憑本質不大變而成為日本傳統的代表。

日本的招貼畫是富士山下跑新幹線，而寺廟前面站個舞伎那就是畫京都了。遊京都，不僅外國人，就是外地的日本人也無非逛逛寺廟，看看園林，再就是去祇園一帶遇見小藝伎（日文寫作「妓」，似乎譯作「伎」為好，以免我們中國人一看就想到娼妓）——日本叫舞伎，身穿艷麗的和服，為伎不滿一年的雛兒只塗紅下唇，左側頭髮上插着假花和流蘇，懸想那就是《長恨歌》所歌的「雲鬢花顏金步搖」吧。梅棹忠夫痛斥「舞伎那東西是愚劣的存在」，尖銳地指出：「京都的藝伎、舞伎這東西本來是京都有錢人揮金如土而精心培育出來的極特殊的玩物。」他還說：「京趣就是指祇園，京歌是『祇園小唄』，是圓山的篝火，是藝伎，是耷拉帶子。實際上京都市民有幾個能在祇園玩？」這裏說的「篝火」是一家高檔的京都菜館，在祇園附近的圓山公園中。舞伎繫腰帶把兩頭長長地耷拉在身後，是江戶時代的遺風，看上去要比狐狸拖尾巴沉重得多。由此想起周作人，近百年前他批判藝伎，說：

　　　　藝妓與遊女是別一種奴隸的生活，現在本應該早成了歷史的陳跡了，但事實卻正相反，凡公私宴會及各種儀式，幾乎必有這種人做裝飾，新吉原遊廓的夜櫻，島原的太夫道中，（太夫讀作 Tayu，本是藝人的總稱，後來轉指遊女，遊廓舊例，每年太夫盛裝行道一周，稱為道中。）變成地方的一種韻事，詩人小說家畫家每每讚美詠歎，留

戀不已，實在不很可解。這些不幸的人的不得已的情況，與頹廢派的心情，我們可以了解，但決不以為是向人生的正路，至於多數假頹廢派，更是「無病呻吟」，白造成許多所謂遊蕩文學，供飽暖無事的人消閒罷了。

川端康成以《雪國》《千羽鶴》《古都》獲得諾貝爾文學獎，把「藝伎」、「茶道」、「京都」作為日本式的東西傳到西方。莫非找不出其他玩意兒，近年來日本政府乾脆滿世界把藝伎張揚為日本的傳統文化，沾沾自喜。我們最好留一點周作人那般的心眼，即「日本有兩件事物，遊歷日本的外國人無不說及，本國人也多很珍重，就是武士（Samurai）與藝妓（Geisha）。國粹這句話，本來很足以惑人，本國的人對於這制度習慣了，便覺很有感情，又以為這種奇事的多少，都與本國榮譽的大小有關，所以熱心擁護；外國人見了新奇的事物，不很習慣，也便覺很有趣味，隨口讚歎，其實兩者都不盡正當。我們雖不宜專用理論，破壞藝術的美，但也不能偏重感情，亂發時代錯誤的議論。」現而今祇園一帶是景點，遊人如鯽，但是有幾人真能走進雖設而長關的黑漆漆木門，走過昏暗的長巷，那盡頭才是傳統的專供人一擲千金的天地。如梅棹所言，「反正是跟庶民無緣的東西」。對於絕大多數京都人、日本人來說，沒有錢招伎，藝伎、舞伎也不過是街景而已。大白天滿街走的淨是假舞伎、假藝伎，原來那是些女人花錢租一身

行頭,打扮得花枝招展,體驗一下當伎乃至妓的感覺,倒也為觀光增色。

引人注目的是,梅棹忠夫翻來覆去地強調京都不是旅遊城市。他被請去演講「七〇年代京都旅遊城的願景」,開口第一句:京都並不是旅遊城市,京都人不是靠歷史遺產吃飯,這麼多人光靠旅遊吃不上飯。梅棹主張,京都是一座現代的商工業城市,與奈良或鎌倉那樣除去歷史遺蹟之類的旅遊資源就甚麼也沒有的旅遊城市全然不同,不可以定型為旅遊城市,京都市民從沒做過這個夢。京都文化是為京都市民的,不是為遊客的,並沒有京都市民必須為遊客趕緊把自己富有傳統的文化加以大眾化的道理。日常生活不得不為旅遊做出犧牲,當地人反倒有喪失故鄉之惑。與京都相比,奈良當都城不到百年,遷都到京都(平安京)以後只剩下空殼,十餘萬人口的奈良有古代城市的遺蹟,但沒有城市生活的傳統。京都人經常去的地方和遊客成群的地方完全不同。京都這個滿懷歷史遺產的城市擁有旅遊資源,但百餘萬人口不能靠旅遊吃飯,將來也不能。梅棹甚至說:「對文化遺產的尊重在某種意義上是歷史的緊箍咒。」為了「國際文化觀光城市」的美名就得把京都冷凍保存,弄不好整個變成博物館,阻止其發展。旅遊城市在很大程度上不過是一種靠山吃山、靠水吃水的思想。和尚或百姓沒有長期經營的感覺,景點被他們開發就全完了。社會大眾化,進入大眾化旅遊時代,對自然、遺蹟等旅遊資源是最大的破壞。京都最好

不要向大眾旅遊的方向發展。

　　梅棹忠夫卒於 2010 年，倘若他看見現今外國人更勝過外地人湧入京都，該作何感想呢？1963 年他就以卓識遠見提出「信息產業論」，預見了信息化社會到來，強調把京都打造成文化產業城市。京都市有文化觀光局，好像跟梅棹鬥氣，後來抹掉了文化二字，改為產業觀光局。堂堂的理由是振興旅遊，對地域內經濟有很大的波及效果，能強有力地牽引京都經濟，以致提高市民的生活。不過，梅棹批評把京都搞成旅遊城市的時候，旅遊收入充其量佔京都市內生產總值的一成，三十年過去，據《京都未來旅遊振興計劃 2020》，如今旅遊收入也只佔百分之十左右。別忘了還有一本賬，諸如增加警察來維持秩序甚麼的。

　　有人說，《京都導遊》一書讀來愉快，但讀後覺得很可怕，此書讓人知道了不太懂京都最好別議論它。我當然沒資格談京都，讀了這本書，覺得它不是拿在手裏逛京都的「旅遊攻略」，而是去京都之前有心做功課，或者返回後靜下心來補課用的。

天下茶屋

在山梨縣石和溫泉住了一夜，早起天陰，但沒有雨意，好像只是為遊山玩水遮一遮初秋的烈日，卻也遮沒富士山。

太宰治寫道：「譬如我從印度或哪個國家突然被老鷹抓起來，晃當一下給丟在日本沼津一帶的海岸，冷不丁發現這座山，不至於那麼驚歎吧。正因為事先憧憬着日本的富士山，才覺得美妙，不然，完全不知道那些俗不可耐的宣傳，對素樸、純粹、空虛的心到底能打動多少呢，那樣一來可就是一座多少令人沮喪的山。」富士山沒有橫看成嶺側成峰之趣，太作幾何狀，按說不符合日本人喜愛變態的審美，如陶器的歪瓜裂棗，莫非這審美意識是出於對富士山印象的反動？

驅車走老路，幾近御坂嶺頂上有隧道。因為下方修通新隧道，這條隧道就成了舊的，更顯得狹窄、陰暗、潮濕，很有點瘮人。穿過去回望，洞口上刻着「天下第一」，若趕上晴天，這裏是眺望富士山及其腳下河口湖的勝地。近旁有一棟木造二層樓，叫「天下茶屋」，賣湯麵、烤餅之類的飲食和土特產。

樓上有一間太宰治文學紀念室。原來 1938 年 9 月太宰治在這屋裏住過兩個多月，寫了《富嶽百景》。這座日本人仰為靈山的最高峰在他眼裏卻是「低。與山麓的廣大相比，低。有那樣的山麓，至少要再高一‧五倍」。富士山在天空畫出一個大鈍角，跟德川家康打天下的石川丈三形容它好似「白扇倒懸東海邊」。

　　近現代日本畫巨匠橫山大觀一生畫富士山一千五百幅，或群鶴飛翔，或紅日高照，畫的是不二雄姿（富士山也叫不二山）。他說：畫富士是畫自己映在富士上的心。而太宰治有一句名言：「月見草和富士很搭配。」月見草傍晚開花早上謝，白天看不到「鮮艷地開着黃金色花瓣」，那應該是映在他心上的──「月見草颯爽地和三七七八米的富士山對峙，紋絲不動，怎麼說呢，簡直想叫它金剛力草，堅強地挺立，太好了。月見草和富士很搭配。」（註：1828 年測算為三七九四點五米，2014 年公佈標高為三七七五點五一米）

　　太宰治師事井伏鱒二。川端康成說他生活有厭云，佐藤春夫把他寫成性格破產者，井伏卻要振作他，邀他來天下茶屋，並為他撮合親事。《富嶽百景》裏用陸軍實測圖指摘畫家們誇張富士的挺拔，就是借用了未來老丈人、地質學家的藏書。這個萬把字的短篇小說更像是隨筆，隨意而滑稽地一枚枚排出富士與人的場景，寫法像葛飾北齋畫《富嶽百景》。最妙的是他在東京的住處醉酒，從廁所窗口看見富士山，一個小而白的三

角，不就是一幅北齋浮世繪麼。

不知太宰治天生是無賴性格，還是在文學上裝無賴派，正以為他終於認同了世俗富士山，最後卻説了一句：甲府的富士把臉從群山後面露出三分之一左右，像一個酸漿。

天還陰着，不見富士總有點遺憾，好像望見它出遊才正常。朋友説，半山腰上外國遊客如雲，似乎比日本人更「事先憧憬着日本的富士山」。

奈良懷古

外國人遊覽我們的古蹟，古色古香，驚艷，可我們心下明白，不少古蹟是復舊，甚至有造假。日本也一樣，不少中國人覺得他們很善於保存古蹟和傳統，其實，了解一下歷史，當今給人觀光的日本很大程度是上世紀 60、70 年代以後復原或翻新的。

立一架鳥居（華表），大殿供的是佛像，這樣把神道和佛教一鍋煮，兼收並蓄了兩種信仰，叫「神佛習合」。日本人生孩子拜神社、死人請和尚念經的習俗似乎也源於此。四下遊覽，某神社掛着梵鐘，即習合的遺蹟。江戶幕府為鎮壓基督教，用寺院當派出所管理民間，日本人就像都成了佛教徒。明治維新推翻了幕府統治，天皇復辟，明治元年（1868 年）新政府頒佈「神佛判然令」，把神道與佛教、神社與寺院、神與佛分離，獨尊神道為國教。給神社也立了些規矩，如一村一神社，不允許家傳世襲，讓出多餘的土地，所以遊覽會遇見鳥居離神社老遠的。

政府並沒說排斥佛教，但文明開化，一切舊東西棄之如敝屣，而且神官們翻身，也要吐一吐長年受佛教壓抑的腌臢氣，全國掀起了一場轟轟烈烈的廢佛毀釋運動。地方官競相上報拆廟的政績。明治四年廢藩置縣，又拿來中國叫法，一縣之長叫縣令（後改稱知事）；奈良縣令四條隆平破舊立新，廢佛尤為迅猛。下令用鐵索和轆轤拽倒興福寺的五重塔（始建於710年，幾經焚毀，重建於1426年，高五十點一米，僅低於東寺五重塔），不成，又堆柴燒毀，但周圍的居民群起反對。做百姓的自該上仰聖意，哪裏敢顧惜，而是怕大火延燒，殃及自家的房屋。再而三，標價出售：五元（說法不一，也有說是金五兩，當時警察月起薪四元），可是沒人買，因為拆起來費錢。有的寺院把佛像當劈柴，有的寺院把經卷丟在門前任人拿，剩下的焚燒。賣漆器的店舖撿來天平寫經當包裝紙；天平是聖武天皇朝的年號，729至749年，日本於712年編出第一部史書《古事記》，寫經之珍貴可想而知。數不清的文物化為灰燼，或流出海外。

四條縣令又以妨礙通行為名，拆除興福寺的土圍牆，興建了一片奈良公園。明治五年、八年先後撤除神祇省、大教院，廢佛毀釋運動才消停。江戶年間全國有寺廟四十六萬座，八年裏毀棄近半。明治政府由薩摩人和長州人把持，薩摩（鹿兒島）那裏一度拆掉了全部寺廟，以至如今沒有一尊佛像屬於重要文物。明治十四年許可興福寺復興，二十八年（1895年）俳句

改革家正岡子規吟了一首俳句：秋風蕩蕩喲／四面八方無圍牆／古老興福寺。遊興福寺不知是園在廟裏，還是廟在園中，倒也別有一番景象。劫後餘生，五重塔被定為國寶，興福寺眼下仍然在復原建設。

美國用炮艦敲開了日本鎖國的大門，日本與各國締結了好些不平等條約，外務卿井上馨認為要修改條約，先得結友邦之歡心，於是修建了一座二層洋樓，供達官貴人們移風易俗，和外交使臣大跳交際舞。此館是日本西化的象徵，館名卻取自中國《詩經》的呦呦鹿鳴，我有嘉賓。跳舞歸跳舞，30 歲就任文部少輔的九鬼隆一——這個姓有趣，節分之日普通人家喊福進來鬼出去，他家卻要喊福進來鬼進來——認為廢佛毀釋風暴是一個悲劇，日本過去也有好東西，應該恢復自尊心。和同好組織重看日本美術的美術團體「龍池會」，請費諾羅薩講演。

費諾羅薩是美國人。明治搞改革開放，從國外請專家來幫助全盤西化，1877 年鎮壓西鄉隆盛叛亂後財政拮据，僱傭趨減，大約明治年間總共僱傭三千人。畢業於哈佛大學的費諾羅薩正愁找不到工作，聽說了應聘到東京帝國大學教政治經濟和哲學。傳聞日方為他提供的車夫、女僕等使喚人有二十來個。來到日本就迷上，感歎「日本所有人具有美的感覺，庭園的草庵及陳設、日常用品、落在枝頭的小鳥都看出美，就連最下層的勞動者也熱愛山水，摘花賞花」。可日本人自己竟然盲目地崇拜西方文明，他們頭腦裏的「藝術」就是西方的繪畫啦雕塑

啦，把傳統的浮世繪、屏風統統當垃圾。他演講：從美學來比較日本畫和西洋畫，顯然日本畫優秀！振興日本美術，就要先拋棄陳腐的西洋畫！這種話大長日本人的志氣。美國有意思，就在費諾羅薩出生的 1853 年迫使日本開國，從此日本一心躋身於西方強國之列，把傳統文化掃地出門，卻來了個費諾羅薩，對日本大加讚美。1949 年給日本丟下兩枚原子彈，隨後又有人寫《菊與刀》，把日本文化與歐美文化相提並論，使戰敗後丟了魂兒似的日本人為之一振。這種江湖恩仇倒像是打一棒子給兩個甜棗吃。

九鬼隆一憂慮古物，以行政介入，請費諾羅薩先後兩次進行普查。為費諾羅薩當助手的是他的學生岡倉天心。天心（父親經商，給他起名角藏，後來他自己諧音為覺三，號天心）7 歲上英語私塾，再學漢文。大學時跟南畫家學畫，跟漢詩人學詩，還跟一位儒學家學琴。日夜趕畢業論文，寫的是《國家論》，卻被妻懷疑有外遇，一把火給燒了。匆匆另起爐灶，改為《美術論》；日後回顧人生之路，說「我成了這樣的人完全是老婆吃醋的結果」。倒數第二名畢業，進了文部省，得到上司九鬼隆一的賞識。天心死後，雖然曾被他戴過綠帽子，但九鬼還是去弔唁：始相識於君十七、八歲時，君以非常之天才崛起，當時我已確信君乃非凡特拔之俊才，在美術方面與君相提攜。相信相倚，為日本美術盡瘁。

明治十七年（1884 年）文部省設置圖畫調查會，研究圖

畫教育應否採用毛筆的日本畫。這一年費諾羅薩奉命調查現存最古的木建築法隆寺，有個叫夢殿的八角形圓堂，不大為人注意。裏面安置着秘佛，從不曾開示。和尚說，揭封遭天譴，發生大地震。費諾羅薩不信邪，和尚們逃散，冒着幾世塵埃嗆死人的危險拿掉層層包裹的白布，「一尊令人驚歎的無二的雕像忽然出現在吾人眼前」（費諾羅薩著《東亞美術史綱》）。推定這尊救世觀音像造於 629 至 654 年間。

明治十九年（1886 年）一艘駛向神戶的英國船沉沒，船上的洋人包括船長都上了救生艇獲救，而日本人乘客全淹死，這下子日本大嘩。「每天開舞會，究竟有甚麼用！」輿論譴責井上馨在修改不平等條約談判上媚外，迫使他走人，紅火了四年的鹿鳴館外交就此收場。此後全盤西化降溫，作為一種反動，國粹主義勃興。森有禮是激進的西化主義者，甚至主張用英語取代日語，謠傳他進伊勢神宮不脫鞋，用手杖掀簾子，被國粹主義者刺殺。明治三十年（1897 年）制定古社寺保存法，即文化財保護法的前身，從而產生了國寶的概念。

這時城郭建築還不屬於保存對象。德川幕府規定一個藩國一座城，多餘的拆毀。明治政府上台後擔心造反者據城固守，明治六年發佈「廢城令」。所謂城，猶如領主居住辦公的大宅院，並不把百姓圈在裏面，有的給陸軍當兵營，有的被縣衙門佔用，有的標價出售，結果大部份毀壞，再加上天災兵燹，明治時代以前建造的城樓子（天守閣）現在只剩下十二個，也

未必是原裝。明治十年姬路城以二十三元五十錢被一個商人買去，但太大，拆不起，撂荒在那裏，明治四十三年國家拿出九萬三千元維修，這才得以保存，後來被當作國寶，又列為世界遺產。

近代日本終於把佛教美術視為藝術了，跳出來批判保存文物的是九鬼隆一的老師福澤諭吉。這位啓蒙日本「脱亞入歐」的思想家在報紙上發表社論〈要不要保存古物〉，説古寺廟、古美術是「無用的長物」，「過一萬年甚麼東西都會朽爛」，搞調查「不過是少年人沒事找事」。保存古蹟要花錢，「一文錢也應吝惜」，「當下由國家之公觀之，古物之類斷不可置於眼中」。傳説有人在台上講茶具鑒賞，福澤從觀眾席上大喊「八格牙路」。他是要拿錢打仗的。

大正二年（1913 年）岡倉天心抱病出席古社寺保存會的會議，為保存法隆寺金堂壁畫盡力，倒在了住所的門口。壁畫保住了，卻在 1949 年修復時燒毀。費諾羅薩受戒為佛教徒，墓在琵琶湖邊上的法明院，木已拱矣，去世一百週年的 2008年日本翻譯出版了《費諾羅薩夫人的日本日記》。

「當日本耽於和平安穩的技藝時，西洋人把日本看作野蠻國家，但日本開始在滿洲戰場大肆殺戮以來，西方叫它文明國家了。」岡倉天心的這句話令我頗為佩服，這也是他用英文撰寫《茶書》給西方人看的緣起。至於我的懷古，不過追懷一百多年前而已。